四大高僧

太虚大师讲佛法

太虚大师 著

江苏文艺出版社

图书在版编目（CIP）数据

听太虚大师讲佛法 / 太虚大师著. —南京：江苏文艺出版社，2013.9

ISBN 978-7-5399-6101-9

Ⅰ.①听… Ⅱ.①太… Ⅲ.①佛教-人生哲学-通俗读物 Ⅳ.①B948-49

中国版本图书馆CIP数据核字（2013）第051268号

书　　名	听太虚大师讲佛法
著　　者	太虚大师
责任编辑	郝　鹏　孙金荣
出版发行	凤凰出版传媒股份有限公司
	江苏文艺出版社
出版社地址	南京市中央路165号，邮编：210009
出版社网址	http://www.jswenyi.com
经　　销	凤凰出版传媒股份有限公司
印　　刷	南京精艺印刷有限公司
开　　本	880×1230毫米　1/32
印　　张	8
字　　数	180千字
版　　次	2013年9月第1版　2013年9月第1次印刷
标准书号	ISBN 978-7-5399-6101-9
定　　价	35.00元

（江苏文艺版图书凡印刷、装订错误可随时向承印厂调换）

目录

上篇：正信的佛教 — 1

佛学与学佛 — 3
- 佛学的本质 — 3
- 普通人对于佛学的误会 — 4
- 佛教一点不消极 — 7
- 学佛开智慧 — 10
- 真佛教徒是即俗即真的大乘行者 — 15
- 佛学的适应 — 21
- 现代人生对于佛学之需要 — 23
- 佛学之要义 — 26
- 佛学适应现代之需求 — 29

现代人如何学佛 — 31
- 学佛先要解决三个问题 — 33
- 凡人与佛只在一念间 — 40
- 从信心上修戒定慧 — 45
- 人性可善可恶，就看如何把握 — 46
- 与人为善即是学佛 — 47
- 对治习气，解决问题 — 50
- 以出世的精神做入世的事 — 55
- 居士学佛的程序 — 57
- 在家众的学佛方法 — 63
- 妇女学佛的规范 — 68
- 经商与学佛 — 72

幸福美满的人生教育 　　　　　　　　74
　　佛法在世间，不离世间觉　　　74
　　离苦得乐，自利利他　　　　　77
　　三宝之信，六度之行　　　　　79
　　种瓜得瓜，种豆得豆　　　　　83
　　菩萨的人生观与公民道德　　　86
　　菩萨行先从人道做起　　　　　89
　　菩萨行与新生活运动　　　　　90
　　建立人生道德标准　　　　　　93

下篇：人圆佛即成　　　　　　　97

断除烦恼的秘诀　　　　　　　　98
　　看穿烦恼　　　　　　　　　　98
　　苦乐皆自造　　　　　　　　　103
　　放下才能自在　　　　　　　　108
　　人生的苦迫及其解脱　　　　　110
　　生命处在无常中　　　　　　　114
　　时时保持慈悲心　　　　　　　121
　　人生痛苦的根本解除　　　　　129

修行就是修心　　　　　　　　　137
　　我的学佛经过与宣传佛学　　　137
　　中国人口头心头的阿弥陀佛　　138
　　心在极乐　　　　　　　　　　144
　　改变自己，重在实践　　　　　147

目录

在生活中学佛，在学佛中生活	150
淡泊明志，潇洒自如	152
节俭，勤奋，诚实，公心	154
怎样发心报恩	161
养老慈幼之意义	164
觉悟真我与往生极乐	167

世出世间，圆融贯通   171

佛法与科学	171
佛法与心理学	178
佛法与医药	179
佛法与国术	184
佛法与美学	190
佛法与新思想	195
佛法与文化	200
佛法与孔子之道	208
从世界危机说到佛教救济	213
根本救灾在于全国人心的悔悟	225
从人心中把佛教复活起来	229
从国难救济中来建设人间佛教	232

上篇：正信的佛教

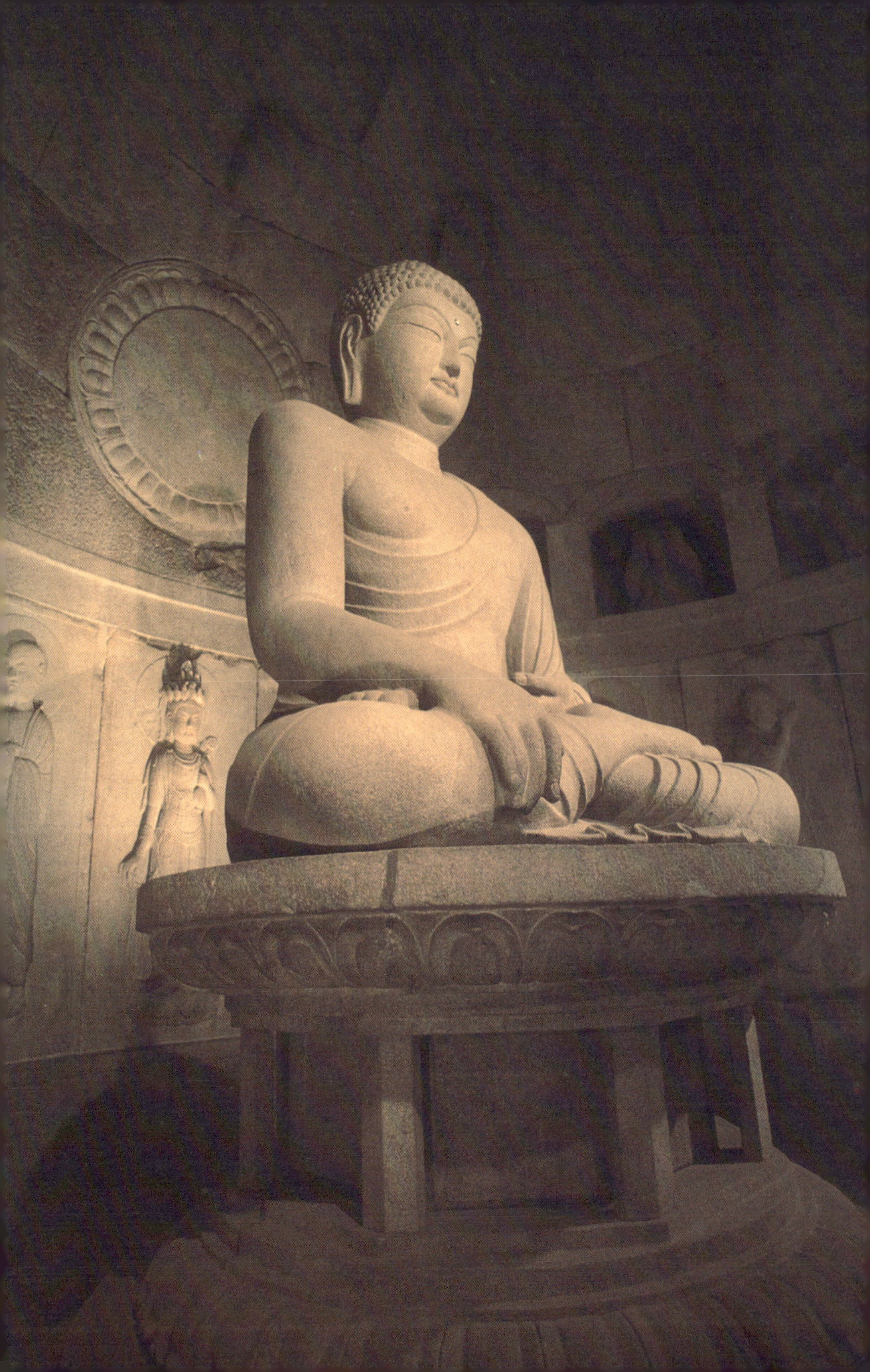

佛学与学佛

佛学的本质

梵语佛陀，此云觉者——觉了人生宇宙万有诸法的实事（相用）真理（性体），故名为觉者。佛非创造及主宰天地人物的神，乃是能于一切事理的因缘果报，种种变化，彻上彻下无不通体透彻者。所以佛学即是觉了人生宇宙实事真理之学，是转迷启悟的、破除无明长夜黑暗的。常人误以佛学为迷信，而不知自己正是迷妄者，堕入深坑而不自觉；颠倒如此，安能不造诸恶业感招苦果呢？

何谓实事真理？譬如桌上之花瓶，在科学上说是原子组成的。佛学说它是地水火风（坚湿暖动）四大和合而成，但是因缘和合假的相用，没有实在的个体（空）；假相又是时时刻刻迁流不息的变动。远而世界万有诸法，近而五蕴身心，皆是因缘和合相续刹那变迁，如世界有成住坏空四大时期，人生一期相续，有少壮老死。世间虽有千差万别，而互相通变，其空性也是同一的。

总之，五蕴非有，四大本空，人无慧目，不能觉了；妄从假相上分别而有人我彼此，复从我执上起我贪、我爱、我痴、我慢乃至种种颠倒，酿成世界大乱，迄无宁日。倘人们果能从佛学上不妄认幻躯为我，了达人生宇宙真理，万有诸法皆互缘相通而空性无二，相资相成，和乐的世界即不难实现。

普通人对于佛学的误会

依佛法言：本来一切众生均具有佛性，佛之真理不从外得。不过，因世人未明佛教真相之故，致生误会而为障蔽，遂于佛法不能信解。

爱国者以佛教不宜国家兴盛之误会 有一种富爱国心的人，存心爱国民大众，欲使本国兴盛，雄峙世界，得到美满的幸福和荣誉。此种人是极可敬的，但每每不信佛教，因他认佛教虽高深玄妙，但是不能使国家兴盛。其实此种心理，纯是误会。他不知佛教是宜于爱国的，很可以帮助国家之兴盛，并不与爱国行动相妨碍。例如古来有最信佛之阿育王及戒日王等，曾以信仰佛教而统一兴盛其国家。后旧教复兴——即婆罗门教等，佛教衰亡，其印度国家亦随之衰亡。又如我国唐太宗及明成祖时代，最兴佛教，而国亦强盛。明末清初，一般人皆毁佛教而竟至衰乱。今日本、暹罗等国，为亚洲最信佛教之国，亦为亚洲仅有之独立国。由此可见能信仰佛教、奉行佛教，实可以兴盛国家，而不信佛教，每致衰亡，故爱国者正须研究了解于佛法也。

流俗以习见之僧尼代表佛教者之误会 一般人以佛教虽讲得如何高深圆满，但因习见一般僧尼之行为，并无足以令人可尊崇者，遂以之推测佛教，不过如是，不足信仰！此种人是以所见僧尼代表佛教，实属误会极矣！以未一究佛教内容之真相也。请以佛教内容之成分言之，佛教应分三种：

1. 佛：人格极高尚，因能抛除富贵，发心救世，以道济人故。

2. 佛法：佛法置于现世之科学、哲学中，均为无上之真理，实可以利乐人群，并行不悖。此法为释迦牟尼佛所自证而教人的微妙真理，故称佛法。佛法者，自觉、觉他、觉行圆满之法也。

3. 佛教徒：修学佛法的曰佛教徒。此分二种：甲、超人的佛教徒，如诸天及声闻、缘觉、菩萨等。乙、人的佛教徒，此又分二：① 非部众的，如宰官、长者等；② 部众的，此又分二：清信士女，如在家奉佛之优婆塞、优婆夷等；以及出家僧尼，此又分二：修证宏化者和流俗习见者。

平常一般所见之出家人，不过是佛教僧尼中流俗习见之一小部分，何能以之代表高深广大之佛教，明乎此，则无谓之误会，可完全消释矣，再表于下以清眉目：

经济学者以佛教徒为分利之误会　现代一般讲经济学者，以为人人能生利，则人类之生活发达，可共享优裕之幸福；因专注重生利方面，遂病佛教徒为人类之赘疣，是分利而不生利的寄生虫，认佛教为不可信仰，苟信仰则有害于人类，是诚极端之误会也！

须知信佛是信佛，做事是做事。佛教徒，凡士、农、工、商均可作，不能专诋其是分利的。况且世上之人，均是互相为利的，士、农、工、商，各有其职责，各有其互利之所在，当公平分判之。即以佛教徒中之僧尼言，若能求得佛理，开化世人，使增高道德心，不作害人事，所谓以宏法为家务，利生为事业，如是则佛教僧徒不唯不分利，而间接直接为利于人群，正无量矣！

经世者以学佛必须出家之误会　有人心想学佛，而以学佛必须出家，遂致不敢学佛，此亦大误会也！须知学佛不必一定出家，出家仅佛徒中之一种，在家亦可学佛，但能明了佛理，潜心修持，成佛地位，人人可到。参照第二条所释，自然一切无碍也。

热心世事者以学佛为消极之误会　有欲挽回世道、拯救社会者，以学佛为消极，不能裨益人群，此亦大误会也！须知佛法中有大小二乘，小乘在自度，当其修行时虽似消极，而实则以小乘为阶梯，仍渐次达到大乘之积极救世；至大乘菩萨，则纯为自度度人之积极行为。故佛法不唯不消极，且是积极中之积极者！

懒散者贪山林闲静为佛法清净之误会　有人生性懒散，梦想出家，以为山林闲静，可享清福，如是之人，遂使世人误会佛教徒皆是好懒贪闲，无所事事者。须知真伪当辨，善恶宜分。如上之人，本非真实佛徒。何以故？若是真佛徒，虽处山林，非贪静乐；盖以预备自救救人之材具耳。如读书者之在小、中、大学时

之景况，正所以作将来济世利人之用也。至所谓清净二字，佛将世界人群治理得极和好安静之意，非懒散者之贪闲静可当此也。

着无者执虚空断灭为佛法寂灭之误会 有人执虚空断灭一切没有为佛法之寂灭，此亦误会，而未知佛经中所谓"诸法寂灭相，不可以言宣"之意也。浅言之，佛所云寂灭，是人世上各能相安无事，共得清平，内无劫盗之苦，外无侵夺之患，即一切不好的事完全没有曰寂灭。由此可见佛说之寂灭二字，正是世界人类之所共同希望者也。

着有者惧佛法说空消灭人世之误会 有人以佛经中说有五蕴皆空，无常、苦、空等，误认为佛法一味说空，若信佛法，则将来人世亦必为之消灭。因生恐惧，不信佛法，是不知我佛当日说法之方便意旨也。佛说法时，对着无者则说有，对着有者则说无，皆破其迷执，务以使一般人彻底知道人生、宇宙之真相耳。

佛教一点不消极

有人说佛教是迷信的：大概是以信佛作为信鬼神一样看的缘故。其实，佛教是一问题，鬼神又是一问题，至于鬼神究竟存在与否，到现在在科学哲学上还是一个待解的悬案。可是，最近的科学趋势上，大抵已有虚心去研究这个问题的倾向，即所谓灵学的研究，已不同那十九世纪的科学家武断为没有；而中国的圆光、扶乩等等，也时常发见和研究鬼神的地方。

然佛教与鬼神却是没有关系的，如真正于社会学和宗教学有研究的人，他即能够知道世界宗教可以分作三大类：一是多神教，即鬼神教；二是一神教，即耶、回等天神教；三是无神教，即是佛教。然中国一般无知的，却不能知道。我曾在欧美和许多科学、哲学者谈过，他们知道佛教不是多神教和一神教，而认为是科学的和哲学的宗教；佛教不是鬼神教是无疑了。但佛教也不否定鬼神的存在，因为鬼神这样东西，是不值得人们崇拜的，它的程度不比人高，还要以佛教去教化他哩！不消说，信佛教的是完全不崇拜鬼神的，而佛教所崇拜的佛菩萨，与鬼神绝异。

那么，佛菩萨又是什么？佛，即是觉者。但觉有大小，如中山先生是中国革命的先觉者，佛则是宇宙人生究竟真相的觉悟者。而所谓菩萨，他对于佛所发明的真理也已得到相当的觉悟，了解宇宙万有以至人类都是从无量无数的因缘合成的，也即是懂得个我以大宇宙为全体的。

所以，对于做事不以个人为前提，而根据佛的无我大悲，孜孜然普为众人谋利益，这就叫做菩萨。至于佛教寺中所塑佛和菩萨像，那就是表示纪念的意义，就是世界上崇拜先知先觉者及于公众有功德的人而立像是一般的。至于平常人当把他认为鬼神去迷信，那是和佛教不相干的！

有人说佛教是消极的：这是对于佛教知其一不信其二所生的误会，但这也是佛教徒未能昌明佛教的真理之故。拿一句普通话来说：佛，就是最彻底的革命者，不但从人类习惯上下一个彻底的革新，像于崇拜自然的道理、儒教和科学等等，而在佛教上看起来，说它也是一种不彻底的。因为自然就含有不善不美的根源在中，故对于自然亦决意奋斗而革它的命。而此对于自然的革命过程，也是与一般革命党须先经过破坏而后才建设是一样的。但有些人就误认佛教只是空的、消极的、破坏的了。其实，一般的革命都是为建设而破坏的，佛教也是要根本上彻底改革宇宙人生而建设成清净法界的。照这样看起来，佛教是消极的吗？

有人说佛教徒是厌世的：这种原因是简单认为佛教只是消极

的而来；其实，他的积极建设是在后面的。因为要真能成功大的智慧、大的勇力、深的经验、深的学识，必须先要经过长时间很专精的一番修养，而后才能表现出他的大用来，来为一切众生谋利益，做人类最有价值的模范。但要做一番很深沉的修学，对于社会事业不能不暂时放下，而他所抱的大愿，实在是要为众生做一种最彻底的改善！一般目光短视或盲目无知者，不晓得他到什么地方去安闲快乐了！譬如一个国民，他心中担着社会国家的责任，但是他的知识很幼稚，能力很薄弱，不能做这么大的工作，担这么大的担子。

所以，往往要经过长时间去深造他的学问，或到外国去留学，暂时置国家社会于不闻不问；佛徒修养经过的历程上也是如此。而向来为人误认为只是厌世逃空者，亦因为没出息的佛教徒，大抵没落在这种过程中，对于世界少有贡献的

缘故。

有人说僧伽是分利的：分利的话，要看怎样讲，不能说他不耕而食，不织而衣，就是分利的。因为，一个社会的组织成功，他是有千差万别各种关系上的互助才能如此的。譬如一个国家中，军人能防卫国家，警察能维持治安，党政能办理国民应兴应革的事宜，法律能保障人民的秩序而制止人民的犯乱，教育能发育人民的知识，宗教能培养人民的道德，而佛教在无形中也是极大的一种慈悲感化的社会教育。照这样看起来，佛教对于社会确有相互利益的。所以，佛教徒平常用一点布衣素食，也不为对不起社会，即照经济学上看，也莫有违背其原理的。

前来的四点，在理论上是已经解释过去了，但回到事实上的佛教徒，于此四点却应深深地反省一下：果能真确了解佛教而不落迷信否？果能积极救世而不流消极否？果能修学济人而不逃空厌世否？果能有更大的利益贡献社会而不徒分利否？这是希望所有佛教徒共同奋励精进的！

学佛开智慧

佛学即慧学

戒定慧，系无上觉者所开示，依之学习即可成佛。由确切的意义归束起来，其中最要紧的是慧学。佛学即慧学，其意义何在？因学佛之人，首先要有信心，信心之起，由乎闻所成慧，即由闻法所得之智慧。佛以自觉而觉他，用种种方便现身说法，使人由闻而觉，由觉而得慧；如我今日在此讲演，诸位不论是已闻初闻，由闻而得知佛理之义如是，即谓之闻所成慧。此外有许多经典流行在世，经律论三藏之外，又有杂藏，由研读经典而明了法义，所得之慧亦是闻所成慧。由闻所成慧所得之结果，即为信心。

各位多系皈依三宝者，或未皈依而已有相当之信仰心；由信心而皈依佛法僧三宝，依三宝而得坚固信心，到信心完全成立时，则身心有所皈依。这样，由闻佛法而生了解，由了解而生智慧，由智慧决定而生起坚固信心，信佛法为无上正觉之真理；此信心是从闻法的智慧——即闻所成慧而起。若一向未闻佛法，或未曾研究经典，完全不知佛理者，则无闻所成慧，也谈不上真确信心。

佛教入门，第一步要有信心。信心有浅深及圆满与否之别，故闻所成慧亦有圆满与否之分。此谓由闻法心中所发智慧到何种程度，则所起信心亦到何种程度。佛学是成佛的学，学佛先成之信心，要由闻所成慧而成立。要成立闻所成慧，故有组织佛学会之必要。盖研究讲习等皆能于闻法机缘中而成闻所成慧，由此可使已信仰了解者愈加认真圆满，未知者可使了解起信，使信心由发生而增长。佛法信心的发生增长，都与闻法有关，学佛的人，信心为一切思想行为依归的标准，无信心则自己的思想行为往往泛滥无归。所以，依所研佛学而成信心，由信心更求多闻，因多闻而信心益圆满增进，由此可知佛法基本是慧学。

依思所成慧而成戒

由闻所成慧而生信心，即可进到第二步思所成慧。平常以为由闻法后静心思索考究一下，更清晰明了所生之慧曰思所成慧，然这还不算。此"思"字与普通的"思"字不同，它指心力造作的行为——是由心理触觉、感受、感想而起的身语意三业的造作，是"造作行为曰思"之思。若无思的动作，如风吹草动，不能成或善或恶的动作，而业（动作）是非善恶的。行为造作，体即是"思"。思所成慧，要由闻所成慧了解真理，去体验到起心动身的身语意三业行动上和生活上；时刻观察，以闻所成慧所知真理，作思想行为的善恶是非的标准，去改正思想行为的谬习。

在这种体验实行中，身心上有了更深切的明澈的了知，方是思所成慧。思所成慧的慧，是知行合一的慧：在止恶一方面对治断除，在行善一方面力行实践。如王阳明先生的知行合一，知是真知，知到如何即行到如何，以实行而证明所成的慧，即由止恶行善所体验而得的慧曰思所成慧。

由思所成慧而成戒行，戒有应作与不应作之二。应作是善，当"作"；不应作是恶，当"止"。不应作而不作，曰持；不应作而作，曰犯。应作而作，亦曰持，应作而不作，亦曰犯。由闻所成慧而起信心，所信者是唯一真理；即以此为是非善恶之标准，应作而作，不应作而不作，是为戒行。戒由思所成慧而成。孔子谓颜渊曰"非礼勿视，非礼勿听，非礼勿言，非礼勿动"等，亦即佛戒之意。

戒学有基本与一般之别。一般的如五戒十善是：不论在家出家皆以此为思想行为之标准而宜笃实行践者。十善行即身：不杀，不盗，不淫；口：不妄语，不恶口，不两舌，不绮语；意：不贪，不嗔，不痴——为佛法普通规律。于十善行规律，应作当作，不应作当止。如不残杀生灵是止；同时有仁慈博爱救护众生心，推而广之，以仁慈博爱心积极工作，救济人类，力行善事是作；止所应止，作所应作，如此实行十善之法律，即为成就思所成慧。持戒之基本要素，首即是慧：由闻法而发慧，因慧而起信，认清佛法为一切行善止恶之判断标准，自然非依佛法去作不可，由此而发生自动持戒的结果；不同通常戒律，随便定几条规律去束缚人的行为可比。

修所成慧

第一步，由闻所成慧而起信；第二步，依思所成慧而成戒；第三步，即修所成慧。已有前述基础，闻起信心，思成戒行，由此进而持修练习，把心意修习到熟练纯洁时即得禅定，定相应慧曰修所成慧。既有修所成慧，则凡夫向来无明迷昧颠倒散漫的心意，渐得明彻而能静定。由闻所成慧而生信心，心虽有依归，而无始习气如野马无羁犹未归服。由思所成慧力，使依规律行动，由久久熟习而安定生慧，即是由戒生定，因定发慧。由慧而明行止取舍，作所应作，止所不应作，则理得心安，心安则起心动念皆合乎佛理；如此，身心上乃有非常轻快安宁，此所得之结果即禅定。未定之时曰散心，心无归宿，迁流动荡不息故；今至于安定，则精神集中于一处，统一通达，安和平静，即达于修所成慧之定慧矣。

修慧心安而得定，定则六根清宁。所谓六根者，即眼、耳、鼻、舌、身、意；心起散漫分别曰散，心住安定统一曰定。由继续安定而生非常清明的心力，乃起所谓六通的神通。六通即天眼通、天耳通、他心通、宿命通、神境通、漏尽通。由修慧成就，则所见所闻因定力坚强，不为外界所转易；心力集中统一而生不可思议之神通力，实由修慧而得也。先由闻所成慧而起信，继由思所成慧而贯践以成戒，再由修所成慧而持戒精进，以至于理得心安，心力集中统一，精神和平安定，一切行止，过异常人。

故修所成慧所得的定，乃由乎前进顺序自然而成的定，通常习定，多以静坐专想而得者，如观鼻息或念佛、诵经等，乃由乎强制心念，故与此大有不同。若依实际而论，则由修所成慧所得的定，乃定增上学的定也。由闻所成慧而成"信"解，非盲目迷信之谓。由信解而学佛法止作之"戒"，非只立规条以强制束缚之，乃以慧解而定"行善止恶"之方针也。

依思慧所得之"定"，亦非专想一法以得之。静坐专想，不过以寄心一法作方便耳。虽一即一切，一切即一，随拈一法即一切法，专心念佛或参究话头，都可得定。然由明了佛法谛理以生信持戒，而修习到集中心力统一精神所得的定，渐能引发无漏慧，乃为佛法上的正定。若非由闻所成慧而起信，思所成慧以持戒，及修所成慧而得定，唯以强制功夫，由勉强制止所得之定，乃非真定。譬如以石压草，虽可暂制，终必复起。

三慧增上引发真无漏慧

佛法的定学，乃由修所成慧而成的定，心念所至，全与佛法真意相合，故由定的增上开发真智慧；此谓闻起信，由思持戒，由修得定，依此更进一步，所得之慧曰无漏慧，或无分别慧，即是圣智。无漏的意义，即如以杯盛水，杯破则漏，不破则不漏；

漏的自体是烦恼，如心有贪嗔痴慢疑的烦恼等破坏分子，则为有漏，上述闻所成慧、思所成慧、修所成慧，虽有时能制服无始以来无明烦恼，但还是有漏的慧；至于无漏慧，则能彻底断除烦恼，根本解除苦痛。故无漏慧与无明烦恼两不相容。

由闻所成慧、思所成慧、修所成慧，顺序渐进，以所得之定为增上缘而发生加行之智慧，观一切法无相无分别离能所分别相，心境一如，能所双忘，定慧精进不已，无间无断，则成加行无分别慧；从此将无始无明烦恼悉皆降服，可引起根本无分别慧即无相无分别慧，能证一切法空真如性。由加行无分别慧而起根本无分别慧，转凡入圣，得成圣果。于根本无分别之无相无分别慧，亲证真如，解除无明妄想而成后得无分别慧。由后得无分别慧，可以普遍观察因缘所一即空即假即中诸法实相，无障无碍，自觉觉他，真俗圆融。依大乘教义，得根本分别慧时，成地上圣果菩萨；依根本与后得无分别慧继续精进，至佛地圆满，即究竟妙觉阿耨多罗三藐三菩提。

真佛教徒是即俗即真的大乘行者

积古相传，大都言佛法清净无为之学，因而自恨为家务、国事、社会等等事务之牵扰，以至不能屏息身心进而学佛。故此辈人心虽向佛，以诸事障碍故反谢不敏。推此类人之心理，大概取于所谓"五蕴皆空"、"四大非有"之二语，执此二语以观佛教，于是办丛林、兴善举，及种种利济众生之事业皆不屑为，更以为学佛者所不当为。复有在家居士，受三皈五戒，世人即目之为佛教徒；彼等所谓佛教徒者，盖即清净无为之代名词也。于是见学佛居士有依然为商、为军、为政治、为教育等事业者，遂群起而讥之，意若既学佛即不应作诸事业。实不知佛法与事业，有不即不离之关系，所谓"佛法世法，非一非异"，但唯学佛者行之，方能促归于善耳。

中国素研经世济国之道，教化人民几已为儒教之专职，而在儒者亦自以为舍我其谁。职是之故，以佛法为世外高尚之法，学佛者为高尚贞操之士、山林隐逸之流。间有功成告退，隐栖泉石以佛法为消遣；或有学理深造，研究内典以为清谈之资；如此之流，皆为少数研究佛法者，世人亦唯目此为真正之佛教徒。自此之外，兼有以因果祸福浅近之理晓导愚民者。良以因果一道，范围最广，故祈福避祸去苦求乐，亦足以挽回风化，于是以因果报应吉凶祸福之说，深印于中下人民之心，然于佛法真义，不啻云泥之判焉！

例如中国寺院林立，老幼男女烧香拜佛者甚伙，考其真能了解佛法意义正信不谬者，则如凤毛麟角。其视庙中所有神像均与菩萨平等，而存一膜拜之观念，逢庙烧香见佛便拜而已；如是界限不明之盲从者，又乌得谓之为佛教徒乎？其所谓真正佛教徒者，亦唯推之高隐山林之僧伽，与夫居家不仕静修之清流而已。以如是之见解深印于一般人民之识田，故凡见谋济世之僧侣与各界宏化之居士，皆诽之为不正，以其兼世务而不依清净无为之旨故也。

佛教有五乘之法：天乘、人乘，是世间之佛法；声闻、缘觉、菩萨三乘，乃出世间之佛法；此五乘佛法，各具教理行果修证等事。如释迦应化之印度，其人民于衣食住资生之具皆极丰富，故于世间生活之经营异常淡泊，具有高尚思想，轻物质而重精神。居则山峰水涯阿练若处，观人间非圆满究竟，有生老病死等境界之逼迫，感肉体之痛苦不得自在，遂欲超出污秽之浊世而求清净安乐之世界，以从其精神之爽欲。释迦未出世之先，多如是之流，传播此等理论，影响人民之思想颇深。释迦牟尼初成道时，转根本法轮，圆顿直显，开示众生直入佛之知见，其能了悟直入者，唯少数夙具利根者。

至于固执邪见迷信之流，依然等于盲聋不了，故次于鹿苑转依本起末法轮。法华云"昔于波罗奈，转四谛法轮"，即指此也。因此等凡夫，观人间苦，求生天乐，奉大梵等天而修禅定，盖欲超人世间而生色无色界等天也（如数论外道说人世界有三苦：一为肉体制压苦，二为天时寒暑逼迫苦，三为社会环境交恶苦；能脱此三苦者，即得精神上之妙乐。举其程度最高者曰无色界天，彼等以此即为无上涅槃，以为可以永脱诸苦矣）。故此类众生，虽欲离苦得乐，实则自我未除，苦还仍在，乐从何生？以此，福尽仍堕，依然受苦，盖外着色无色等天之乐，内随贪欲之自我所转故也。

佛因对封执成迷消极自利者，故方便说小乘法，其教义不过就外道之法升进一筹耳。又因外道虽生天界，依然轮回未出，犹居三界诸有之中，故佛喻以报尽还苦乐非究竟之说。又以因苦求乐，执有我故则有我所，因有我外之非我，非我者即障于我而我终不得其解脱。是以我佛大声疾呼：三界无非一大苦聚，我为苦本，以有我故起贪、嗔、痴，造福业、非福业、不动业等，而受苦报、乐报、非苦乐报等，轮回流转无有尽时。欲求解脱，须先背尘合觉而证无我，不唯肉体非我，即精神亦非我，于是得通达众生根本之智慧，而贪、嗔、痴三毒之业得消殒，三界转回之诸苦得灭亡。是为声闻、缘觉之法，如是方能真正了脱分段生死之苦，以其除贪嗔痴之根本苦故。

以上所言，并非释迦出世之本怀（方便随缘之说法）。然则本怀何在耶？法华云"今佛转最妙无上大法轮"，方畅佛之本怀，使一切众生各各授记作佛，于因地中各发菩提心、修菩萨行，方是佛之出世唯一大因缘也。虽然，佛何以不惮烦，不享清净无为之乐而欲度众生成佛，此旨又安在耶？盖以如来佛眼见一切众生本来是佛，故佛成道时曰："奇哉！奇哉！"大地众生原具如来智慧德相，但以妄想执着不能证得。是以发大悲心，建大慈愿，欲皆令如佛得大神通，得大安乐。良以一切众生各具如来德性，但因迷谬颠倒，如穷子然，不识衣内有无价宝珠，妄自向外驰求，致为无明障蔽永不得解脱。佛乃苦口婆心，谆谆晓谕，使各各复其初心而得寂静之乐。是故一切众生苟根本无诸邪见，慧业深固一闻即了，便可立证此心本来是佛，岂非快事？然则众生云何弃此平坦大乘之道，而投羊肠小乘之途哉！噫！亦可悲矣！

中国虽代有高僧名士相继辈出，说法玄妙，理论深幽，然考其平昔修行，不外观轮回苦求脱生死而求自利，无非乘羊鹿等车而出火宅。若真正发菩萨心、乘大白牛车入生死海而度众生者，即求之古德亦犹希焉！类皆口说大乘圆顿之教，身行小乘偏权之行。呜呼！印

度佛教大乘不扬,小乘炽盛;流传中国,虽渐有阐大乘教理者,而实行大乘之行者一若晨光熹微之星斗了了可指也,余皆以小乘自利为天下范,以是沿习成风,一见学佛而兼行利济众生之事业者,便讥笑其为非真正之佛教徒,殊不知此正是大乘即俗即真之妙行也!

西洋中古时代,崇奉天神教(基督),盛行一时。自科学发

明，几难存在。其所谓科学者，不注意道德精神而唯发挥其个人之欲望，以科学利器为爪牙。此种形而下学术，不仅影响于西洋一隅，即中国受其熏染亦颇大。溯自科学昌明，世界之局面为之一变：举凡古代道德文化扫地净尽；著相尚识，纵我制物，只知肉体上受目前之愉快，而不顾精神上受将来之痛苦；置事物自然之道德于不讲，反制服之或摧残之。于是战争发生，杀机遍地，置大陆于扰攘之中，抛人民于水火之内，欧洲一战已足证之矣。

然欲挽回此等苦痛之浩劫，舍佛法则无以归。惟希今之学佛者，勿复如昔之少数小乘人，专于清净无为消极自利，必须人人发其大心，誓行大乘，勇往直前入火宅而度众生，百折不回，庶可发扬大乘之精神，畅如来之本怀。惟其初步。尚须阐扬人乘挽救人道。

盖近时社会堕落，道德沦亡，四境战争，弱肉强食，人格破产，野心如焚，较之禽兽差别几希！故必就人乘以正人道，建大乘佛教之基础。盖其他宗教，虽亦以人伦道德行化，但非由大悲心、菩提愿之所流出；故欲造究竟者，舍佛法大乘外而欲求其他，则犹求龟毛兔角也。然欲行斯大乘佛法，亦唯立志坚固，依佛功德而修持之，心心念念与十方三宝感应道交，以十方诸佛之所护念故不退不失，得大智慧，离诸恐怖，庶几无上菩提根本坚固，由此发无上悲愿。苟能如是，则其所行无非波罗密行，而成金刚坚固深心；并信善恶业缘果报，奉行五戒十善人伦道德，庶几成就。古德曰："人伦之至，是名圣人。"其所谓圣人者，殆佛之初基欤！故其保全人伦道德出于诚意者，又孰非学佛之正行耶？若再与计有计空之外道小乘、及向人间乞怜不知怀内有宝珠之穷子相较，得毋高出恒河沙数不可说之倍乎！

虽然，诸天耽乐，修罗方嗔，饿鬼沉幽于恶趣，畜生终埋于昏迷，六道之中惟人道易修，而谋世界幸福其责亦唯人类所负。苟能辗转劝化，令各各崇敬三宝，奉持五戒十善，检自身心，则刀兵匪祸从何而起？

水灾旱灾更不致生。以因地中正，果不纤曲故也。夫然后进而十信、十住而证等觉，层层而上以至于佛，岂难事乎！是故出家者，应以三学持身，宏法济众，自化化他，不起灭定而起诸威仪，不动本际而作度生事业。在家者，亦各就所宜，以佛法省策身心，三业清净，贪嗔不起，痴怨不生。以是，既无声色货利可贪，亦无五欲尘劳可恋，其欺骗恐诈之行、损他利己之举，更无由生。夫然后佛法之功德普及于大千，六道四生无不受其惠矣！虽然，吾为此言，宿习大乘者将欢喜赞叹，其耽于清净无为小乘外道之流，或以予言为忤也。惟希诸君辗转流传，令封执成迷者尽皆悔悟，庶足为谋世界幸福者之一助，太虚尤所望焉！

佛学的适应

佛学与宗教及科学

佛学的本质固为美满，而流行在世界上，必须适应于社会文化，方算真俗不二、圆融无碍的大教。现在世界文化，大致不出宗教与科学二种：宗教为富于情意的，其力量在团结人心；科学为富于理智的，其功用在能分析诸法。有此宗教及科学，方成今日的文化社会。倘无宗教的团结集合，则人类分散；无科学的条分缕析，则自然界和社会界成了浑沌。于此两者之间有哲学，与宗教相近的有文学，与科学相近的有工艺；文学与工艺发达进步则有美术。如上所说，无论由宗教方面或科学方面，产生文学、哲学、工艺、美术皆是文化的内容。此等文化与佛学的相互关系，举示如下。

佛学在文化上，占最高的地位，它究竟是哲学呢？还是宗教、科学呢？甲说是哲学，乙说是科学，丙说是宗教，议论纷纭，是皆不懂佛学而下武断的言论；为向来未决之悬案。就哲学之出发点说，或为宗教之演进，凭空想象的解释人生宇宙；或为科学的发达，根据"心理"、"生理"或"物理"学来说明人生宇宙：哲学虽与佛学同一说明人生宇宙，而实与佛学不同。佛学之出发点，由于修养所成圆觉的智慧，观人生宇宙万有真理了如指掌，为了悟他而有所说明；所以佛学虽可称为哲学而又不同于哲学。且佛学不过以解说为初步的工作，它的目的在实行所成的事实，如度一切众生皆成佛道，变娑婆秽土而为极乐是。

如三民主义能团结全国人心，领导国民革命，是有宗教之作用的；佛学的功用，在开人天眼目共趋觉路，亦自然有伟大的宗教团结力。但虽是宗教，却没有其他宗教所崇拜的神，或神话迷信，故又可说不是宗教。

科学重在实际经验，不落玄想，佛学亦是脚踏实地渐次修证，不尚空谈。佛学所说者，胥为从实际经验中得来，它所说的宇宙人生、因缘业果种种变化，要皆净智所见；故佛学非科学而亦是科学。佛学的本身是文化的总汇，予在西洋时，见一般研究东方文化的学者，大都以佛学为总线索，因它在宗教上、哲学上和美术上，均有伟大的成绩。

佛学与政治及社会

共和政治的人生观 中国的政体由专制而变成共和了。佛学在清季衰败得很，因这种学说，不合于专制政体，所以一入民国，研究者日见其多。佛学的人生观，合乎现代思潮，它说一切众生皆有成佛的可能，凡是发菩提心修菩萨行的人皆可成佛。犹如共和政体的人生观一样，凡是国民有相当的学问道德，具有为国为民的意志，都可做行政领袖一般。佛教此种平等的精神，处处都可以表现的。

大同社会的宇宙观　天下为公，世界大同，为古今中外人民不约而同的公共趋向，亦即三民主义之目的。全世界大同社会之组成，由于各人为单位积集而成的，故一人之行动若优若劣，均能影响全世界，正为佛学上所谓"一即一切，一切即一，随拈一法，皆为法界"的宇宙观。

现代人生对于佛学之需要

现代人生之特点

现代人生之特点，即近世人与古代不同之特殊性质，略分三方面观之：

现实与人间之注意　近世人所注意者，乃现在实际的人类世界。换言之，即除现实人世以外，皆非所注意。十九世纪西洋思想上，如孔德所倡实证主义，进而为近今美国之实用主义，即以"人间"为中心。苟能实证为人间有用之事物，始为有价值之事物，一切真妄虚实，皆以人类实用判别之。质言之，即视人类有用与否为断。此种以人为本之判别，亦可称人本主义。至于尼采之所谓超人，亦自称地的超人。而古时超人之天国、乐土等，皆所否认，此为思想上之特点。

人格与公议之尊重　从人权上言，各有不可侵害之自由，即有人格之尊重。从社会上言，须以服从多数为要义，视多数人之意，与古代之圣言，君主之上谕同，即有公议之尊重。此为政治上之特点。

劳工与社会之神圣　向者皆视资本及天然之土地等为生利之要素，而人工副之。近世不然，只认劳力人工为最基本的生产要素，而劳工遂成神圣。在此人为的、工业的经济社会，直视劳工之力为创造社会之力。如美国卫中博士云："近代欧美之所信者为劳动教，信仰自己之劳力，而成为唯劳动力所创造之人生。"再者，现代劳工之创造，非个人的，乃团体的，因凡百皆须由工厂多数人之力量而出，故尤重在各种组织之社会，不在个人。故劳工是神圣的，社会尤其是神圣的，此为经济方面之特点。

现代人生之烦闷

兹设问曰：现代人生有如上之特点，亦可以满足人心耶？此问题可先总括的以不满足一语答之，以其从此特点即生烦闷也。

现实与人生之丑恶无常　所谓现实者，乃为充满丑陋恶劣之情形；近哲亦有谓人生是充满缺憾的。至若古代，有超现实、超人生之观念与信仰，故得有所寄托与安慰，今则一切否认之。但现实之给予吾人者，在自然界则有灾难疾疫，在社会则有怨仇斗争，相逼而来，莫之或已！且人性之现象，无恒常性，以此脆弱无常之人生，周旋挣扎于是无量烦恼苦痛之中，将欲奋其智力改造救济，甫有途迳，即复淹没消殒而无一定之轨道可寻。复次，人生所寄，无非民族与国家，而此国家与民族，纵有相续之义，要亦终归消灭。推而至于地球乃至太阳界，其结果也无非破坏无存。由是思维，意义既无，价值亦复非有。现实之丑恶如彼，而人生之无常如此，则一进到根本上，其思想上之烦闷当何若？

人格与公议之虚伪无实　人格是无定的，是指不出的，虽在假定之概念上有此人格，但是尊卑高下实无一定之对象以为标准，即亦无从尊重。公议者，大之如国家，小之如团体之决议，大概视为公共意思之表现；但细查之，决议不尽为多数之表现。

故公议无真实性，即亦无绝对尊重之可能。譬如在代议政治盛行之时，崇拜者以为此制发明，可以从此不乱。梁启超尝谓"天下一治一乱，有代议制则一治而不乱"，可见当时言论之一斑。然而反观中国历年之试行，与欧美今日之痛诋者，即此代议制之虚伪，亦可见公议之非有真实性存在。是故人格与公议，为近世唯一所尊重，兹既发现其虚伪无实，则使人徘徊歧途，其烦闷又何如？

劳工与社会之冲突无安　劳工以谋自身利益为出发点；社会之组织，则以结合目的相同者而谋共同之利益为出发点。夫各凭劳工之力以求利益，人孰得而非之？但即以各人之出发

点，皆谋自身利益故，及至利害相反，则冲突以生，于是有社会起而代表共同者之利益。复以各社会利益之不同，更演进而为阶级之冲突，团体愈多，冲突愈甚。由是理论上之视为神圣者，事实上转互相侵犯。以故个人立在社会，社会立在世界，胥感不安，而成近日种种问题。贤哲之士，绞脑汁、用心血，谋所以处理此种种问题者至矣，而未有当也。最近如去年因经济之纷扰恐慌而呈全世界之不景气，要皆冲突无宁之暴露，是尤人生烦闷之大者！

由是言之，现代人生，在思想上、政治上、经济上，已充满烦闷；而此等烦闷，皆由所注意、所尊重，及所视为神圣者所产生，若必循是以为解决之方，不几扬汤以止沸！然则如之何而后可？今请一谈佛学。

佛学之要义

佛学泛广，非短时间可以详谈，兹提其要义述之：

事事皆法界，人人有佛性　事事二字，略如常言之事事物物，其义概指凡事凡物，不论种种色色，连佛亦指说在内。法界乃统括一切事物之总名，即以统一切法为法界。譬如常言世界，则举凡世界上所有人物等等皆包括在内；故法界之义，与宇宙略似而较广。事事皆法界者，谓随举一事一物，即无论何事何物，皆为法界。常言"人各一宇宙"，其义与此略同而较狭。第何以知事事皆法界耶？以一切法皆众缘所生故。此众缘所生义，即是说任何事物皆藉众多关系所合成，故一法提起时，此一切关系——众缘——同时提起；而此一切关系，复为众多关系所造成，如是推之乃至无穷。

可见任何事物，无非为众缘所生之法，同时亦为能生其余一切法之缘。依此，则绝对否认任何特质能生起世界，如一神能创造世界而为世界之大本因等说。即此眼前一扇、一椅、一屋，切近如各个人，远之如日月星球，各各皆全法界，无始终，无边中，法法圆满，无待外求，此为事事皆法界之大义。

人人，非专言人类，乃就人以代表一切有情者。而佛性为最高尚最完全人格之表现，表现此最高尚最完全之人格者名佛。使佛非假设之对象或偶像，使人叩头崇拜者。以人人皆有此成佛之本能，即表现最高尚最完全人格之本能。故人人有成佛之可能性。一般人以为佛学为否定人生的，其实不然，盖佛学系于人生彻底革命的且最高发达的。以必须彻底革命，始能将各人内在的佛性充分发展表现，而达到人生最高程度。而此内在的佛性，人人具足，不待外求，在凡不减，在圣不增，是为人人有佛性之大义。

由前之说，人物一切皆法界性，即宇宙性，相互相通，无不圆满。由后之说，人人都有能将此法界性开发之、表现之、充足之，极至于成佛之佛性，平等平等。故说事事皆法界，人人有佛性。

我为法王，诸法无我 此二我字，取义略有分别。在佛学上，我之定义为主宰，即有主宰之实体方名为我。常言之我，都无实义，不能确指何者为我，无有对象，故无真义，但有假名。第假名我，亦为言说方便上所许。此上一我字，即取假名我。法，即无论色法心法，有情无情，而法性平等；第虽平等而能缘起变化，在种种缘起变化之中即有心法，因心法即一切法中之能转变化的力量，凡有心的——有情——皆能转变一切法，以其有转变力量故；故有心的，即为宇宙诸法之王。

复次，转变云者，亦有因果规则不可破坏。所重者心，能创造某种之因，故得某种之果，各各有情皆有自由选择之力，故各各有情均为宇宙诸法之王，故云我为法王。若至心能转物，即同如来。又即以诸法无非缘起变化故，即无论人、物、色、心，大之世界，小之微尘，无非众缘和合之团体，在时间上亦有相续之意义，依此和合相续之假相，成为概念，故一一法得有假立之名相而实无主宰，亦无实体，以无主宰无实体故，故说诸法无我。

自心众心，唯心所造 唯识所变，唯心所造，乃佛学上重要义理。专阐此义之学说，灿然成为一大宗，即法相唯识宗。兹所谓自心众心，谓非仅自己之心，乃各个众生之心，包括心王及心所有法而言。依唯识宗一切众生各有八识：即一眼识、二耳识、三鼻识、四舌识、五身识、六意识、七末那识、八阿赖耶识，此八识谓之心王；与心王同起之作用为心所，各依心王而各成类聚，谓之心心所聚。于此有觉知之部分及被觉知之部分：觉知之部分谓之见分，被觉知之部分谓之相分。

一人之心、心所、见分、相分如此，各各有情亦如此。故有一人独造者，谓之别业所感；众心互造者，谓之同业所现。譬如现见此屋之光，乃众灯所成，而一一灯亦不失各有其明。故世界一切自日月之大至草木微尘之小，皆唯识所现，唯心所造。第所谓造者，非从空无所有突然造成，乃谓无始来心力为因，至今缘具则现。由是各人之心心所聚，固已繁复深邃，不可穷诘，众生心识，力更强赜，试举浅近者言之：家、国、社会之创造，固由若家、若国、若社会之人共同心理相互之力量而成，而在各个之吾人，亦要有一份之参加；推而至于世界，亦可知绝非离此世界之外，或超此世界之上，而别有创造者。借曰有之，亦即众生心共同力量，乃为创造的原动力而已。

佛学之要义既明，今得言归本题。夫以思想、政治、经济之与古异，而有现代人生之特点；又从此特点引生烦闷；则欲得出路以求离此烦闷，将毋人同此心。上来要义，即正对此烦闷而予以解脱者也。

佛学适应现代之需求

古昔宗教或圣哲之言，亦可以救脱一时代、一地域之人生苦痛；至于现代之人生烦闷，已呈特殊之症，则对治不能再用古方。佛学虽为一切时地之需要，而现代之需求尤急，兹以前说合而明之：

即丑恶无常而真常净善　夫以注意现实与人间，而复觉丑恶无常致生烦闷者，要因囿于平常的知识而来。若明佛学事事皆法界，人人有佛性之义，则此种烦闷当下解脱。详言之，则佛学可即依现实而观察到现实真相。譬如有杯于此，以吾人所见有此杯相，遂认为杯之现实止于此耳。但细究此杯，其关系乃遍一切，所谓水、火、土质、模型、色彩、人工，乃至遗传之文化，自然之演变，缺一不可；而此现实之杯，遂即成无始终、无边中之全法界。

故佛法绝非抛却现实，别寻真相，乃即此现实微细观察而明其真相，是故即无常而见真常。复次，以人生世界为丑恶，亦由束于习俗之谬见，若能以佛理透彻观察，即见人生亦为全法界关系之所现起，而最美善最圆满之佛性，固亦包含在中。譬以黄金造成毒蛇等形，现相虽恶，质地原美，故谓人生真相之净善，亦非离此现实人间，别于现实人间之外去求天国也。故云：即丑恶无常而真常净善。若深明斯义，实可为解脱现代烦闷之一服清凉散也。

即虚伪无实而圆融自在　人格与公议虽虚伪无实，然以诸法

无我之例例之，则人格与公议乃世间事物之一，原无实性，以其本为众缘和合，乃有此事实表现，若无众缘，则事实不存，故欲求固定实体，实不可得。但以众缘所成即为真实，故诸法无我，此无我之性即为实性；诸法如幻如化，而此如幻如化之相，即为真相。人格与公议，亦复如是。且即以其如幻如化，故得有转换变动，以无实性，故得有活泼变化。而唯心之义，亦即以活泼变化，转换变动，而显现其圆融无碍。故云：即虚伪无实而圆融自在。如是观察，微特不生烦闷，且益见其光明。

即冲突无安而解脱安乐　冲突无安，乃世间当然之事，如《法华经》说此世界人生之苦痛谓"三界无安，犹如火宅"。此火宅之喻，所以形容熬煎逼迫之情形，可谓尽致。现在于自然界之灾厄，及各个之一病恼，姑置不论。而社会所生之苦痛，举要言之；如经济之恐慌，劳工之失业，帝国主义之压迫，弱小民族之革命，诸如此类，彼此冲突，任举其一，皆足以酝酿大战而为全人类之纷扰，何况备而有之！则无安之状，不啻火宅！揆厥原因，皆以不明前来所说之真理，各以注视之点而计着者为我——包括个人之我，及家、国、社会之我，若者非我，此人非彼，彼物非此，由是界限划然，物我角立。故其发动之各利其我，往往不惜由害他以出之，遂各以害他为手段，以利我为目的，所谓国家主义、帝国主义，莫不以其他之国家之民族供我牺牲。社会、团体、阶级，亦各认其所谓我之范围，而与其非我之他相周旋。

既各以害他为手段，以自利为目的，故相冲相突，靡有底止。若明佛学自心众心唯心所造之义，则譬如此屋之光明，即由此屋之一一灯共同之光明相涉相互融合而成，不容分别，故各个人之力，皆融贯于国家社会中，而每一各个人中亦含有其他一切缘力之存在，以此则可觉知相互关系之中，利害相共，而起心做事，当以普利为怀。利之普故，则本身当然在中。且本身云者，不过吾人注视之焦点，其关系实遍于群众。故为本身利，亦当于群众中求之。盖利他即为利己，而害他即为害己也。是故解脱安乐，无事外求，乃即各除私见，各尽自力，以为社会群众而服务。所谓依大悲心行方便事，即可冲突不生，而解脱安乐现前矣。

现代人如何学佛

佛学有广狭二义：广义，即戒、定、慧学，由发心求学到入三乘圣流，名为有学；至三乘圣果圆满，名为无学；戒、定、慧三学之外，别无所学。佛典上称戒名学处，亦称戒增上学、定增上学、慧增上学；如此、三学即佛学，修此三学即是学佛，则佛学与学佛两个名词是分不开的。

狭义之佛学，如科学、哲学等，佛学，即指佛教的学理而言。佛法中有教、理、行、果，教，即如来圣教，有言教、有身教，佛的种种威仪言说都是教体，往往有常人意想不到之境界，故须以真诚的信心来接受，但所说三藏十二部教的义理，甚深广大，为求理解，乃成为学理的研究，由听讲、讨论、分别推求而得其胜解，此专指研究佛教的学理名佛学，可说只是学佛应经过的一个阶段。并且也有虽研究佛学，而仍未生起信心，进于修行证果的，如今之学校把佛学当作一种哲学或人生哲学来研究的。因此、狭义的佛学，就与学佛有了区别。

再就学佛来说，亦有广狭二义：广义者，凡是对于佛法由向慕信仰心而学习者，皆名学佛，如读诵经典，受持皈戒，或礼拜恭敬佛菩萨，或信因果忏悔罪业，或求福报、或求解脱，或求生西方，依佛所说法门修学行持或多或少，皆名学佛。若以严格的狭义而说，或由信一切众生皆有佛性，或由信有大乘种性，了解大乘教理，发起真正菩提心，求得阿耨多罗三藐三菩提，由普度众生的大悲心而生起菩提心，由菩提心修菩提行而至于成佛，即是发成佛心，修成佛行，得成佛果，名为学佛。

学佛是依教、解理、修行、证果，佛学只是依教、解理。但此佛学的广狭义，与学佛的广狭义，皆只就修学的一面说；若依佛的平等意乐来说，如《法华经》所明："如来以一大事因缘出现于世，为令众生开示悟入佛之知见。"凡得遇佛法，或解或迷，或信或谤，或发一善心，修一善行，皆是究竟成佛的因缘，则上来种种分别仍无分别。

学佛先要解决三个问题

讲到学佛这件事，先要研究；欲研究，先要解决三个问题：一、为什么要学佛？二、可以不学佛否？三、拿什么去学佛？

对于第一个问题，所以要学佛的原因，就是我们平常的要求。平常有什么要求？无非是要安安乐乐，无非是要永久安安乐乐；有此要求，所以要学佛。依佛法说，无非为令世间解脱一切苦、得究竟乐。既要离一切苦、得究竟乐，所以就要学佛。

有一种人讲，离一切苦、得究竟乐，这种要求，原来人人有的，何必要学佛才能如此？所以第二个问题就发生了。对于第二个问题可以设为问答：假如有人问我们为什么要学佛？我答以非学佛不可。照这样说，似乎武断得很！其实并非武断。就眼面前说，比如有饥寒的苦恼，得了衣食，饥寒的苦恼离脱了，就可以得安乐。比如流离失所，漂荡无归，得有住所，流离的苦恼离脱了，就可以得安乐，比如小孩子得成年人抚育，也就可以离苦得乐。照这样说，岂不都可以离苦得乐么？为什么要学佛？为什么要提出这问题来研究它？如饥寒时能得饱暖，流离时能得住所，凡衣食住人人所需用的，有自人人供其所求，又有国家保持社会现状，是种种方面都可以离苦得乐的，又何必在佛法上求？

但是，在世间上是不能完全离苦得究竟乐的！比如饥寒之苦，有食可以无饥，有衣可以不寒，然不过暂时离苦，而苦根尚在；且因谋衣食必起种种惑、造种种业，所以一切苦又随之而起。比如人生，有情世间不止一人，必有家庭，有家庭要安居乐业，便有负担，因负担又生种种拘束，种种烦恼。稍得安乐，苦又随之而起，所以不能离一切苦、得究竟乐。推而广之，不但家庭如此,即社会亦然。社会上可以互相维持,以我所有通彼之无,但是成了社会,到了社会有益的地方,种种烦恼亦随之而生,由是互相侵扰,互相妨害,互相并吞,生出种种烦恼,发生种种困苦,所以不能离一切苦、得究竟乐。

有种人说,这是可以有救济方法的,只要有富强的国家、良好的政府,这苦就可以免。这话也不甚错,因为有富强国家、良好政府,一国人民得以安居乐业,自然是一种幸福;但因这一点幸福,而痛苦又生。大凡一个地球上,不止一国,国与国相邻,必有交际,因交际而生交涉,因交涉而生战争,因战争又发生种种痛苦,种种义务,可见有国家有政府,亦不能离一切苦、得究竟乐。

就上说概括一下，我们人世上要求离一切苦、得究竟乐，实在无有办法。佛经上说："以苦欲舍苦，苦终不能出。"然人世上要求离一切苦、得究竟乐，原是正当要求；但虽是正当要求，一切办法都做不到，惟释迦如来才说出种种法来，令众生离一切苦、得究竟乐。对于此种问题，从前我已同人讨论过。有一位儒教老先生，他说为什么要学佛？我们读圣贤书，行豪杰事，以扬名显亲为希望，以齐家治国为事业，照这样可以不学佛了。对于此种理由，就人言人，原不失为圣贤君子。但是要求离一切苦、得究竟乐，仍是办不到的。这原因在何处？如儒教所讲的，无非道学、词章、考证三种，这三种，我细细把它推究起来，便知道我的结果。

道学家所讲的重要处，不外民胞物与，万物一气，为天地立心，为万物立命。但自佛学家看起来，所讲都是生生相续，也是有苦恼的。所以老子说："天地不仁，以万物为刍狗。"暂时勉为救济，也无办法。易经六十四卦既济之后，继以未济，可见暂时能济，终久不济，也是不能离一切苦、得究竟乐。所谓顶上的道学，尚且如是；讲到词章，更不是了。在中国古来词章之高美，莫过诗与离骚，诗所以言性情，国风之作，多半男女淫词，雅颂之篇，无非赞美帝王神武，离骚美人香草，满纸皆是。就此看来，凡词所流露者，无非杀业、淫业，虽有所劝诫而根本业力未除，要想离一切苦、得究竟乐，如何可能？

若夫考证，所以研究经史，因经史而知今古之所以兴、所以废、所以治、所以乱，未尝与国民无益；然欲求达到离苦得乐目的，终不可能的。所以发生离苦得乐之要求者，以天地不完美，故有种种苦恼，要想把它脱离，不唯儒家这三种做不到，即现今世界哲学、科学所研究的，也是做不到。所以要求离苦得乐，非归到这学佛范围内不可。试再进而批评道家。

有一位讲究道家的先生说，像我们学道的人，以精、气、神为三宝，炼精成气，炼气化神，炼神归虚，也可离了这躯壳，更升而为天上神仙，长生不老，岂不就可以离苦得乐吗？何必要学佛呢！况且佛法修性不修命，道家性命双修，依此看来，可不学佛。但是他说的方法，不是无功的，也不是无果的，不过他的功用在精、气、神上，这样精、气、神、如能保持得住，未尝无有好处，无如到了功用一完，仍然堕落！何以故？因为他舍却一四大和合的假身，又修成一五阴和合的报身，较世人的生命虽然多活几百年，或几千年，或几万年，岂知万年一夕，一夕万年，刹那刹那，转眼成空，仍然是苦，以未达离苦之究竟地故。

至于讲到命字，命是个什么东西？本是虚妄的、不实的，一种业力的继续，离此业力之外，无所谓命；道家不过把它拿来扩充延长，不知其为虚妄不实的。以命是苦之根，故佛法是解脱业力的，所以能究竟常乐；道家是延长业力，所以不能究竟常乐。依此说来，道家既不能得究竟乐，所以不得不学佛。

又世上的人，也有信婆罗门教的、基督教的、回教的，这三种教皆是一神教。一神者，所谓上帝是，以上帝为唯一真神，无论何物皆是他造的，所以主宰万物，支配万物。他的用意，无非说他是可以救众生的。这种教的理论是说世界何以有，万物何以生，他是创造世界万物的，高出世界万物之上的；但使信他唯一真神，朝夕礼拜虔心祈祷，便可到永久安乐的地方；他的用意无非如是。

但他讲的唯一真神，也要研究他一下，到底是假设的，还是实有的！假定为实有的，他是从何处而来？如说他唯一真神是自然有的，世界万物也可以自然而有，为什么要他来造？且造的万物，人是一种，何以有智的、愚的、善的、恶的、富的、贵的、贫的、贱的，种种不公；唯一真神，至公至平，何以所造的人，有如是种种不平？依此推究起来，此唯一真神，还是有的，还是无的？有无不能定，便缥缈不实，直同龟毛兔角，徒有名词而已！可见依此而求究竟安乐，还是不能的。

又有一种新学家，说哲学可以发明真理，科学可以发明实用，依哲学与科学，心思智巧，利用自然因果，一天进化一天，文明也一天发达一天，到了进化之极，自有美满结果，可免困苦，可享安乐。但是这种学说，也还要考究一番。

所言的进化，是否依地球上人来讲的？地球在虚空为行星之一，是有限量的；地球之经成、住、坏、空，不知凡几，地球既有坏的时候，即令进化不已，如到地球坏了之时，也与地球同坏，依然落空，与人生而又死，有何区别！可见科学、哲学也无结果。

以上种种宗教、种种学说讨论也得其大略，然欲求离一切苦、得究竟乐的目的，仍不可能。大宗教、大学说尚且如此，其余如某某门、某某社以及一切旁门外道，更不必问了！所以非要学佛不可，既是必要学佛，所以第三问题又因之而起。

讲到佛学，原有次第。其次第为何？不外教、理、行、证，四种。是依佛智慧所证得的真理而说出来的三藏十二部经典；依教研究，明白佛说的真理谓之理；依理做去为之行；行到功行圆满的时候谓之证。教理所讲明的，是说明一切人及一切众生本来真心是圆明清净的，人人如此，一切众生莫不如此。此圆明清净心，即是佛性，诸佛与众生无二无别。禅宗有明心见性之说，无非发明本心，自见本性而已。我们向来因无明不觉，起惑造业，造业固有苦恼，有苦恼故不得安乐。诸佛所说，无非教人离一切苦得究竟乐。其何以离、何以得？不外发明本性。

学佛不是专求佛理的，是要依佛理去修，才是究竟，所以又在行字上再来一讲。有人到此地方，必有疑问：说众生本来是佛，本来清净，何必要学？只为无始无明所以迷妄，因迷妄所以颠倒，因颠倒所以造业，因造业所以流浪生死，轮回六道，受种种苦；学佛是去迷妄颠倒的，所以要实行。如但明教理，不加功用，是不可的。因不明佛性，所以造业受苦，能发明佛性，了了显现，圆明寂照，得大解脱、大自在，才能与佛一样。

古德说佛是明悟之众生，众生是未悟之佛，便可以解决此疑问了。然一推其无明所自来，无始无终，不知所自起，以无明妄动故也。曾为天也，曾为人也，曾堕入诸恶道也，不知经过若干

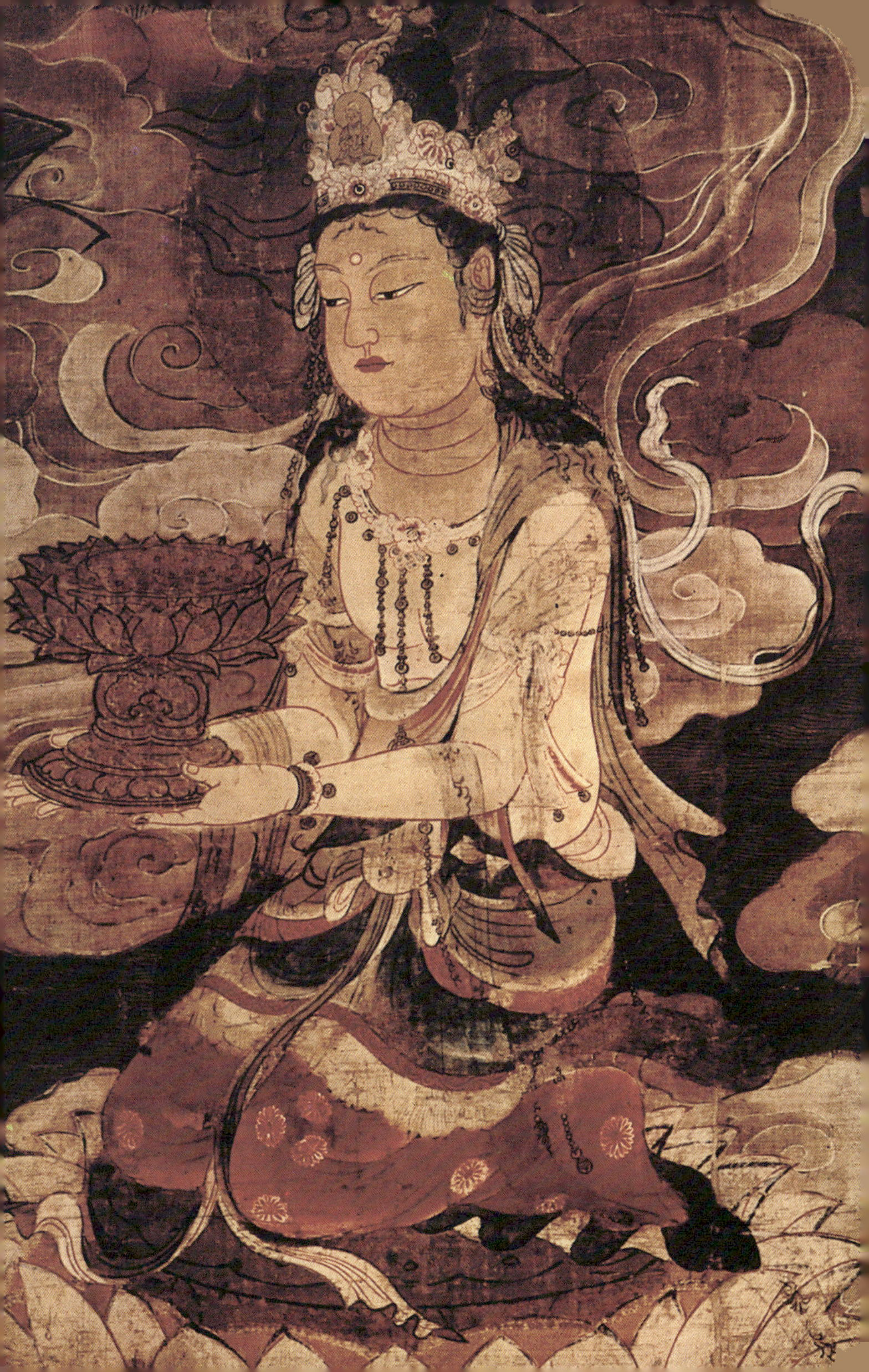

的世界成住坏空，如要离一切苦、得究竟乐，用何种方法下手才能达到目的，又不可不加以讨论。

凡人与佛只在一念间

佛教中名世界人生为有情世间——动物、器世间——物质。器世间随有情世间而转变，以各别之关系，造成有情世间之生命。此生命是前之无始，后之无终，很长很远的，譬如长江中之江流。有情现今之动作行为，影响到将来变化；而现今之结果，又由前行为所产生。有情世间之生命流，曾经种种非常变化，由此可知过去所经历，或为怨亲朋友敌等。在这很广泛复杂的关系上，并显出有情世间中的人，是最富于产生复杂生命的。所以我们同在这世界中，皆是有亲朋或怨仇关系的；由此证明我们现在在一起很亲切地谈话，必都曾有过亲友的关系。

我们透视洞察每个的有情生命，便觉得都是最尊贵的，都可成佛，佛不是宇宙人生的创造者，也不是为祸为福的主宰者；它是一个彻悟宇宙人生的真理者，同时说了许多教人觉悟的法则，即所谓佛法。有情生命，就当下的心身来说，在时间观察是前无始后无终；在空间观察是外无边内无中。这又怎样讲呢？由过去生命发生之关系观之，无量虚空界，众生界，都是有关系的，所以我们生命变化关系是无边际的；生命的存在，乃由——四大——质力摄集成身，色心的五蕴，更是相遍相通的，摄四大身相五蕴色心相，成为某人或我，物理上、生理上、心理上关系，内无我相，外无物相，既无边，又无中，和合成现在生命四大五蕴变化，觉悟了就是佛陀。

佛在未觉之前，是与众生同体的，以觉悟的道理，为众生作善友，为有缘者演述，很亲切的使对于有情世间、器世间有一种正确的觉悟，首先即令得八正道中之正见。演变关系是无尽的，要导令向上以成为更好的变化，向更好变化上进行，这在佛法上谓之正见；作为标准做去，便成恶止善行，庶能造成将来更好的生命。我们现在对于宇宙人生真理未能明了，皆因心地散乱不宁，故更应从事定、慧修养，俟得力时，便如明镜一般，照了一切，对于善恶因果种种变化，无不了了分明，再不致演出错误的行为，便进步到成佛之路上去了。

在佛典里有这样的两句话："人身难得，佛法难闻。"我们还保存着这人的身体，但在世间的难疗的生死中，我们说不定会堕诸恶道，到那时，有谁来听你的一腔哀声？所以，做了人，倘若不学佛法，岂不是在人生道上空跑一趟吗？

先从做人讲起。如我们现在所得的人身，有什么善因，有什么胜缘而得来的呢？既得了人身，生活在这无边的人海里，要怎样的资养它、维持它才能够很安善的过这一生呢？更进一步讲，要怎样使其了知人生的真意义而且得到人生最高的真价值，才不辜负这人身呢？这问题，一到深处，便必须学佛才有解决的希望，否则生死难关冲不破，弄到"船沉人尽"，沉到生死海里，毕竟失了人身难得的真意义和价值了。我们毕竟是人世间的人，我们不是披毛戴角的动物，因为我们有人的身体。

然而，我们的人身，究竟从何而来呢？我们的回答是：从自身过去世造作了能得人身果报的福业——因，再凭借了现在世父母的遗体——缘。由此，可知道我们此身的来之不易。倘若没有过去世福业的因，和现在世父母的缘，我们做人基础的身体即无由成立。了知构成此身体的因和缘，所以我们要继续培修福业，而同时对于父母要孝顺恭敬奉养，这是人生应作的第一要事——

培本报恩，也即是开辟未来世的升进之路！

我们从生身起以至老死，每天所需要的衣食住行之具，从何而来？你如果肚皮饿了，有食物来充饥；冷了，有衣服来遮体；风雨袭来，有房屋给你住；你如果往何处去，有道路给你走。这些资生的赠予，都是仗人类互助的能力——大众的力量而得到的。人世间士农工商的共同的能力，维持了你的生命，资养了你的生命；换句话说，你的生命完全倚靠社会大众的能力来维持、资养。所以你要去服务社会，替社会谋利益，凡是社会各种辛苦事业，你要耐劳的去做——这是第二报酬于社会的。

人生在世，要怎样才能安居乐业？固然，我们的生命由社会群众的力量来资养，但社会如何能使它安宁？我们如何常能得到礼乐的生活呢？这即是要有国家。有国家，则有政治、法律；对外有保护疆土之责的军队，使强暴之外患不能侵入，奸逆之内乱可以弭除，即天灾疫难，亦可设法防止。若无国家，不但外患无法抵御，国内人民的生命也没有保障，生活也没有安宁，要报父母、社会恩亦无从报起。所以，我们更要报答国家恩，大家要以爱国心为前提！在今日众敌围攻的中国，我们中国的国民，英勇的将士，慷慨的豪杰，应在众敌环攻之时，一致奋起建设光荣的国家吧！

不过，如果前三种能够"实践躬行"的做得到，也只是一个平庸的人，还没有了解人之所以为人的真意义，也没有得到不虚生而为人的最高价值；所以，这里要说明进德修道的第四点。德者，德行也。即以做人而言，因为过去世造作了德行的福业，才有现在世的人身。所以，我们在享受人世间福乐的时候，我们要能在人生道上更进一步。好像每次出门做生意，必须多赚得几分利息回去，决不要亏了本。我们做人亦然，要一生一生的上升，不要糊里糊涂的醉生梦死，要企图向上进步。

因为要进德，所以我们要修道；要依据真正贯通万事万法的道理——佛法去修习，我们才能进德。倘若此生所修的福德，比较前世更进了一步，也就不"枉在人间走一遭"！谈到进德修道，则对于现前的师长以及古昔的圣贤，都有恭敬亲近的需要。由是而观察到圣中之圣的佛，觉得唯有他能以究竟圆满的教法教授我们。我们不但要去礼拜，同时要依佛的教法去信、解、行、证。不然，难于超越生死苦海的厄难，人面兽心的样子也不易变化了！

所以，要进德修道，便须依佛而学，走上学佛的道路，因为佛是圣中之圣啊！怎么知道佛是圣中之圣呢？我们要知道：佛原是人类中的一人，不是另外的什么怪异，不过是我们最完全的模范——人天师而已。"佛"是梵语，此云觉者。为什么称他为觉者？难道我们没有觉吗？不错，我们也有觉，但不是常觉，不是普遍觉。例如，我们生死在人间，生不知从何而来，死不知向何处去；对于世事，也许只知其一不知其二；所以有许多错误颠倒，邪见丛生。佛呢，他是自觉、觉他、觉行圆满的究竟觉悟的大觉者！假若你要了解人生真义，免除人生道上的危险，应找这条道儿走，这就是要依佛的教法请明师指教去修行——皈依三宝。依佛的法而行住坐卧不离，才有出离生死苦海之一日！

人生究竟是捉不住的！随着一叠叠的波浪而来去，不能自主，犹如航海，无一时不是过着波浪漂泊的生涯。在渺茫的生命道上，除非依佛的道理——经典去研究，进而实行，将自己的身心以佛理来范围它，才能稳登彼岸。要使我们的思想与佛的思想合一，要以五戒十善为根本。五戒是戒杀、盗、淫、妄、酒。十善是不杀、不盗、不淫（这是身三种）、不两舌、不恶口、不妄语、不绮语（这

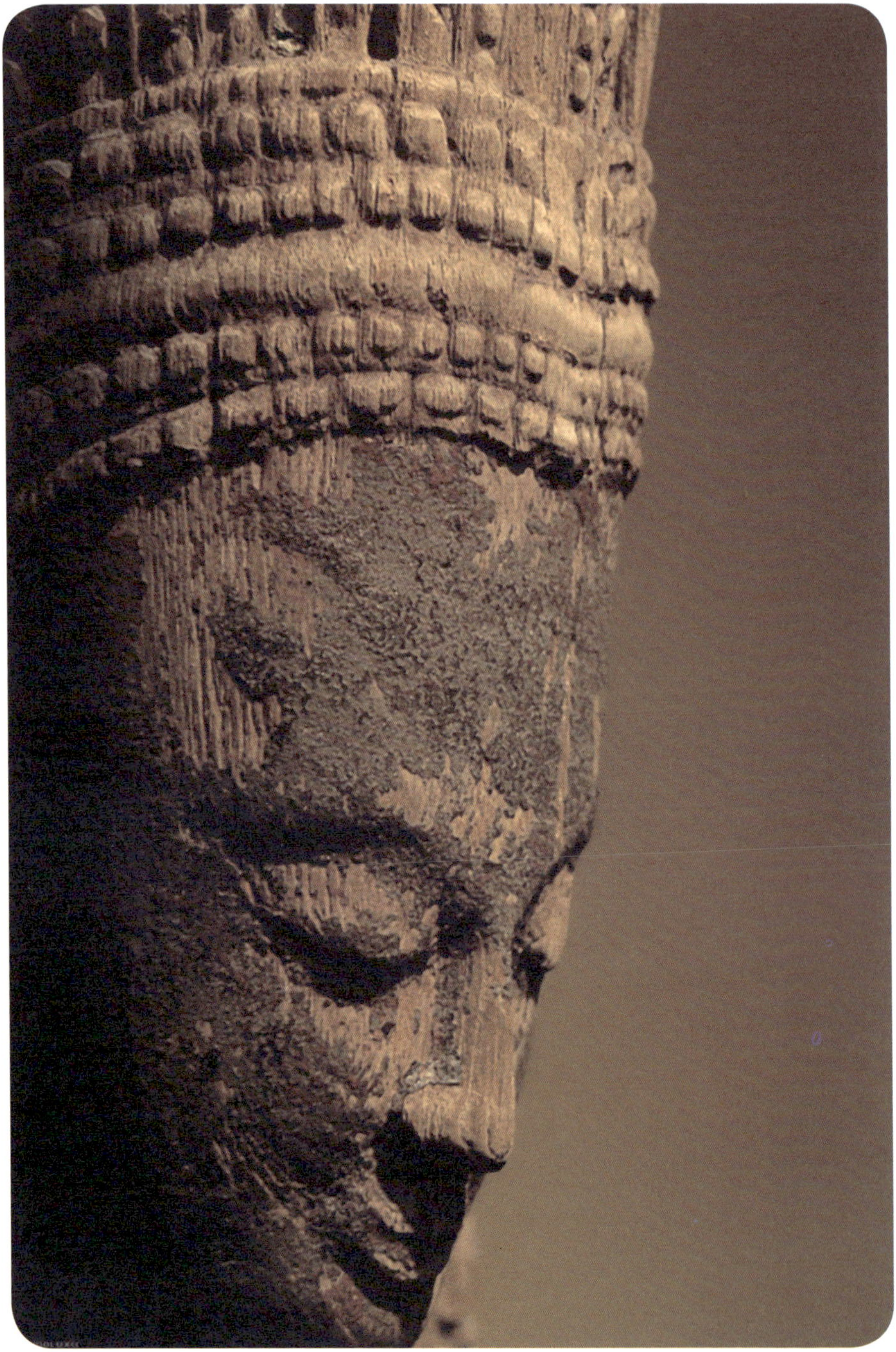

是口四种）、不贪、不嗔、不痴（这是意三种）。若能如此，再进而修习禅定，自然能对诸经典不要他人讲解，而能自己发明，而有真的智慧生起，渐渐证入佛的真理的境界。

以上，关于学佛的大意已讲完了。你要是能行前三种，只能说勉强算个人，不过空空泛泛地做人，没有了知人生真意义，没有得到人生真价值。若要了知人生真意义和得到人生真价值，要看你能行第四种到如何程度为标准。若能行此第四种，则人生永远是上进的。此第四种是修学戒定慧的途径，是佛法的精髓。如今再回到"人身难得，佛法难闻"的意义，在佛法上，这是启示人生的理智的方法——就是说，人为万物之灵，佛法唯人类才可以修学，由此可以见到人生真价值之所在。如今，我们是人身难得今已得，佛法难闻今已闻，这种机缘颇不易得；既来到这人世间，既入宝山，切莫空手而归！我们要誓愿成佛，才能获得做人的真价值！

从信心上修戒定慧

学佛所应修学的法门，不出戒定慧三增上学；而比此三学更根本的要素，就是具足信心。因信心是从信解而成立的，不论在家或出家，若对佛法有真正的认识，便会产生恭敬诚挚的信心，由此信心，才可把佛法接受过来而依之修学。故佛法的基础在戒定慧三学，而比三学更重要的条件，便是首先要具足信心了。

佛教把信徒分成在家出家二众，但皆由信心而成立，是二众修学的共同点；其不同点，即在于戒律。戒律有在家二众的戒律和出家五众的戒律，在家出家之分，便是在这戒律上区别的。出家所以能称为僧宝，也就是由严持出家的戒律，由戒学之增上因缘，才能证得出世的圣果。戒学做到相当的功夫，便可由戒生定。

定就是禅定，中国自唐以来，禅宗风靡于天下，出家者对于戒非常的轻视，毫无深刻的修习，即躐等的去探讨禅定，所以中国的佛教徒，便没有实际的成绩。本来，照佛教原始的制度，出家修学的次第程序，须先修学几年戒律，把戒律弄得清楚明白，有系统有条理的来规范行为，实践于日用行事上，使心身在语默动静之间皆与戒律相应，六根不流荡于六尘，便自然可做到禅定的功夫；如此久而久之，心力集中，便可以由定发慧。故知若无戒律之基础，而躐等探求定慧，那是极枉然的事！

从信心上建立三学，先修戒律，由戒生定，由定发慧——此慧有三种：一、闻所成慧，二、思所成慧，三、修所成慧。在具足信心之时，就有闻所成慧，因信心必从闻教领解而起故；至用胜解去思维决断，去心身体验而实习戒行，便是思所成慧；由修习戒行而到成就禅定，依禅定为基础的慧，就是修所成慧。至修慧功深，功用广大，便能引发无漏圣慧，断惑证真，获得解脱。

由是可知佛法中所谓修学，实不出于三学，而三学皆以具足信心为出发点。从迷入悟，转凡成圣，亦是扩充此信心使之圆满而已。在这种意义上说，现在各位在佛法中，对佛法当然已有了相当的了解和认识而成就了信心的善根，所以更求进步也容易了。学佛能具足清净信心，正如水之有源，木之有本一样。

人性可善可恶，就看如何把握

"人"，照常识说，是万物之灵；照科学说，是最进步的动物，就佛学的意义说，人则为众生中比较重要的一类。至于"性"字的意义，范围很广，中文的用法也有不同，但其最基本的意义，可以说是哲学上的本体性。另一种意义，则为伦理学上的名理性。这两种意义，比较抽象。第三种意义，则为事物的性，这个意义比较具体。各种事物均有类性，生物的性，普通称为性能。

我们所要讨论的人性，因为人是动物的一种，所以他具有普通生物的性能。同时人又为许多事物中的一种，所以他也具有各种事物的物性。我们所要研究的，是人类的特性，和他与其他生物、动物的通性，这是人性论者研究的范围。人性有许多地方与其他动物相同，如食、色等属之。但也有与普通动物性不同的地方，孟子所谓"人之所以异于禽兽者几希"，就是这个意思。

我们时常说，人类是一种理性动物，所谓理性乃系理智与道德的总称。孟子说的人性善，系指人类所应有的理性而言；荀子所说的人性恶，系指人类所常有的动物性而言。因为人类具有理性，亦含有动物性，所以人性可以善，可以恶，也可以善混恶。如果再从本体性方面看，也可以说人的性是无善无恶的，且是超善恶的。

与人为善即是学佛

现在国内与国际所有的人类，经过这次大战（即第一次世界大战，编者按）的痛苦，大家都希望社会安定，世界和平，而且长远、永久不再受战争的灾难，这是人人普遍的心理！美总统杜鲁门讲："在今日高度科学发展下，亟须高度的道德配合，重造和平幸福的世界。"因科学发展，制造新式武器，如不以道德运用、驾驭，为害人类实甚，此则非昌明高度道德性的宗教不可。世界三大宗教，以佛教教义博大精深，最适合人类实际生活之道

德，足以补科学之偏，息战争之祸，以维持世界的永久和平与幸福。佛教的本质，是平实切近而适合现实人生的，不可以中国流传的习俗习惯来误会佛教是玄虚而渺茫的；于人类现实生活中了解实践，合理化，道德化，就是佛教。

在人类生活中，做到一切思想行为渐渐合理，这就是了解了佛教，也就是实行了佛教。因为佛陀教人持戒修善，息灭烦恼，就在使人类的生活合理化。人类生活中可共同通行之道，便是道德；互相欺诈、淫乱、争夺、杀害，皆是不道德的行为。佛法切实的指导改进，使其互相推诚、仁爱、谦让、扶助，这就是学佛的初步。学佛，并不一定要住寺庙、做和尚、敲木鱼，果能在社会中时时以佛法为规范，日进于道德化的生活，就是学佛。

若以合理的思想，道德的行为，推动整个的人生向上进步、向上发达，就是菩萨，亦即一般所谓贤人君子；再向上进步到最高一层,就是佛,亦即一般所谓大圣人。故佛菩萨,并不是离奇古怪的、神秘的,而是人类生活向上进步的圣贤。

佛教,并不脱离世间一切因果法则及物质环境,所以不单是精神的;也不是专为念经拜忏超度鬼灵的,所以不单是死后的。在整个人类社会中,改善人生的生活行为,使合理化、道德化,不断的向上进步,这才是佛教的真相。

人生的解释:狭义说,是人类整个的生活;广义说,人是人类,生是九法界的众生。人类是九法界一切众生的中枢,一念向下便为四恶趣等,一念向上便为天及三乘等,故人类可为九法界众生的总代表,也就是九法界众生的转捩点。

全宇宙的一切存在,尽是众缘所生,由于因缘和合关系相续,流行为宇宙间一切存在的事物。一切存在中,有一部分是有情众生;这一切有情众生,是指具有情感意识的地狱、饿鬼、畜生、阿修罗、人及天等。众生中的人,是众生中具有聪明才智的一种,故谚曰:"人为万物之灵。"因为它太灵活,所以向上也容易,向下也容易,人做得不好就可以堕下,做得好就可以向上。若不能向上,总要保持为人之道,勿使堕落才好!

人生,不论古今中外的宗教贤哲,总是教人为善,与人为善,向上进步以养成完美的人格;增益人类共同的生活,以求安乐、和平。佛教于充实人生道德,极为注重,人生佛教尤以此为基本,依佛教进修。更可由人生进升三界诸天,以及于出世三乘的罗汉、辟支佛、菩萨。即所谓依五戒进修十善、四禅、八定而生天,观四谛而成罗汉,悟十二因缘而成辟支佛,修六度万行而为菩萨。再由天及三乘加功进行,成大菩萨,以大愿大悲,遍一切世界普度众生,即成为遍在三乘六趣的大菩萨。由大菩萨积功累德,福慧圆满,乃证尽善尽美正等正觉的佛果。所谓佛果,即以全宇宙、尽虚空、遍法界究竟清净为身，也就是人生烦恼痛苦完全消灭，至于最合理最道德的和平安乐的境界。

由此以观：由人向下为一切有情众生，由人向上为天及三乘、菩萨、佛。上下总依人生为转依，可见人生之重要性。我们应依佛的教法，在人类生活中，把一切思想行为合理化、道德化、佛法化、渐渐向上进步，由学菩萨以至成佛，才是人生最大的意义与价值。

佛教，狭义说，佛是释迦牟尼佛，教是释迦佛所说三藏十二部的学理，故亦曰"佛学"。广义说，一切众生皆是佛，一切世间人及众生的思想行为、精神物质、正报依报的一切，总不出佛说的因果法则，故亦曰"佛法"。所以，普泛言之，佛教是一切众生所依的佛教；切近言之，就是"人生的佛教"。

对治习气，解决问题

佛如一个大医生，能善知一切的方药，遍医一切的病症。又如一个药剂师，能采集一切的药材，配成一切的药品。佛法如一部大医书，种种的病理医方，无不载明。又如一片大药铺，种种的药材药品无不备蓄。但医药之需要，乃因疾病以生起，在医者虽必完全具备，始足以供求者之所求；而病者则但知病之何在，当用何药以医治之可也。处今之世，居此之国，诸君乃发心以求佛法，殆皆菩萨发心，欲诊知国人病之何在，而以佛法医治之耳。太虚于佛法，既鲜修证之效于国人，尤少诊验之功，亦姑贡其所知以就正诸君而已。

中国人第一大病，乃在混沌。此征之代表中国人最高心理之所谓太极，所谓自然者可知也。孔氏书之太极，既系指阴阳未分明时之混沌气象；而老氏书之自然，亦惟窈冥恍惚之是称。因此，中国人于一切心境，皆以不解解不了了之混沌、恍惚，为第一义谛；循是以学佛，遂喜附会无为无分别等名句为玄妙，而不一证其实际。殊不知佛法之无分别，乃无分别之智，非无分别之混沌；乃由观察、研究、思考、审择、分析、判别之极，透彻过心境之对碍，一切法自体洞然明白，了了显现，不假拟议，谓之无分别智，实系无法不彻底分明了别，岂可以混沌恍惚当之哉！此根本之病不祛，故无论遇何宗教，遇何政治，都变成东牵西扯牛鬼蛇神之怪象。

而佛法于中国，除极少数专深者之外，亦仅发生一种糅合中国旧谬思想之罪业报福迷信，于真正佛法，概不起何种关系也。今欲治中国人之通病，非先破除此根本的混沌心理不可，其对治之道，则在实证。必一切事事物物，非从根本上亲讨得一个尽量的彻底真实证明，断不容轻易放过，以让他混沌恍惚过去，则宗教、政治等乱象，庶有澄清之望。不然者，经世利群，出世修道，胥永堕在漫漫黑雾冥冥长夜中，将无一而可也。

中国人第二通病，乃在侥幸。此由根本的心理混沌恍惚之故，不究其所以然之本因，但着其当然之结果，迷为自然，昧由天命，于是只问运气之如何，不论行业之如何，常乘机取巧以贪便宜，祈福禳祸以工趋避，但冀不为而得，不作而获，以图一旦之侥幸。欲对治此病，则在明因。若能破除混沌心理而得个真实证明，则正因果之理了然自见，必须深察乎长远微奥之因果，有森然秩然不可侵犯之大法，而见决无便宜可贪与趋避可工，庶能不惊浮伪，由敦朴力行以求达所达之地。否则，但望收获而不事耕耘，终无幸得也。

中国人第三通病，乃在懒惰。既专望侥幸而获，则懒惰乃势所必至，种种取名弋利之法，殆无一实事求是，精益求精者。诸业废弛，百工枯窳，惟以坐享游食，端拱无事为高贵，皆懒惰之征也。现今世界诸国民，无有能及中国人之懒惰者，欲对治此病，则须修佛法之精进行。然若能确知正因果之理，当不期然而自能精进矣。

中国人第四通病，乃在怯懦。懒惰沿习，不唯于德能无所增进，必将损其本能本德而怯懦成性，亦属势所必至。欲对治此病，须修佛法之勇猛行，但若能精进勤行，则怯懦之习不难自除矣。

中国人第五通病，乃在顽傲。由混沌、侥幸、懒惰而至于怯懦成性，纵有胜善，亦不能勤勇求益，改造创作，则势必至于顽劣嬔陋，而对于其余之优越者，强以色厉内荏之虚骄傲气临之，此皆中国人之老病根。佛法来中国数千年，所以不能沾实益者，亦由乎此；当修佛法之惭愧行以对治之。但混沌、侥幸、懒惰、怯懦之病去，则此顽傲之病亦自除矣。

中国人第六通病，乃在昏乱。此为近二三十年来新发生之病，以为强有力之外势所侵压，非复色厉内荏之虚骄傲气所能镇临，既失其藉以自固之围，而

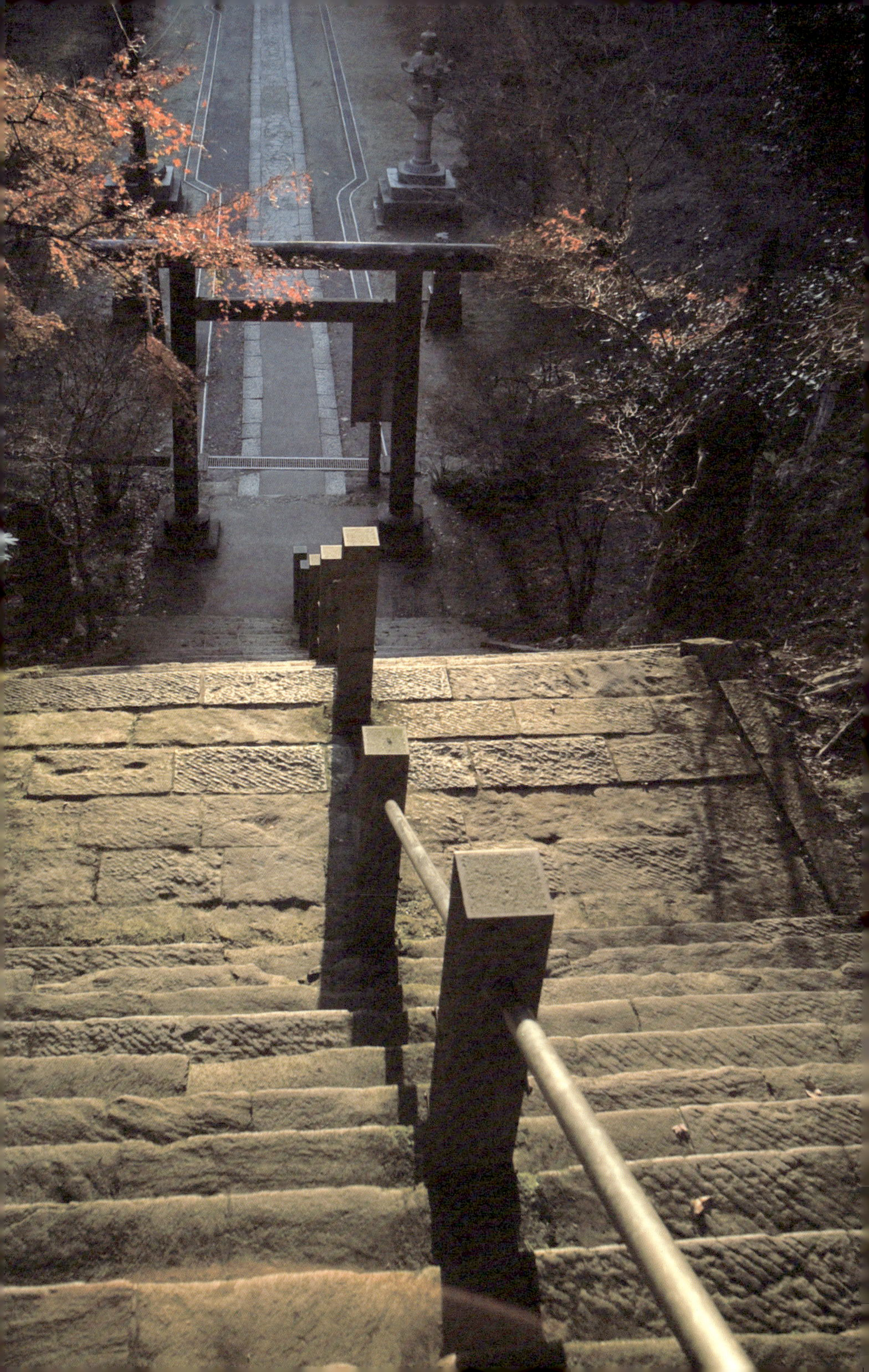

以混沌、侥幸、懒惰、怯懦、顽陋之头脑，大受外来强有力潮流之打击，其安能不头昏眼花手忙脚乱乎！于是昏不知辨，乱起行动，此实为中国人二三十年来之恶现象。欲去此病，当医之以佛法之慧定，由昏而乱，亦须由慧而定。必须以大慧照破一切环境而不为摇惑，乃能泰然安定，择善而行，成真正之进化，而治本之法，仍从破除混沌心理做起也。

中国人第七通病，乃在厌倦。此由昏眩中乱碰、乱撞、乱取、乱舍、乱迎、乱拒之既久，如白云苍狗一般，刻刻变换，不可执捉，徒奋勤劳，空无实效。入世求治，不胜烦恼之困；出世学道，又为邪见所误。于是吃吃困困，游游荡荡，一切厌倦，毫无远志！此当修佛法之深远心以对治之。所谓甚深心、广大心、长远心、坚久心，处处存深忧远虑之心，而进求常安永善之道，庶可挽救也。然此非先事由慧而定之定慧不为功。

中国人第八通病，乃在贪狠。此由厌倦所生反果。盖人皆厌倦，无复深心远志，一部分流于颓丧，一部分激变为贪狠，只图目前之快意，以遂财色权荣之欲，不管如何害民、害国、害家、害友，甚至不顾体面，不恤名誉，皆能下得狠心以为之，此以近三四年来为最甚。非发平等大慈、同体大悲之心，不足以救矣。然若能稍存深意远志，贪狠之焰自戢，层溯其本，必先治混沌之病乃可。

欲对治上述中国人之通病，择之大乘各宗之佛法，净、密偏重他力，求趁现成，不能对治其病。天台、华严亦好为流宕玄渺之说，易附混沌。三论破除分别，亦分别既极以后之事。今正须向无疑处起疑、有疑处断疑为彻底之研究，故惟"宗门之参究"与"唯识之剖证"为宜。但宗门之办法，仅二三特性之人有效，非可行之众人者；若行之众人，则又转落虚豁故，只有佛法之唯识学，为能起中国人沉痾而愈之也。唯识前挽阿含、俱舍诸部，后揽瑜伽、华严诸部，而总持大成者，则在于《成唯识论》；必相辅以行者，则为《因明入正理论》。此之二书，统世上所有学说，今尚为第一无比之胜义也！若中国人高小或中学学生，皆能熟读此二书而了其精义，则中国人之病庶其有治乎？

以出世的精神做入世的事

谈到佛学一层，现在已成为社会化，与前时佛法大不相同。前只系出家的一流人，及达官贵人晚年时与失意无聊之士，始为佛法之研究，于农、工、商各界并未有人注意，此只是贵族式的小乘佛法。现在则须将佛法普及于人类，不论英、俄、德、法、日、美，均须有佛法的宣传，成为社会化与大同化的一种佛法，方能使全人类感受其益。故佛法不是离人群而独立的学术，举凡政治家、法律家、教育家、科学家、哲学家、文学家、农、工、商等等各种人物，均须研究，不必出家然后谓之学佛。盖学佛者，多谓为出世之人，但吾人必须入世乃能救世。

试观释迦牟尼之谈经说法，专向人群以宣传其道义，则救世之道，非使人人从事于大乘佛法的工作，何以能普济群品乎？且佛法是从心理的建设，以到国土的建设，假使人人能明佛法，以佛法的大雄大力大无畏的精神来办理世间一切事情，乌有不能举办、不能建设者！故吾人应当研究佛法，应当提倡佛法，使佛法成为普遍的社会化与大同化，斯为当务之急矣！

又佛法的经典，各国皆有译本，如英文、法文、德文、梵文、日文、巴利文、藏文等，但终无如中国文为丰富与优美，故中国人应当从中国文以研究佛学。

佛教说诸行无常，是指明宇宙间的万事万物，无时不在生、住、异、灭的流动、变化、无常；但这种迁流变动，非死板的或机械的，而是极活泼活跃的流动推移。在这事物活泼流动的变幻中，倘不明事物的真相，则觉得世间事物的流行变化，是衰败的、破坏的、没落的现象。若能认得佛法中所谓的流行性质，万物由因缘辐辏而成，变动不常，事物的好歹，都是由各个人自己心力的活动和身力的行为的力所转变的。好的是合理的进步，歹的是悖理的退堕。我们人的天性，是不时在合理的求进步的进程中。那么，其进步的结果，自然一切都成为美的、善的，这是我从二十年的回忆与今日的感想，都可从事实上证明贵地和金仙寺是在美的、善的方面进步了。

所以，现前大众，如能认识事物的真相，所有动作，皆适合于事物的真理，向合理的方面求进步，则在"诸行无常"的原则上，而由心力、身力合理的活动，一年自然会较一年进化。正因佛教中说诸行无常，迁流变动，辗转递嬗，非机械的、死板的，是活泼的、生动的，是由各人心身的原动力可以改变的，认识事物的好歹而求合理的改造与建设的；所以，知道佛教说诸行无常，决非消极的或厌世的，而是积极的，是益世的。同时亦正由诸行无常，可以彻见天地万物的真相，如明镜当台，胡来胡现，汉来汉现，鉴察诸法的好、丑、美、恶，由自心活动的力去改造，我欲其存则存，我欲其止则止；是知其求进步是积极的、益世的；这把握，唯在求诸自我而已！

根据此理，无论其为社会、国家、民族，乃至全人类世界，都能合于事物原理去求进步，则其进步自然趋向于真善、真美的方面；从此不善进于善，不良进于良，其进步臻至登峰造极，最高的表现，在佛法中讲，这个世界就已成为清净之土。

居士学佛的程序

语云："白刃易蹈，中庸难能。"今之学佛者，每不能笃于信解戒善而好骛浮夸，殆亦由乎是。夫居士学佛与出家僧众异：出家僧众乃少数人之住持佛教，专务内修外宏者也；而居士学佛，则期以普及乎全人类，风俗因以淳良，社会由之清宁者也；由遵行人伦道德，养成人格而渐修十善菩萨行者也。故兹不辞庸拙，请一言居士学佛之程序焉。

有普通学识之人，或因人劝导，或因事感怀，将发生修学佛法、信从佛教之心时，须先渐次请取佛学门径诸书籍，若商务印书馆之《佛学易解》、《佛学大纲》、《印光文钞》，武昌佛经流通处之《释迦一代记》、《佛学导言》、《觉社丛书选本》、《佛教问答》、《大乘教义》，上海佛教居士林之《释迦牟尼佛略传》、《唯识方便谈》、《唯识易简》、《唯识三十论纪闻》、《世界教育示准》、《宏道居士论佛书稿》第一第二集、《佛法万能中之科学化》、《佛教初学课本注解》、《百喻经浅释》、《佛学寓言》、《了凡四训》、《戒杀放生集》、《戒淫拔苦集》、《初机净业指南》、《往生安乐土法门略说》、《龙舒净土文》、《莲池大师竹窗》初笔、二笔、三笔，上海佛学书局之《佛学撮要》、《入佛答问类编》，拙著之《佛教各宗派源流》、《道学论衡》、《唯识新论》、《佛乘宗要论》、《人生观的科学》、《大乘与人间文化》、《庐山讲演集》，缪凤林之《唯识今释》，景昌极之《佛法浅释》、《佛法与进化论》，武昌佛学院之《印度、中华各地佛史》，及上海居士林各期林刊，与各期《海潮音》月刊等；涉略研读，数月可以卒业。

由是，认识佛教大概之真相，三世因果，五趣升沉，生死之轮回，涅槃之解脱。既经完全肯定，则信心自然生起。如是信心，乃由胜解乐欲而发，是真信而非迷信，庶免盲从偏蔽之弊。

既由了知佛法大概之真相，生起信崇之念，则当进一步以求坚定此信心，从一大德沙门乞受皈依佛法僧宝之三皈。此受三皈，即为将内心信崇佛法僧之真意，公布于世出世间圣凡大众之公布仪式。经此公布之后，世出世间圣凡大众，即公认为信佛徒众中之一分子；而己身已为从佛法中所化生之一佛教徒的新人格，亦因之确定。经此公布皈佛法僧之一阶级，最关要者在舍邪归正。云何归正？即从此唯以佛为师，以佛法为学，以修佛法之僧为友。

换言之，即从三宝中新生得一新身命，如赤子之完全皈投于三宝慈怀中也；故云皈命三宝。云何舍邪？外之则永舍世间种种非清净、非解脱、非正觉之邪教、邪说、邪师、邪友及所起邪行；故受皈后，应持纯正之佛教徒态度，处处高标佛教特胜之点，而不与异道及流俗苟同，信心乃能纯洁。内之则渐舍世俗之悭贪等心，能去奢节欲，而以所余修植福田。福田有三：一曰恩田，对于若父母等有恩者，不吝财力以为报酬；二曰敬田，对于崇佛宏法供僧以尊奉有德之事，不吝财力以为布施；三曰悲田，对于世人乃至畜生等，遇其种种艰难困苦之事，不吝财力以为济度。故受皈后，应即成为一弃恶好施之人。

由受皈行施之善信纯熟，审己之所能行持者，进从大德沙门乞受持五戒。五戒者，人道之纲纪，心德之根本也。然受五戒，不必一时皆受；盖在家居士处于习俗之中，复关职业之别，或受持一戒，若不杀生，若不偷盗，若不邪淫，若不妄语，若不饮酒、吸鸦片等，均可。一戒既能完全受持，进受二戒：若不杀生，不偷盗；若不偷盗，不邪淫；若不邪淫，不妄语；若不妄语，不烟、酒；若不烟、酒，不杀生等；均可。能持二戒清净，进受三戒；能持三戒清净，进受四戒；能持四戒清净，乃进而完全受持五戒。此之受持戒条，贵在实行，非可以务名之心出之，妄云吾能受持几戒或全持五戒，而实际上或故犯覆藏，或误犯而不忏，已受而不持，譬之知法犯法，罪加一等。

又，不受而行杀等，不过恶行；受而毁戒，又加一毁佛戒法之罪，及欺罔佛圣、诳取名闻之罪也。故受戒之前，大须审慎！受戒之后，时切检点！每日当立一所受戒条之持犯格而审查之，一日能持净无犯，则可纪功；如稍有所犯，则当发露勤求忏悔。久之，纯洁无疵，则心喜身泰，即有君子坦荡荡之乐，虽处人世，无异天堂。如已受此戒而自审不能坚持者，则须重向一大德沙门，当众公布退除，免招破坏佛戒之大愆也。

此受五戒，重在止恶行善之四字。所戒除之杀等，止为止恶；在于行善，即为儒家仁、义、礼、智、信之五德。唯佛法尤重止恶，盖能止恶而行善，则为无恶之纯善，虽行善而不能谨于止恶，则不成无漏清净之善，其程度仅等于但受三皈者之随喜行善而已。故止恶二字，为五戒较三皈进一步之特征，居士之学佛者不可不知也！诚能集合受持五戒之人而成一家、一乡、一邑、一国之群众，则眷属未有不和乐，邻里未有不仁美，风俗未有不淳善，社会未有不安宁。由身修而家齐、而国治、而天下平，庶可征之行实耳。窃愿居士之学佛及居士之提倡佛教者，能以此交相勉励激劝而深深注意焉。

能受五戒，恒持清净，则为人中贤圣。更进一步，当短期学习佛所行之纲略，受持八关斋戒。关者，限期关约之意，亦关闭一切恶行义。故受持八斋戒法，最短者，期以一日一夜，稍长，则二日二夜，或七日七夜乃至百日百夜，在行者随意期约。在乞受时，向大德沙门，将愿受斋戒若干期日夜当众陈告。由大德依法授予之后，则在期约之内，居于佛寺或净室中，等同短期出家，全屏世间一切习染嗜好。恭对三宝，凝摄六根，昼夜精进无间，如佛尽形寿不杀、不盗、不淫——完全断淫，非但不邪淫也、不妄语、不饮酒、不香花严饰——服坏色缦衣、不坐高广大床、不持金银财宝及过往歌舞观听，并持不过午时之斋——此之持斋，谓不过午食，非但蔬食而已。

而行者亦于所约定之期限内，如是行持，自一日夜以至百日夜，关闭诸恶，止息游戏，脱离俗染，节减食睡，近之则成为新濯新浴之一高尚严洁的新人格，远之则上通于如来清净法界海流。在常为职业所缠而可短期静修者，犹为特胜之方便也。此短期精进之所行，其功力每有胜过于持五戒数年者，故此亦为居士持戒之加行——居士，应曰近事士、近事女，今从中国习惯之称呼，姑仍名居士。实则居士乃隐居不仕之士，或素封端居之士，非必学佛者之称也。虽未受五戒，或未受三皈者，亦可行之；然以已能受持五戒者，用为短期加行行之为更有功效也。

能长守五戒或短持八关斋戒矣，若更求增进，则当净意地之烦恼毒，而进持心戒，此即崇行十善：身不杀、盗、淫，口不妄言、恶口、两舌、绮语，意不贪、嗔、痴是也。止身恶同于五戒；止口恶则别开出两舌、恶口、绮语三条，益加严密；净除意恶，则为十善行不共五戒之特胜点。然十善行，乃众圣之大本，万德之宏纲，枝条无量，繁细难尽，二地菩萨才能持净，至成佛时乃能圆满，凡僧不易精严，何况居士？故当就其中之尤重者，标举为相，俾可遵从。故当向菩萨沙门乞受梵网之十重戒而严持之可也。推而广之，则由摄律仪而摄善法也，而饶益有情也；菩萨万行胥在乎是，惟智者之超然自达而已！

夫学佛之道，以起信为母，而持戒为基；信具、戒就，则本立而道生，乃可进修定、慧。定、慧若非有真信、净戒贯持其中，则定未有不为杂魔之邪定，慧未有不为缚染之狂慧也。外道旁门之流，唯以邪定陷人；世智辩聪之辈，每将狂慧惑世，是皆无上来信根、慧根之故也。修习禅定，即修止观，圣教中向以不净、慈悲、缘起、数息、念佛，五种止观为方便。此中不净、慈悲、缘起三观，分别对治贪、嗔、痴三惑，修之匪易；数息兼治昏乱，为修定之要门；念佛总伏杂染，乃离障之捷径。

今以华土之传习，可更加礼佛、称名、诵经、参话、持咒之四种。前所云念佛，实为凝心以观念佛之功德、相好为法门，此于念佛中别开出礼佛、称名二门。礼佛、即严供经像，常课或定期勤行礼拜，礼拜时观念佛等功德相好，三业恭敬，久之，定心现前，亦为修念佛三昧。称名念佛，即口称佛菩萨等名号，而心维其胜德，出于《无量寿佛经》及《佛说阿弥陀经》之建立，所谓执持阿弥陀佛等名号，若一日乃至七日，而获一心不乱之三昧者是也。约不净、慈悲、缘起，三观之精意，而为诵经、参话头二门。以诵经既能照悉心中烦恼分别，渐伏贪、嗔、痴等；而参话头尤能使贪、嗔不行，直捣愚痴也。

诵经，即常诵《般若心经》、《法华经》等之一经，如因诵《法华经》而得定，即为法华三昧等。参话头，即抱持父母未生前本来面目等一句话头，穷参力究等。持咒，在通常之照音称诵，殆与诵念经佛无异；其受真言密教之传授，依一定之仪轨，设特立之坛场，身手结印，心观字种，同时，口诵真言，三业玄密相应，行者因心与本尊之果德，同融于六大无碍之交相加持中，则更能总摄前来诸观而速疾成就也。

上之各种止观，或按日为定时数数之常课，或约期为闭关专修之加行，则在乎行者之自择其宜耳。行至情死智生，皆能定慧俱获，以先有信解与戒善为基本故也。此时，更当广研圣教经论，多问深思，熏开胜慧，庶善识位次，离魔邪上慢，似道法爱诸过，上上升进于解脱之圣道中，不致滞误。若阿含、宝积、般若、深密、楞伽、华严等经，与俱舍、成实、中观、成唯识、瑜伽师地等论，皆胜义之结晶，前圣之鸿式也。古今诸德之疏注，及拙著之起信论略释、别说、唯识释、唯摩讲义、楞严研究、楞伽义记、法华讲义等，皆可参考资证，助发玄悟。由是信解融贯，定慧交修，菩提之心于是开发！

上来解行无懈，可期果证。若于生死流转中未能不布，而又现身中未登三乘圣地，则今有一舍，势须于五趣中更受后有，难免隔蕴之迷，蹉跎耽误！甚或恶缘所逼，辗转沉沦，则不可不求他力之净缘增上，上圣之大愿摄持，俾尽此身之报，即往净土而生；此则依弥勒以求生兜率内院，依弥陀以求生西方极乐之法门尚也！就今盛行之求生极乐以言，既具前来所修，信行已具，但加发一依恃阿弥陀佛之愿力，专心一意，以临命终时仗佛接引往生彼土而已。加习弥陀等经，确信必有弥陀等土之可往生，及专持弥陀佛名，则信愿行尤为一贯耳。

若虽未能现登三乘圣地，而能坚发深固大菩提心，悲悯五趣有情，誓于生死流转中广为济拔，渐由十信进趣三贤等菩萨行位，于长劫中修菩萨一切难行之行，凭胜解力及大愿力不生恐怖，不畏艰难，则可依释迦本师行菩萨道之本生所行为师法，恒磨砺以修六度，勤策发而习四摄，譬如火中优钵罗花，尤属难能可贵！若怡山发愿文所云近之矣。

在家众的学佛方法

学佛之人，在佛教中向有在家出家二众。其未出家曾经受过三皈五戒之优婆塞、优婆夷为在家众，而沙弥、比丘等为出家众。然出家众乃将世间俗务完全辟开，以专修佛法及办理佛教事业者，故其人只有少数而难普及；于是欲将佛法普及于世界，在家众亦有其责任，故为诸君一讲在家众之学佛方法。中国之佛教，向来未普及于社会，故唯以僧尼为佛教之代表，而不知在家众兼负有大半之责任。至近来则已有少数之在家众，能实负其责任，设立林会社团等，故佛教已渐能流行到社会中去，不可谓非佛教前途之一大转机。此因一般智识人士相次引入于佛法中作深切之研究，故佛法得日见其发达矣。

学佛者首须了知如何是佛，如何是佛教之大概，心中方能生起皈依信崇之正信。故其第一步，须对佛与佛教有种认识。在中国旧俗将敬神与信佛混一为谈，其实佛与神迥不相同！在寻常所敬之神鬼或祖先，若天地山川渎岳草木等神，其崇奉之者皆中国向来之习惯，或对于历史上有功德之人而为之纪念者；或谓神有操纵祸福之神权，敬之则可趋吉避凶，否则不利，故不得不敬者。在此种通俗之敬神信佛观念上，有以神为佛者，有以佛为神者，故信佛之人往往不知何者是佛。所以在家众之学佛，须先将何者是佛认识清楚，而去除其媚神佞神之迷信。

佛之意义，在各经论中有极详尽之说明。今再为略明：佛是梵音，佛陀之略，在中国为觉者之意。觉谓觉悟，反显平常之人虽有点知识，而大部分不知不觉，如处黑暗。如我虽处身世界，而世界之事不知甚多，乃至本身之事亦多不知。比如本身生从何来，死从何去，即号称有智慧之人亦不明了。故大致皆可说为不觉者。因不觉悟故如盲子，便生出许多错误的行动及苦的结果。于是种种颠倒烦恼遂相因不绝。然不觉者非永不能觉，而且已有能觉之者之佛。所谓佛者在人中曾经有过，即二千余年以前之印度的释迦牟尼佛。是佛有完全普遍而彻底的大觉悟，近自一身远至万物之真相无不觉悟了知，是为宇宙人生究竟完全之觉悟者。然并非是造出万物掌管世界之神，而只是得到宇宙万有之究竟觉悟者。

佛当时所现的是人身，得到大觉悟后亦与人无异，由此可证明人人皆有得到觉悟之可能。我们各人现虽暂时不觉，然非究竟不能觉。故佛证明一切人及众生皆有成佛之可能性，应去求觉悟而打破种种之疑惑颠倒以至于达到究竟之觉悟。现在各人既皆认识自己有成佛的可能性，然假使无已成佛者为其模范师导，恳切告示，则其可能性不易发挥而仍没在不觉之中。今欲从不觉中依觉悟之可能性以转变成觉悟，则当以佛为我之模范标准。从如此求觉悟上发心信佛，乃非感情上之迷信而是觉悟上之正信。故一切佛法都要以摩诃般若为母。般若之意义即大智慧，依大慧得到大觉，将无始无明完全除去乃能实现究竟安乐。因烦恼痛苦之源即无明，若欲解脱须从根源上将不觉破除，成立正觉！正觉确立即佛。应如此认识佛而信佛。

信佛不能依佛之教法去行，则仍不能将佛性发挥出来。佛之教法约有二：

其一，即为一切众生说明宇宙人生之真理者。此之真理，本为如来大觉悟中之所证明，其未觉悟人当然不能证明，故须用名字言说讲明出来。此讲明其理之言教等，即为佛教。如明各个人之生从何来，死从何去等，有十二因缘之理。明世界众生大概，

都不免于苦，而其苦由贪等烦恼、杀等恶业所集成，非天与神所造；若欲解脱，须修对治烦恼之道等四谛之理。由人以至于万物皆是因缘所生，各各无自体性，故究其体性完全是空。然亦不无由因缘和合而有之幻有，遂显非空非有、即空即有、空有不二之中道实相，是为诸法实相之理。此等真理，世人于事实上犹不能证明，须依教义以成为理解，常去观想修习，乃能改变旧心理为新心理。

其二，即为一切众生开示实践修证上之方法者。此云法，即四谛中之道谛。约之，就是六种过度之方法。此方法是得到如来觉悟之最扼要之方法。

第一，谓各人各抱为我之见而生贪吝心，遂以自私自利为中心向各方面去贪求不舍，致成损害他人以至互相残杀之种种恶行。故佛以布施之法度除其贪欲悭吝。若能将自己之身命财力完全牺牲出来利济群众，是为由不觉心而转成觉悟之第一步。得到此种觉悟后，则坦坦荡荡，心无愧怍，得大安乐矣。此为布施度悭贪之方法。

第二，谓佛常为众人所说之好事恶事，有或应去做、或不应去做之分别。应去做者当积极做去，不应做者止息不做，如此名持戒律。谓将身心行动，合于轨范，合于理法。如于视听言动之时，戒其非礼等。此为持戒度犯律之方法。

第三，谓寻常之人虽具慈心，若遇猛利非理之事加于身，则原来之慈悲心即不能安住；遂起嗔恚乃至发生损害，故须有忍辱心以保持慈悲心。此为忍辱度嗔恚之方法。

第四，精进者，谓有进无退之意，凡一举一动，皆以世界众生之利益为前提。其上三度之行，在世人往往"靡不有初，鲜克有终"！故有懈怠放逸，不能继续，致失圆满。故应将前之三度推之进步,在止恶行善之时使身不惰,百折不回,悍劳忍苦,精勤去作。将很深很深之不觉心,根本翻起,以成究竟之觉悟。是为精进度懈怠之方法。

第五,有情之心,皆为六尘所纷散混乱,故清晰明彻之智慧不得现前。如何方能使心有自主之力,不被境夺,则须修禅定。禅定者即修静坐,然又不同他教之静坐。佛法之静坐是将心力集中,而使处于和平统一之地位。在初练习时,专心一境,如将心寄托于气息上,气息出入而心亦随之出入,是为入手方便之一种。余如中国人皆知道念阿弥陀佛,将心力集中于一句阿弥陀佛上亦能得定。总之,修禅定者,是将散乱心收缩凝结起来。是为禅定度散乱之方法。

第六,是般若度愚痴。愚痴者,即不觉之谓。而人及众生充满了愚痴,虽有小小知识亦在大黑暗之包围中。人事上须明了之处亦多不明了,遑论万有全景。若欲达到全景明了须修佛智慧,欲修佛智慧须以前之五度为基础。至散动心已变成静定之心,心之精神力也就宏大,即能根据佛说之万有真理去作实际考察,如从十二缘起之理去观察人生之根源等。久之久之,观察之能力增加,不必依佛说之理而自能了知。再进一步,亲证宇宙人生之真相就是得真觉悟,即能离去无明黑暗。如是辗转增上,到于究竟就是成佛。

前来说信佛须先认清佛与佛教,而佛教包括佛证的真理与实行的方法。认识佛教到极处,不但可学佛,而且信得自己就是佛。将此真真的信心表现出来,即为皈依传授佛法之僧而从修学,以决定为真正信佛之弟子,是谓第一步"起正信"。既由大体之认识而起正信,须更进求深切之了解,依教理去研究,到圆满明彻是为第二步"开圆解"。盖欲修证佛之觉悟,须以理解为先导为进取修行之方策；更须求善知识之证明指导，方免乖谬。由圆解以修妙行，则信解皆清净，而结果亦必清净也。第三步"依圆解以修六度妙行"。在家众可随各人地位职业等之不同，各适其宜以行。如其力量仅及一家，则为全家公益而无自私之心，亦即为布施行；若能推之亲戚邻里乡党，以至一县一省一国及全世界，亦复如是。此种修行，且不须离开人世，即在人世中就各人方便上去修行。布施如此，持戒亦然。

如在家有男女夫妇之关系，故有配合之正理，若违正理之邪行，在所应止。至持不杀不盗等戒，盖为人生道德之原则，能行多少即修功多少。在家戒中，持一戒二戒均可。然其标准，有不同处，如负有社会国家之责任者，须以维持社会国家为标准，任劳任怨，以谋国家社会之全体利益。否则即为犯戒。以须随各人之职业地位而行，故今特讲在家众之学佛方法。

然就今中国一般国民所最需要者而讲，即为公民道德。是要各人皆自知为国民之一分子，时时要顾及全国人民之利益安乐。如养成如此之国民道德，果能学习佛教之菩萨修行，则不难成就。菩萨为法界众生之利益而行。我们若观一举一动皆与全国人民之休戚相关，事事皆求与全国人民有益，则自然而然便成就国民之公民道德。此尤为今日一般在家众学佛之要义。

妇女学佛的规范

释迦牟尼佛在世时，每次法会中之听众，各种俱有；每部佛经开讲前，必先叙到会之大众。如诸大菩萨及声闻、缘觉、天龙八部、比丘、比丘尼、优婆塞、优婆夷等。不过比丘为佛当日常随之众，故许多经典都对比丘众而说。但一种法会之开始，各有其因缘以为之主，如《维摩诘》系以居士为主，《人王护国经》系以国王为主，密宗《大毗卢遮那经》系以金刚神为主，《日光童子经》系以少年为主，《月上女经》为童子讲，《玉耶女经》则为妇女讲，《胜鬘夫人经》则为国王后妃讲，《十六观经》则为韦提希夫人讲；可见佛法广大，无所不包，固无分乎男女也。

妇女学佛，以在家为善；即佛在世时，对于妇女之学佛，亦本此旨。因为出家修行，男子且不易，何况女子？故昔日佛说法廿余年，尚无尼众；后佛之姨母名波阇波提者，再三恳求出家，佛始为之剃度授戒。继而耶输陀罗亦再三恳求为比丘尼，佛恐彼等修持不谨，特制许多戒律以规范之，是为印度妇女出家为尼之始。其后，汉明帝时，摩腾、竺法兰传佛法到中国，有废后名阴夫人者，曾首先出家为尼，而妇女随之出家者颇众。故在座之比丘尼众，应知为尼修行，甚为不易，当深惕励！实以在家修持为佳。

佛在印度时，有居士名维摩诘者最著名，彼有一女，神通智慧较维摩诘更大，几乎不能与之相对。佛说此女是一位大菩萨，乃现童女身来度一切童子者。又有一天女常在维摩诘室中，居士病，佛命舍利弗、阿难等去问病，俱不能与天女比胜。可见妇女中能发大心，都一样的可以超胜一切也。

佛在世时，有一人家娶一新妇，此妇乃绅士家之女，种族尊贵，相貌美丽。因此到丈夫家来，很看不起丈夫，而对于翁姑常加以非礼。可巧此人家均信佛，见新妇如此，亦不之较。某日请佛在家说法，新妇闻法后，顿改昔行，受佛饭戒，孝亲、敬夫，奉法甚谨。由此观之，平常人家，如妇女能明佛法，便能成为良

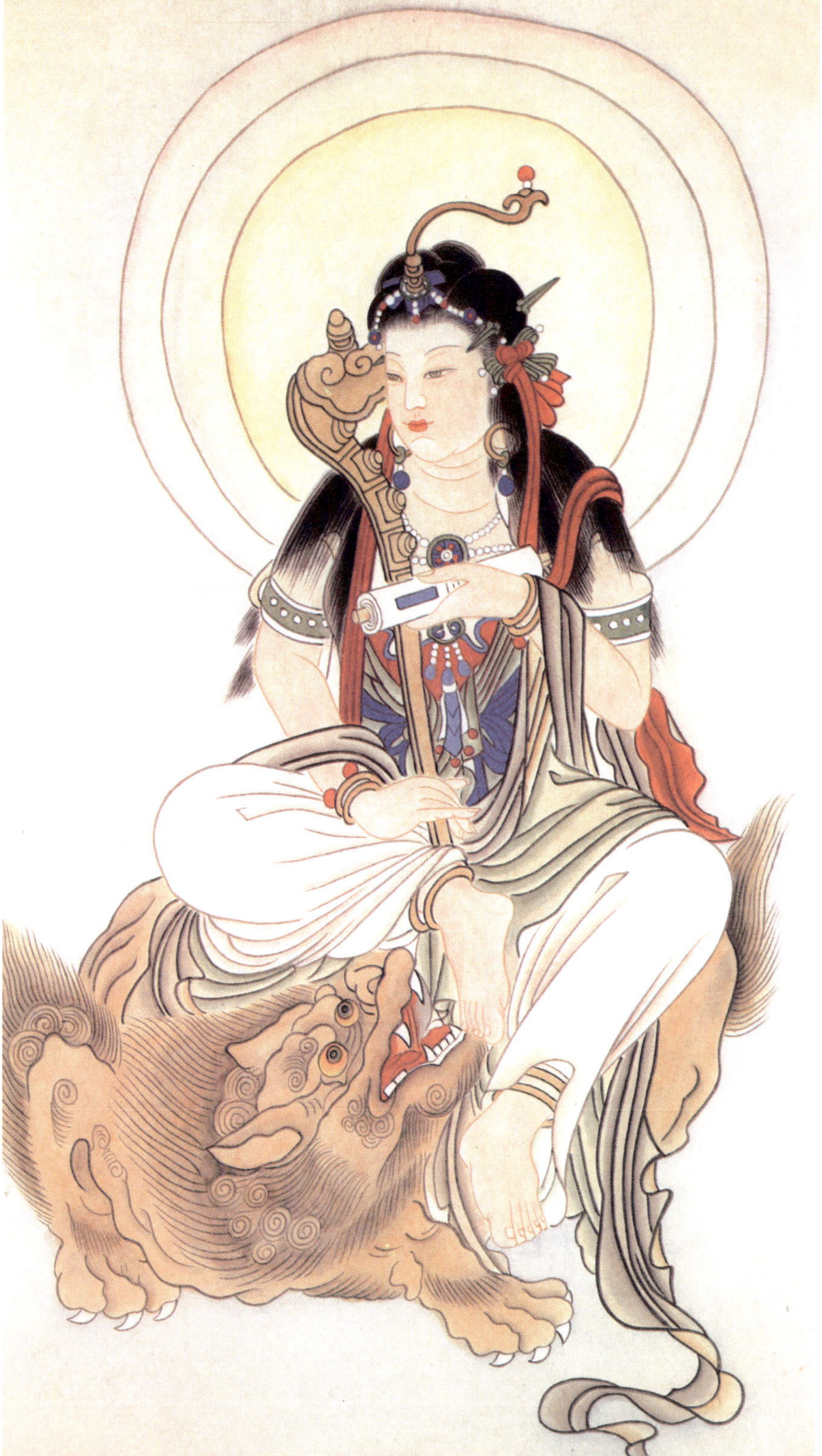

善家庭之良好妇女矣。

现在有许多在家学佛之妇女，平时对于佛、僧常去供养礼拜，此为修福之基础，所行甚善。另有一般妇女，以为我无钱，不能去学佛，因无力去供养佛及僧也。实则不然，请举一故事为证：佛在世时，有一苦妇人，见许多富家妇女去供养佛，自己觉得很惭愧，后尽其所有之钱去买油点灯。在半夜时，供养佛前而发誓曰："愿将来我得智慧与佛无异！再以所得之智慧，普照世界之一切黑暗！"誓毕归寝。次晨、邻人见灯光灿耀，诧而问佛。佛曰："此灯为某苦妇人所点，因其发心至诚，故光明特大，纵有声闻罗汉之神通，亦不能息。此妇人以至诚发心故，来世当成灯光如来。由此故事观之，只要发心供佛，至诚所感，无论富厚贫苦，均能学佛成佛。

现在信佛人多念佛，以求往生西方极乐世界。此往生法门何自始乎？盖佛在世时，某国王有一太子，忤逆不孝，幽囚其父，而自做皇帝。其母异常悲痛，发誓云：此世界不好，道德衰微，故有此忤逆不孝之子生于我家，演出逆伦之事；愿求一很好之世界，以便临终往生彼处。遂请释迦牟尼佛到宫说法。佛知其心愿，以神通力为显出十方美妙之世界。伊见之，愿生西方之阿弥陀佛国，乃为说往生之法。后彼忤逆之太子，亦改前行，实其母发愿之所致。自往生法门传出后，以念佛生于极乐净土者为数无量，而推原其始，则一妇女之愿力所造成。可见妇女学佛之要点，须有恳切之愿力，乃可成办。

上来所讲，均为妇女学佛之规范。应仿古人之行为，而为佛教之正信教徒。信佛教后，不能再信其他之邪魔外道。须切实遵行佛说之三皈、五戒，发长远之菩提心，以冀得到佛之功德智慧。

经商与学佛

平常人看得学佛是很难,往往听人讲究佛学,以为我未讲究过,不能去研究;实则,佛学并不艰深,而学佛亦并不难。世间无论何事,均可与佛学之理相通,无论何人均可以研究佛学。

我虽未曾做商,而知凡在本乡或海外经商者,其心理大都是在求得发财,所谓将本求利是也。学佛之心理,亦在求得发财,但非经商者仅图金银财宝、衣食房产等之获得,而在求得功德法财——禅定、神通、福德、智慧等——以为无穷之受用耳。两者之内容虽不同,而其希望在求得发财之心理,则一也。再表以明之:

经商者所求之财——金银财宝等——肉体的一部分有限之财

学佛者所求之财——禅定、神通、福德、智慧等——肉体及非肉体的无限之财

商人求财之用途,或为个人生活,或为家庭生活,或为社会公益,或为世界公益等;学佛者求功德法财之用途,小乘用以自度,大乘用以自度度人,而以佛法度尽众生,齐成佛道为目的,此示两者之大较也。

经商与学佛之行法

经商者,是在通有无,利人生;如甲处所无者——指各种货物言,则以乙处所有者以运济之;反是,若乙处所无者,则以甲处所有者以运济之;于一般人之生活,至有裨益。学佛者,是自利利他,望人成佛,以所得福德智慧之自利,再用以利他;正与经商者之以运济货物流通有无,便利人生相等也。至经商者之行法,大抵可分三种:1. 资本丰富者,或作大商业之经营,如设大

公司、大工厂等。2. 资本少者，或用其智识能力而作各种之商业。3. 资本无者，或运用其勤俭之劳力，而作小小之商业。

学佛者之行法，亦分三种：1. 上根人之具有福德智慧者，学佛甚易。2. 中根人之具有少分福德智慧者，学佛亦易。3. 下根人福德智慧全无者，但能勤恳发心，只要肯学，亦能成功。中国向来有行商坐贾之说，运输货物，流通各地者为行商；固定一地，销售货物者为坐贾。坐贾与佛法中之专一行修，以自悟悟他者相类；行商与佛法中之参访诸方，以自度度人者相类。

大概经商者，自己须有经商之知识经验，与夫高尚道德，而又须能观察社会上之情势，临机应变应付环境，如是商业始有发达之希望。学佛者以自利利他为标准，尤处处以随宜修持及观机设教，化导众生为务。观此，可见经商与学佛之行法，殊无二致也。

经商与学佛之关系

吾人在世，凡做何事，若专赖自己有限量之知识能力，而应付茫无依恃之外境，繁无限量之现象，实有所不能。于此，须在精神方面求得安心定志之处以为补助。然能使人得到安心定志者，探之世界各宗教学术，莫若佛法。

因余者均偏，唯佛圆满。经商者苟能学佛，则可得到精神上之安慰，而有一定之把握，其补助作业之功，诚属不鲜。虽然，如何学佛须得方法简便者，以先受三皈依——皈依佛、皈依法、皈依僧，为是。盖皈依佛后，则己之生命已得一种之保障，不致堕落；皈依法后，则因得闻正法，渐起正信精勤进修可至成佛；皈依僧后，则己身即预菩萨、声闻等圣贤之中，所作无不成功矣。

复次，吾人经营商业，不能专恃自己之知识能力而即可得到很大之利益，还须恃有一种道德之标准。果能先受三皈依，以为信仰佛学之始基，继修五戒、十善以为道德之标准，如是，则能做一很有道德信用之商人；由此推广，亦即所以造成很有道德信用之商人社会，岂不甚善！

由上说观之，经商与学佛关系至巨。愿到会诸君，细心探讨佛教之真理，身体力行，达到商人之目的。以所得之资财，办宏扬佛法之世界公益，则经商之道，即与学佛之道相通，可以直趋无上菩提。而本日之所讲，不为虚过矣。

幸福美满的人生教育

佛法在世间，不离世间觉

佛所觉悟的法，不是别的东西，即尽世间一切所有事事物物，将它真面目看清，即是佛法；并不是矫揉造作出一个什么法来。原来，佛的意思即是觉悟，佛是一个能觉悟的，无所不觉悟的人，所以讲佛在世间觉悟，并不要离世间而求一觉悟的法。通常人都知道"四大本空，五蕴非有"。何谓四大？地、水、火、风是。何谓五蕴？色、受、想、行、识是。四大及色是物质，受想行识是精神。我们求觉悟，就是把这四大、五蕴，分析明白而不迷惑，就不会错误，即没有苦痛。所以佛法不但在世间，即此全世间就是佛法。若说离开它、逃脱它，便是迷，便是痛苦，

便是不觉，便背乎佛法。

　　四大若照现在科学的话讲，地就是固质，水是流质，火是热力，风是动力。五蕴表现人的身体及动作行为的精神。由固体、流质、热力、动力及五蕴表现人的身体动作行为的精神而结合之之谓人，即此人是地、水、火、风、色、受、想、行、识而已，此所谓本即非有也，不是强将它看作没有。再进一步说，大概人都免不了执着为有，执着一切事物为固定实有，执着为我，由此生贪心、生嗔心，一切人类斗争皆由此发生，动机虽微，而其害则甚大。

人的身体，系由无数细胞和合而成，人生如山中流水一般，时时迁变，而且彼此互相交换，可见其虚假不实，所以说他是空。如果说：他有个固定的东西，岂不是知识上错误！佛法就是打破知识上错误的。然此不但说是人，就是无机的物件，也是这样的。譬如这个桌子，经过材料、人工、油漆种种集合而成；当其造时，已具坏相，时时迁变，时时交通。人人如是，物物如是，真可叫他万物一体。

在这时时变易时时相通的状态，何能执着为有个实体为我？我们将这些真相看明白，相变相通，无终无始，联络一体，哪有我人？更哪有贪心、嗔心发生呢？战争的念头，自然会消灭。慈悲的心，是对残害的心。害他人的结果，则自他俱害；利他人的结果，则自他俱利。因为将人生的真相看明，自然只有利人的心，而没有害人的心。比如一分人家，这人利益一家的人，结果自己也受其利；反之，专害家人，结果自己亦受其害。此一家之小，推之社会、国家，何独不然？

存这种心思，就是贵会所谓普济了（此文为太虚大师在上海普济协会的演讲，编者按）。济，还容易；普的意思就较难了。比如我热了，他们拿把扇子来，即是救济。本来，济是个比方，如以船只济人过渡一样。我们饥饿、寒冷，要饱、要暖，就是济，不过这是只济一己还小；若将此心扩大，济一家，济一国，济一世界，那就是普遍了。譬如屋内之灯，照耀一室，都是普遍而调和的，倘有一点不普遍不调和，就是不平等。室中一人谈话，室内外人皆能听明。又如无线电传播广阔，皆是表显普遍的道理。

所以有句常话，存仁爱心的，万物为一体；存争斗心的，骨肉成敌国。我若不能将这世上的万物息息相通互互相关的看明，若互相障碍，互相冲突，处处执着，就比方人生病一样了。病要医的，我们能觉悟，就是能医这迷悟的病了，所以佛又号大医王，佛法就是医世间心病的。济的意思，也就是医的意思。

世俗有道德不道德这一句话，大概利人是道德。害人即是不道德。佛法是完全以利益人世间为要务，而且以普济为义务的。

济的意思，还有物质上的济，精神上的济，都是我们要照行的。佛本是普遍彻底的大觉悟的人，所以我们一方面要做普遍彻底的救济世间的事，一方面须依佛的用功方法，要普遍彻底的觉悟世间一切万物的真相，才是我们真正普济的目的。

学佛的法门甚多，先须研究佛的遗教，以道德的行为，统一我们的精神，积极以求觉悟的进境。最简单的法门，即是念佛，是集中我们的思想以求普济，及求觉悟的最简单的步骤。

离苦得乐，自利利他

成就圆满的人格而知佛法之自利，应化无边的世界众生而知佛法之利他。但佛法所称之利非如世间"对待的"、"比较的"之利，盖谓利他即真正利他，自利即真正自利。利者，谓由一种方法行为能得到一种"离去苦恼成就安乐"之效果的代名词也。世间一切法不能究竟离苦得究竟乐，唯佛法能究竟离苦得究竟乐，故唯佛法能真正自利利他。余法离苦而非究竟，则是比较的离苦，得乐而非究竟，是对待的得乐，皆非真正之利也。试就世间余一切法观之：

就本表观之，知世间可称为利者已括尽无余，其要不出名利恭敬，而皆佛法之所应弃者，以其为依识而起之妄法也。试举其显明者言之，如财固可以为利，而财之大者莫如帝国主义据全球而统治之，究其实则财无论大小皆属于前六识之我所有法，有时而尽，非究竟也。其余均可比例而观。兹释佛法于世间法之择灭修治成就：

观前表知世法依识而起，观本表知佛法转识成智而契证一真如法界。八识既转，则依识而起之妄法（世间一切）自归择灭，妄法既灭乃为究竟离苦，证一真如法界而成就四智乃为究竟得乐：

观此，可知佛法离苦得乐皆在究竟。故所谓利，乃为真正之利。依于斯义，而有本章五节所说。

唯佛法有真正的自利

世俗所谓自利，不过曰利我之身、利我之家、利我之国等，要皆不出我及我所有法。迷此不悟，故晓夜孜孜经危难冒万死而不辞，以成其所谓利，然而根本错谬，则以不知自之何在。试就物质精神面面求之不可得自，前际后际中际刹那求之亦不可得自，由是远观宇宙近察身心皆不可得自，自且无有则早夜胶扰以求利，试问所利者谁欤？若是而可称自利，则虽称之为不利可也。故唯佛法为有真自，此自乃离一切相即一切法，不生不灭，真实自在之自性。必发明乎此，乃能离世间一切苦而得佛法究竟之乐，是为真正的自利。亦"唯佛法有真正的自利"。

纯以利他成就自利的佛法

发菩萨心者，必以大慈悲心护念众生，大方便力普救众生，使之离苦得乐；必至成就无量无边功德，而后乃证无上大菩提果。《楞严经》云："自未得度先度人者，菩萨发心。"此以利他成就自利，故称"纯以利他成就自利的佛法"。如《维摩诘经》即此法门也。

为利他故先求自利的佛法

普救一切众生，愿力虽大但念实施不易，唯佛法乃能具此实施之大能。为求此实施之能力故，先求自得解脱之利，故称"为利他故先求自利的佛法"。如往生净土诸经即此法门也。

不分先后自他等利的佛法

如上所言"利他即所以自利！自利亦所以利他"；是知佛法并无后先，自他等利者也。大乘佛法大抵皆如是。

唯佛法能真正的利他

他者对我之称。我身之外，世间一切众生皆可以"他"字概括之。然我之与他等是有情，等是世间上之分子，等是迷妄不觉，等是苦海沉沦，等是虚伪，等是无常；而世间一切名利恭敬又等是虚幻；以之自利已无效果，以之利他，等是无效果。唯佛法有真正的自利，推此自利者以利他，故亦唯佛法能真正的利他也。

三宝之信，六度之行

佛陀应世法门，虽无量种，举其纲领，不出两点：

起三宝之信。

三宝就是佛法僧。信的次第，可由法而起。狭义的法，就是名句文之能诠及其所诠之理。就广义的法而言，就是正确的普遍的透彻的智慧所明了的"宇宙万有真相"。然此真相，是本来如是的，非任何人所能创作的。如现在的科学家所发明的原理及定律，并不是发明家的造作，只是他有智慧将它显示了出来。所以当未曾发明的时候，并非没有这原理及定律，但没有人知道罢了。

所以佛说的"诸法性相"，也是由有智慧者显示出来的。今藉以显了诸法性相的，狭义的就是经论教典。这类虽属于名句文义，但也就是显示事事物物的真实性相的。所以法的本源，在于宇宙万有的真相。信法不可参加任何意见，当以实事求是的态度，法是如何，就说明它是如何，信它是如何。这种态度信法，才能得到诸法的真相。

但是以什么标准来研究呢？佛说有四种可依不可依的条件：第一是"依法不依人"：只要这人所讲的理是通达的，那么他虽是小儿，或其他非人所说的，都应当信服的。再进一步说，能诠的名句文，也不过表现所诠义理的工具，那么工具当然有胜劣不同，不能执文而废义；所以要求一切事物的真相，第二当"依义不依语"。但所显之义，也有究竟与不究竟、显了与不显了的差别；所以进而言之，第三当"依了义不当依不了义"。

但知道究竟了义,还是属于识心分别,未能亲证诸法实相;所以要亲证到诸法的实相,更当依转识所成的智,然后方可亲证诸法实相,故再进一步,第四当"依智不依识"。如此剥蕉抽茧,重重深进,才能证明"诸法实相",才名真信法的人。

佛家信法态度,是无我无私无觉无偏的,所以用学者的态度及科学的精神,研究事物的真相,也可以名为信法者。然学者信法,所用的最后的工具,不出于五官——佛典名为五根:眼、耳、鼻、舌、身的感觉和经验,意识凭此分析观察所得的判断,早不是事物的真相;而且五官的感觉各各隔离,为眼所见的决不是鼻嗅的,鼻所嗅的也不是耳闻的,只是各得其部分的感觉。例如一朵花,眼所见的是鲜红的颜色,鼻所嗅的是浓馥的香气,乃至身所触的是柔滑的质体,如是各别得花的部分;但花的全体,却不能同时感觉得到。由此可见只依据五根所观察的事物真相,也不是原来宇宙的真相。

所以要证得宇宙之真相,当以圆满的智慧证知,但圆满的智慧者,究属有无?若属于无,那么我们永久不能得宇宙之真相;如有圆满智慧者,我们就当信仰他。所以愿求得宇宙究竟真相,就当以佛为师。所以第二步就当由信法而信佛。这由信法而信佛,就不是一般普通学者所能做到的了。因为这是起"超人要求"的。既皈依佛后,就成佛的弟子,故不复是研究佛学的普通学者,而是唯以佛为师的佛弟子了。

然信佛者目为佛的弟子,犹没有在家出家之分。既已信法、信佛,而更进一步,觉得须有住持佛法的教团,使佛法永久住世,以作宏法利生的事业;未闻的使闻,未信的使信,未解的使解,凡一切未觉的使觉悟,所以第三就要加入教团而信僧。梵语僧伽,此云和合众。能依持出家律制而修己教人者,名出家众,亦名佛教住持僧。其未能加入出家众而亲近出家众者，则有在家之佛弟子，于是佛法能流布世间。既信法、信佛又能信僧以住持佛法，然后佛教才能具体成立。以僧为教团之中坚分子，然后可荷担佛法，传播于世界人类。

修六度之行

六度之行，可就两方面言之：

甲、自利六度行：第一步要"布施一切"，就是要将本人所有的家眷、财产、一切物件，都能施舍。然专事施舍而身心无所操持，必至横决，所以第二当"坚持戒律"。此施、戒二度，为出俗因。然没有强毅忍耐力继之，仍易为环境转移，所以第三当行"忍辱"。忍辱犹有退滞，而未能勤修众善，所以第四当行"精进"。此忍、进二度，为防退因。此上四度，犹多属散心修持，不能将心力集中于闻思境，观察深入，所以第五当行"禅定"。若味着定境，于相似法起增上慢，不能照破，则毁前功，尤障深慧，所以第六更当修行"般若"。此定、慧二度，为不坏因。不退不坏，于佛法之自利行，方得成就。

乙、利他六度行：首当以"财法布施"，乃与他人接近。进之更能持身清正，一切所行，皆以众人饶益为前提。行此施、戒二度，是为利他之摄化因。以非施戒当先，即不能有利他之机会。然摄受教化中，必难免根劣之辈，反恩为怨，妄加毁辱，故须容忍而安处之。并须奋励"精进"，勤加化导，乃能使已摄化者，不致退滞而获增益行。

此忍、进二度，是为利他之荷负因。摄化、荷负，苟非身离劳悴，而内心常得禅定法喜之滋养，则疲倦困惫袭之，不能持久。故须常修"禅定"，以养成办事之堪能力；常修"般若"，以充实明理之胜解力。行此定、慧二度，是为利他之成办因。能充足三宝之信心，能践行六度之行谊，则使人心进善，政治清明，社会安乐，世界和平，皆不为难事矣！

种瓜得瓜，种豆得豆

佛出世的因缘，是为的什么？因为佛是觉的，人是迷的。人既是迷的，所以人就要受一切烦恼生死的苦。佛本大慈悲心，乘大愿力降生于中印度为国王太子，享受人间尊荣富贵五欲的快乐，随即抛弃人间富贵尊荣去修行，以至于证果成佛。佛在当时现身，因为要觉悟人的迷，所以现身做个模范，使人晓得了却一切烦恼生死的苦。既是要觉悟人了却一切

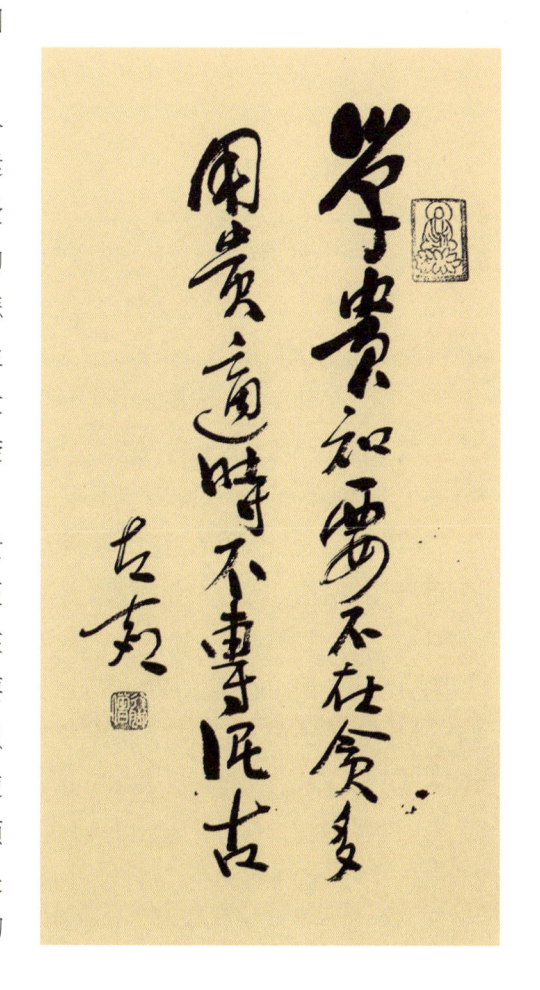

烦恼生死的苦，所以随顺人的语言文字，依人类种种差别病而说种种方便救人的法。这佛说觉悟迷妄的法，就名佛法。依佛法推究，人不能够了却一切烦恼生死的苦，是由于不明白佛说三世因果的缘故；今天略将世人谬解因果的与佛所说的因果，两相比较说明之。

世人因为是迷的，所以对于佛说的因果就茫昧不知：或者说没有因果；或者凭着意识的理想去推测，谓大地山河是自然变化而有的，谓人是由祖传父父传子而来的；又或谓大地山河及人是有创造者的，所以人同万物都是另有个主宰的。由上种种谬解妄见，发出种种言论，世人被这种种言论所惑，就有不信因果的：谓人在父母未生以前没有什么，至于百年生死以后也没有什么，这种断见一生，就要任意妄为，不怕因果报应。也有迷信神教的：谓人作了善，神就默佑，使得享受爱的果；人作了恶，神就谴责，使得享受非爱的果。

统观以上种种说法，不是属于无因果派，就是属于谬解因果派，这两派皆足以使人生一种侥幸心，以为作了恶可以幸免的。哪晓得昧于佛说的因果，就要堕落因果报应，不能够免却生死的苦。若明白佛说三世因果的道理，晓得人生不是突然而生的，死也不是就可以了的。因为人身是地水火风四大假和合而成，人到死的时候，四大假和合身虽死，而业识实在没有死。

明白这个业识的道理，那佛说三世因果的道理，也就容易明白了。何以故？因为人生以前，有生不止前一世乃至于无始，死后也不是可以了的，乃至于尽未来际也没有止息的时候。这无始终、无内外的业识，就是从无始以来自家所作善恶业力，积集而成业识。善的业强于恶的业，则善业先成熟而感受善果；恶业强于善业，则恶业先成熟而感受恶果。因为有善恶种种大小多少差别，所以就感受贫富、贵贱、贤愚种种的差别，所以古德云："欲知前世因，今生受者是。欲知来世果，今生作者是。"

平常人迷于佛说的三世因果，看见罪大恶极的人，偏偏的是富贵双全，儿孙满堂；看见为善不倦的人，偏偏的是无儿无女，受那贫贱的苦。报应相左，遂谓没有因果，这是由于不明白业识受生的缘故。这业识受生有因缘：业识为因，父母为缘，合缘与因而成人身。今假定有人作种种善业，这业因属于善，当然要结善果；然必要假父母两业缘，又须此父母有应得这个造善因受善果的儿子报应，然后才能够藉此父母两业缘而受生。具这三种业的因缘，就谓之同业所感。

业识犹如谷种，父母两业缘犹如土水日光人工等，因缘具足而后可以发芽结谷。善恶果报，由善恶业因而成，犹如种豆得豆、种瓜得瓜，这种因果是毫厘不爽的。世人不明白佛说因果的道理，犹如不明白长江源流的人。今假定长江向东而流，中间被山所阻，折而由北向南，南岸是平原，平原上的人就说长江源头从山而起，至平原而止。像这种断见，人是知道错的。而不明白业识相续不断与业识受生的理，那因果的理就不能够明白，也与平原之人观察长江的错谬一样。

我们若能够真实明白三世因果，试问有人欲受恶果报应否？所以种善因得善果，种净因得净果，乃至成佛，都是由于自己一念。依佛所说而行，世间恶人尚敢为恶否？故佛教昌行的时候，人人都是明白三世因果的道理，人人都是向善而行，小之可以成为自修之正人君子，大之自觉觉他化社会为良善，化世界为太平，转五浊而为七宝，皆由于此。古德云："诸恶莫作，众善奉行。自净其意，是诸佛教。"能够止息诸恶，奉行众善，就能够自净其意，这就是诸佛所说的教法。以上，不过将世人与佛说因

果略为比较而已。

菩萨的人生观与公民道德

佛法虽深广难测，据我所见到者，非离开世间而别有佛法之存在。佛法能普及一般人而为一般人立身处世之大经；将佛法原理见诸于人类或非人类之实际行为，非是玄想空谈的。所以，提出"菩萨与公民"一题来讨论之。

想各位对于菩萨一名词与公民一名词联为一句，大抵以为奇异；因中国人心理上，久已误会菩萨为偶像之代名词，但其实不然。菩，即菩提，是觉义；萨，即萨埵，是有情义。凡具有情意知觉之人与非人等，皆名有情。所谓菩萨者，即有了觉悟的有情。质言之，即有了觉悟的人，根据现今已有的觉悟而去更求进步以至最高的觉悟者，就是菩萨。纪念他为之立像，在于引起后人之景慕；如近来各国之立铜像，亦即此意。

然若以菩萨义而征之于人类，是先有了普通学问的根底，而来更求高深之学问的；如更发大志愿去求圆满彻底的觉悟，则亦即为菩萨。若已有觉悟之菩萨，欲更求最高深之觉悟，其出发点究竟何在呢？因菩萨之本身是有情，觉到一切有情皆同体性而平等的，因为是同有血气灵性觉悟的。然人类与非人等一切自然界中之有情命者，以形类小有不同，而莫不演成互相吞啖、互相争杀之惨痛，菩萨因同他平等之关系，不期然而然的发起了普遍的悲愍心，誓欲为之解脱其苦恼。

但如何方能解脱其苦以得到共同长久之安乐？观察此诸苦果从何而起？若谓自然是苦而不可救者，为悲观派之谬见；若见能安于痛苦，即谓非痛苦而不须救者，为乐观派之谬见；此皆落于边见，而实无救度之办法者。菩萨研究有情痛苦之由来，以为凡自然界，人为界，皆是结果，非凭空而有，亦非神所造成，更不是机械性的物质所构成，实实在在是因缘所成；而其因亦非单独之因，而为许多关系众缘所集合之结果，凡人类或非人类同没于自然界之痛苦中者，其因果正复如是。

在许多因缘中，各各有情众生之心的活动，就是许多因缘中最重要之缘。如心中有了何种情感、意思，见诸于言行，即有种种事业之表现。故集成一切事事物物的众缘，又皆随心之力量以为变迁。其在心之活动态度上，若不曾认得清楚，即于万有变化与人类生存之道，无有深切之认识与正确的觉悟。于是凡有举动，皆不正当，而得到的反应，即为痛苦之结果。从此可知凡欲解除人为界与自然界之痛苦,非将各各有情的心变成一个觉悟心不可;而菩萨之所以为菩萨者,即由具有此觉悟。有情心之觉悟,其方法种种不一,但不同其他宗教,教人凭信一神便可解脱,佛法须使人人皆于自心上得到觉悟方能解脱。但菩萨欲令众生觉悟,而自己须先有很完全之觉悟,故须先求更进步乃至最高之觉悟。故其求最高觉悟之动机,在观有情同体平等而起了大悲悯心,由此乃确立求正觉心,依正觉之力乃能从实际上解除众生之痛苦,得大自由。如此,遂成为一个菩萨。

菩萨之义既明,今应讲到公民了。中国政变已有二三十年之历史,其尚未能达到平等自由之目的,实因国人缺少了公民道德的缘故,故今日中国国民最需要者,即为公民道德。若不能养成国人的公民道德,无论军、政、实业等变化至如何程度,而欲建近代的国家社会,终无安定之一日。在中国以前之情形,从人的方面来讲,多数农民及工民、商民皆有大家族之组织,只知各顾身家,凡国家政治、地方公众之事,概视为毫无关系,以为一切自有皇帝与官绅去作,纵欲去作亦不可能,其无国家社会观念者如此。

然现在之国家,乃人民建立之民治国家,人人皆有国家的、社会的关系。欲建立此民治的国家社会,必须先养成公民道德为根本之要素。而公民道德之第一点,须知全国民众是同体平等的,皆视为同胞兄弟一样。有了此心,无论一举一动皆当以国家社会之公众利益为前提;凡起心用事,皆从此心发出,则即成具体而微之菩萨行为,亦即成为公民之道德了。如此,则全国人民可无相争相斗之痛苦,而生起同情博爱之心以解除痛苦,而得到种种利益安乐;其全国人民之利益既以达到,而我之利益亦自在其中。

然由此博爱心上，又当进求种种学问知识，以养成各种实际能力，向国家社会去实行各种为全体人民谋福利之事业，如此，乃完成公民道德。若人人有此公民道德，自能实现民治之国家社会。然而中国之旧习惯积染甚深，欲养成此公民道德，实非易易。若能从研究佛法得到了一种菩萨的人生观，则方知实现公民道德并不困难，故我们今日最需要的，在从菩萨的人生观去修养公民道德。

菩萨行先从人道做起

佛学乃真修实证之学，既非口头讲了可以完事，且"舌底无袥子，笔下无禅师"，而佛法直是离言绝思不可说的。换言之，要证明佛法是何，必须亲身去成佛。否则，欲从佛之言语文字中求了知佛法，终是不可能的。依此说来，岂不一切经律论皆成废话？而吾人既未成佛，且不知如何可以成佛，不亦于佛法皆无路可通耶？所以不能不以种种方便譬喻之辞强为之说。

世人营营于一身之衣食住，进之则为一家，有余力者能兼顾邻里亲友乡党桑梓；广之能为一国，至能天下为家、四海为友，其仁心普及于全球人类者，已同凤毛麟角；况能发尽于未来度尽等虚界一切世界众生之菩提心欤！然所以如此者，则因局执占空间数尺方、占时间数十寒暑之色身为我，而不知迷此为我，实无有我，在浩浩渺渺之真生命海中，此不过一浮沤而已。浮沤起灭靡常，心海固湛圆无际，无始无终，无边无中，循业随量，变现诸有，有皆幻有，妙绝思议。于此恍然大悟，乃知人生自有真，而菩提心盖不待他发，本来现成如是耳。

悟得本菩提心而志求无上菩提者，即为菩萨。菩萨之行，先从做人之道行起。做人之道，首在一皈依处，依一切善行之最清净本源的佛法，仗净行善友为辅导，以五常之德纶贯于五伦之间，修持十善，为信满入住之基础。能如是，则现身为人世之贤圣，足以上追孔、颜，将趣圆满之菩提，定可亲近弥勒。同人等赴东亚佛教大会之后，遍游日本各地名胜，明早即须登舟归去。匆匆不能多话，唯举此为临别之赠言。"人身难得，佛法难闻！"冀诸君闻熏思修，能深究于佛法藏海而超然自悟！

菩萨行与新生活运动

中国平常人的观念，以为菩萨就是偶像的代名词，其实偶像很多不是菩萨，菩萨也不一定有偶像；立像不过表示恭敬的意义。菩萨是略语，正云菩提萨埵。菩提，是对宇宙万有的最高觉悟，萨埵，是有情的意思。有情比人的范围还宽，佛学上译为众生，所以菩萨即是求觉悟的众生。譬如人类有能达到最高知觉的可能性，倘有大的志愿而去求佛的最高觉悟，这个人就是菩萨。中国古书上，讲君子、贤人、圣人，就是指有特殊仁智勇的人；菩萨的意义，也是如此。

菩萨的行为，首先是不存心自私自利，能牺牲自己，为社会服务，替公众谋幸福。现在我们中华民族，到了最危险的时候，这正需要牺牲自己，为国家民族求生存自由的菩萨行了。所谓菩萨行，即六度行：

第一，布施：如金钱、生命，全都可供献国家民族，及为世界人类乃至宇宙一切众生而牺牲。我国古代的伊尹，被称为圣之任者。谓如一民未免饥溺，如已罹于沟壑，就是菩萨行的第一行。

第二，持戒：就是应守的轨律，这不但恶的消极不做，而尤在善的方面积极必做，故有积集一切善法戒。将不应做的事不去做，应做的事业行起来，这是圣贤行为，与普通豪杰行为不同。因为豪杰所作的事业，未必尽是善的，而圣贤所做的无往而不是善。所谓"行一不义，杀一无辜，虽得天下不为也"；也即是夷齐的圣之清者。

第三，忍辱：这并不是含冤受辱，而是一种宽容大度。从大觉大悟的胸襟，见到普通人很多易犯幼稚病。譬如我们为大众谋利益，或有人不谅解的，应以精诚感服，而自己仍孜孜不息的行善，丝毫不动于心，由此得到其心悦诚服，就是孟子所谓柳下惠的圣之和者。

第四，精进：这是精纯无杂的进行不息，认定真理即孜孜不

倦，为正义和大众利益去进行。无论遇到怎样大的困难，都能克服而不为所阻。古来禹王治水，三过其门而不入；又如墨子为普利天下，摩顶放踵，这就是菩萨的精进行。

第五，禅定：不限静坐，大学中所谓："知止而后有定，定而后能安，安而后能虑，虑而后能得。"因为精神力量很大，我们不能集中，随外境散漫，故力量小了。譬如我们中国偌大的人民，就因为不能团结一致，所以受倭寇的侵略；但近来中国能精诚团结，全国统一了，也就能够抵抗他了。我们常由物欲的引诱，精神不能集中。古书中所谓"精诚所至，金石为开"；又颜回三月不违仁，这都是定的修养。这样，方可担当大事，作济世利人的事业。

第六，智慧：对事理要有头绪，并有明切的经验，然后方少有错误。有此大智大慧，就成为人哲，像孔子、孟子都是有超人的智慧，所作事业才没有不好的。平常所谓学佛菩萨行，与其他的宗教不同，因为其他的宗教，只系信仰万能的神，而学佛是以佛的觉悟为标准，由人或众生依菩萨行去渐渐达到佛的最高觉悟。

新生活运动，就是把从前谓为个人私德的礼义廉耻，社会化、国民化了，成为中国民族必有的行为标准，乃成为国民公共的道德。管子说的："礼、义、廉、耻，国之四维，四维不张，国乃灭亡。"新生活就是要在我们日常的公众生活，高张着四维，变成我们崭新的道德，由此使国民的道德提高增进，这样一来，我们的生活都合于礼、义、廉、耻了，一切越轨的事件都没有了。

中国有五千年的光荣历史，现在受人侵略，古人所谓"知耻近乎勇"。把过的耻辱除去，将光荣恢复光大起来。有礼、义、廉、耻，则自然会奋发成功的。再进为廉洁的政治，则民权平均发达，各得其义，而民生充实，彬彬有礼也。菩萨行既然就是我们古圣先贤的道德综合，而礼、义、廉、耻，也是先民道德的结晶，把他贯彻到个人、家庭、社会和整个民族，便是达到了新生活运动的目的。

建立人生道德标准

文化，是改善人类生活，使之向上进步的。这种文化的功用，虽然很普通，但至最高上的文化，亦不外乎此理。平常人以为佛法是消极的、寂灭的，其实，佛法是使一切恶业消灭，将人心改造，使之向真实美善前途发展，发展最圆满了就是佛。佛称两足尊，即是福、智的满足。换言之，即道德、智识都满足，达到最高人格之表现，并将佛在心境上所证明到的宣说出来，使人人共闻共知，成为一个究竟改善人类生活的文化，就是佛法。

但现今的中国，经过了许多内忧外患，天灾人祸，更加以最近的日寇，国民都在灾患困难中过日子。现在所最须讨论研究的，也就是怎样解除国民灾难，而使之改善、向上、进步的文化了。但要晓得，近代中国的灾患，乃从整个的外患而来。这种外患，把全国打得落花流水，并非偶然的事，实为近代列强的立国精神，对于善弱的国族所必至的趋势。所以，要想解除其困难很不容易，因为四方八面外来的侵略，除非中国也变成近代国家，方能外抗而内安。

然要建立近代的国家，但有现代军事、政治是不成功的；要有现代军政，先要有近代国民生产力和社会经济能力才可以。否则，如要生痨病的人举千斤之鼎，不但不成功，反之把鼎敲

破,把人压死。所以,中国三四十年来,越救越乱,就是不知道从国民生产力和社会经济能力上去培植进步的缘故。

再深进一层观察,觉得在经济上救,还是不成功的。近察中国民族性,很抱悲观;由城市以至乡村的男女,都受了西洋物质繁华的诱惑,把全副精神化成奢淫的欲望,并且还要不劳而获侥幸的、现成的以填满他的欲望,由此,乃专以巧诈欺骗,为得到非分享受之手段。这种的风气习惯一成,就是二人的团体都结不起来了!既无二人以上可以彼此诚信,注重公共利益,遂令为公共利益的心愈加其狭小。从前还能为家族,现今只为个人,成为极端的自私发展。

在如此整个民族堕落的状况之下,只有消耗社会的经济力,减少国民的生产力,万万没有增进国民生产经济力的希望。我们中国向来以农业立国,到今时不但五金、木材、布匹、器皿都用外国货,就是米面都要靠外国输进,其余,更不必说了。既没法去培养国民生产力,军事、政治就无从建立。所以中国民族,现已走到绝路,决非少数贤者所能挽救!因为到现在,差不多要做一个好人,都要偷偷地去做了。

但如果全国人各各都负起责任来,深深觉悟,痛改前非,下国民道德的动员令,以为对治国民痼疾的方法。第一,就是尚俭朴,将外来物质浮华的欲望减轻,方可以保存一点生产资本;第二,要勤劳,乃可使生产的经济力量得以进步。虽然这若仍使用欺骗的心,难竟其功,所以第三,要诚实,务使心口一致,言行一致,乃能得彼此间之相信。去做公共事业,把私心减小,以公共利益为前提,所以第四,要为公。将此心理推广到一县、一省、一国,不但建立近代的社会国家,且并可为国际一种向上进步的文化。

然而这种文化,并非纸上之文化,口头上的文化,要在实际上去做到的文化。现在,中国从外国输进来的新思潮,简直把全国思想界弄得七零八落,你说是道德,他说是罪恶,你说是改善人类的生活,他说是阻碍社会的进化,邪说风行,使国民堕落,道德只成了一种空谈,没有办法。

各位要在此办法当中找出路,佛法才为唯一的需要。我今天讲"如何建设国民的道德标准",就是怎样把人类的道德标准确立起来。道德基础巩固起来,要有一种最圆满学说,能立能破,方能使人类必需的道德原理成功,开扬不可磨灭的真理。

在佛法中,可以提出很简单的二种观念:

众缘主伴之互成 无论什么万事万物,有为主的主因,有为伴的助缘。如这张木桌，木为主因，再加人工等等为助缘，有众缘互相的关系，才成此一桌。宇宙间真很复杂，有各各主因之主，有各各助缘之伴，成为事事物物一种东西。以及一个人也如此，需要许多相关系的助缘：如呼吸空气、水土、阳光等，都是助人生存的要素，你若把这普遍的众缘破坏了，结果自己非灭亡不可。由此看来，人非为公去私不可，这是普遍的原理，宇宙的大法。要为公，便不可互相欺骗，各人勤俭，若如此做去，方有办法。

唯识因果之相续 凡人经过许多行为，都蓄为心中习惯，若是一种不好的业，一定结不好的果。各人反省内心一下，就知道了。有时良心发现，想将一种不好的行为改变，但习惯已成，一时难改。个人如此，而社会国民心理亦然；恶风习既成，虽有一二贤者，亦难挽回。近来的人做事，只问目的不问手段，为罪恶之大源；以为只要达到目的，虽杀人放火而不顾。大部分人，都是如此！若明白佛法，不种善因，不得善果，要实现其良好之理想，必须建立人生道德的基础，当下就成为良好的行动，将世界邪说之风扫尽无余，方能建设道德文化。这种文化，才不是纸上空谈的文化！

下篇：人圆佛即成

断除烦恼的秘诀

看穿烦恼

凡事欲穷究竟,必明本源,众生法然,佛法亦然。欲明佛法之为何,当从源头溯起,即是佛因何事而生世?佛法因何事而建立?明斯二者,即识佛法源流,自能融会事理,不生抵牾。原夫诸法实相,本无可说,因真如自性,人人本有,个个不无,在圣不增,在凡不减,所谓离一切相,即一切法,尚无有佛,何况有法!然而我佛住世说法四十九年,权说、实说、横说、竖说、顿说、渐说,传来此土者,不过如大海水之一滴,尚有三藏十二部数千卷之多,则又何故耶?盖佛之一字,即是觉义,法之一字,是轨持义;佛法即是觉之轨持,以觉法觉众生者曰佛,不觉觉法者曰众生。觉与不觉义相对待,众生与佛义相对待,故佛为众生而出世,佛法因众生法而建立。

《法华经》云:"诸佛为一大事因缘出现

于世，为令众生开佛知见、示佛知见、悟佛知见、入佛知见，以一切佛法开示悟入一切众生，使一切众生开示悟入一切佛法，佛法源头，即在于此，佛法究竟，亦在于此。今以譬喻明之：众生如病者，佛如健全人，亦如医师，佛法如医方亦如医药；因众生有种种病，故佛有种种法，病者得药，疾瘤方除，佛法如处方，故佛说有三藏十二部经。世无无病服药之理，故真如自性不可以

言说分别，无说而说，盖由此也。

众生因无明而有，无明即病，广说为八万四千尘劳，略说有一百八种烦恼，今约为二类：一者，凡夫病，二者，外道病。夫依业果报，而有众生法界，是业报有二种：一者，正报，即诸众生等各各感受此身，皆由先世所作善恶等业，因由此身正受其报，故名正报。二者，依报，即世界国土及器用等具，诸众生等入各各随其果报之身，依此而得住持，故名依报。凡夫人等虚妄执着此依业果报之身，于中强立主宰，或计为我，或计我所，贪求驰逐，造业无穷，盖由始计身为我身，我见既立，则必求种种资生之具，一众生如是，各众生皆如是，二贪相逐，竞争斯起，贪求不得，或得不满愿，必起嗔恚，贪、嗔二根，依止痴住，痴即无明，一切烦恼之本根也。

凡此种种，欲为之本，欲有五种：一曰财，即财产欲，如贪求田宅货利等；二曰色，即男女等欲；三曰食，即尝味等欲；四曰名，即声誉等欲；五曰睡眠欲，即昧略为业，令心暗劣者。凡此五欲，悉随痴起，原无自立，诸众生等无明梦中不觉本性，乃有种种贪求，不知五阴之身虚妄不实，犹如水上浮沤，水因气而聚沫，人依业而受身，发业润生，无有穷际，从流溯源，以着我故；所谓凡夫病者，概约如此。

外道病者，其见较之凡夫稍进一步，亦知五阴之身难可久住，欲求涅槃解脱，唯欲宝爱其身，与凡夫病同，但求住持之道，则迥然大异。然而不出二类：一者，欲即五阴之中择色心质素而控御变化之，以为永住之基，妄计必无失坏，即是涅槃解脱，为神仙家修炼精气神等，是即其类。二者，于五阴外，妄计有造物主主持一切，在一切世间之上，故能不受世间生灭，若以彼为依，一至彼处便脱轮回，是涅槃果，是解脱道；如婆罗门计有大自在天及大梵天等，求生彼天，及基督教求登天堂，皆是其类。

斯二种道，虽较胜凡夫，以佛法判之，仍不出虚妄执着。何以言之？六欲、四禅、四空等天，历劫住世，各有短长，然寿命终有穷极，如非想非非想处天寿命八万四千劫，可谓至长，然经此劫已，复归生灭，不过短中稍长，暂中稍久耳。故不出三界因果，不出五趣升沉，无一真实。

我佛世尊为对治诸众生等种种病故，立四圣谛：一者，苦谛，总则，六道生死，别则，二十五有，生死梦中，不识蕴、处、界法，虚妄执着，既依业报之身而着我，不知是身即为众苦之本，饥渴寒热，嗔恚惊怖，忧悲老死，逼迫身心，无所宁息。审谛蕴、处、界法，似有身相，名假施设，实不可得，是为苦谛。二者，集谛，审谛此身皆是过去无量世等烦恼业招集所致之苦报，而现在烦恼业，复为集起当来苦果之因，是为集谛。三者，灭谛，即是涅槃胜果，审谛无为无起诸法，能证涅槃寂灭之理，五钝五利诸烦恼结，皆择令永寂不起，是为灭谛。四者，道谛，正知、正慧，通理无碍，审谛由此道故，能得胜果，为诸有情勤求解脱，若三十七品、四十心位等，是为道谛。苦果集因，是世间因果；灭果道因，是出世间因果。知苦、断集、慕灭、修道，是为佛法。观四谛境，修四谛智，是为学佛。

以上略述佛法源流，至修菩提之行，法门无量，即以言说分别，非匆卒所能尽，而是中念佛一门，即持阿弥陀佛名号求生极乐之法，最为简而易行。普被三根，上则法身大士，下逮十恶凡夫，一念回心，十念相续，便阶圣境，虽有九品次第，同属圆证圆修，真简中之至简，亦圆中之至圆！法海无涯，唯求果腹，志菩提者，应勤斯学！

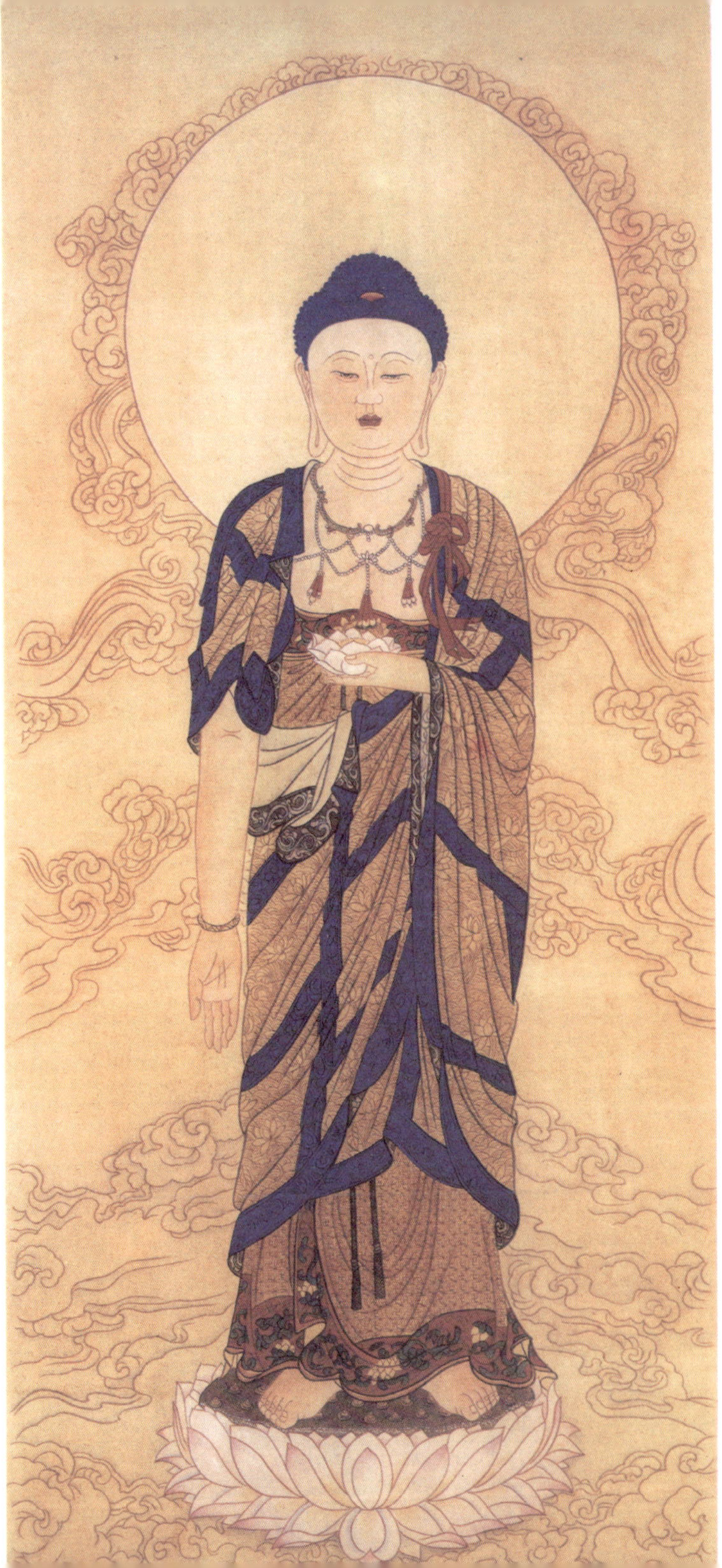

苦乐皆自造

上下数千年，纵横数万里，人民种族之庞杂，学术思想之纷歧，实不可一概而论！故今抽绎讲述数项于下，以窥一斑。

一、有一类知识活泼之人，不甘枯槁沉闷于一生数十载光阴之下，茫茫以生，昧昧以死，来不可待，往不可追，蔺然役役，受形待尽，于是起要求的思想，对人生形成之由来，及宇宙万有之缘起，求其一个明白。但因无研究的利器，凭着意识测度，错觉模仿，其结果于光影门头邊下武断，谓人生由来，宇宙缘起，均是操于一有人格的大神为之主宰，为之支配。然此真宰的大神，又超乎人类万有之上焉。但此等神话，自远古至近今，经世事后先的迁变，人智递邅的发展，其趋势不得不随其所应之潮流以更改其主张，故有多神、一神、泛神等论。其所主所说虽代代不同，其有神之观念一也。此名为神造论。

二、有一类世间学者，不满意神造论，于是生种种的反响，用科学分化方法，搜历史、古物，考证、实验，推究人生之由来，宇宙之缘起。其结果，于种种说明下一假定，谓人生与宇宙，均是物质组织成形。如发现人身或由若干原质，或由无数细胞之结合，而人生则从下等动物进化来也。其发现全宇宙的事物，亦唯是同一方法。故其说明一事一物的成坏，必一个一个、一段一段的剖析，析至于不可析，巧立一名，或原质、或原子、或电子、或爱、或力等，为形成宇宙万有不同之要素，虽时成时坏，其要素不过时显时潜，自成一种物质不灭的观念。虽命名各各不同，其唯物观念一也，此名为物造论。

三、更有一类人，虽亦作种种的研究，解决宇宙万物问题，含有神造、物造之彩色。然不若前二者倾向于两方，各走极端。如推求世界万有未发生以前之本体如何，有以空为本位，从空无中渐渐化生世界万有。如云："天地万物生于有，有生于无。"此为虚无造论。有以元气为本位，从混沌元气中有阴阳消长不息之变化，于是逐渐形成世界万有，如"一生二、二生三、三生万物"等，此为太极造论。

综合上各种推究的结果，宇宙万有如何发生，如何造作；莫不持之有故，言之成理。以佛法观之，彼所主之神造论、物造论、虚无造论、太极造论，无非梦中说梦，而反自以为觉，固哉其迷也！然其颠倒迷妄之原因，大概可分为二：一、不明真实法相义，二、不明真实因果义。盖彼亦曾推究到法相义、因果义，例如能创宇宙万有之神为因，所创宇宙万有为果，此为因果义。

又神者为宇宙万有之实在，恒常不变，宇宙万有者，为神之现象，变化不居，此为法相义。其所明因既非真因，其所明果亦非实果。因果既非真实，则法相亦属颠倒。扼要言之：因发明此等之鼻祖，均是生死凡夫，以无明迷惑心为动机，发其千差万别之思想，造千差万别之事业耳。若夫大块载之以形，劳之以生，佚之以老，息之以死，鼠肝、虫臂、龟毛、兔角，任造化之推移，循宿业之发现者，更无足论矣！

若以佛法言之，无别造作者，唯是自造。何以故？凡真能造作者，与其所造作物，总不离各自活泼灵明运动知觉之心，发动种种因、种种缘，因缘和合则宇宙万有从之创造。其创造之原始，即迷此真实法相义、真实因果义，莫知起始，无所终穷，因因果果，递遭无间，通达佛法者，即抉破此二种之迷，明生即无生故。迷此二种故，就此活泼泼的心对逆顺的境界，发生种种恶念，作出种种的恶业，造成三恶道的依正二报。若就此活泼泼的心趋向于正义道德上行,所谓持五戒,行十善,修四禅,入八定,造成三善道的依正二报。

故此三界——六道——各个众生,依各自活泼灵明心而造作,造何因,得何果,此之谓业报。得此业报之业报总体,名阿赖耶识,亦名业识。归就于各个众生,或三恶道、或三善道之各类范围,就此各类范围,内变身命,外变器界,故人生之由来,宇宙之缘起,各各是自己所造。自造之身命,住自造之世界,自造之世界,还载此自造人身命。各就其各个众生自识所造之善恶差别,所得各个自类身命、世界,美丑、寿夭、净秽不同。能如此彻底了解人生宇宙,识得如此为真因,如此为实果,则若因若果及贯通因果之法,即是真实法相。

故要求明白此二种者,不于外求,就于现在刹那间灵明活泼心中求。识得现在受者果,即是过去因,现在作者因,即是未来果。故此因果,皆自造也。造苦因,得苦果,奚怨奚尤!造乐因,得乐果,何幸何欣!乃知现在受苦果者,亦可造乐因得未来之乐果;现受乐果者,若是造苦因,亦可招未来之苦果,善恶轮回,苦乐循环,如春蚕作茧,自缠自缚!如夜蛾赴火,自燋自烂!谁是自痴甘醉此者?

人世间有真慧心者,感此苦乐相仞相靡无穷极之宇宙,欲求脱离,即就此灵明活泼之心,趋于善,去于恶,扩充移植以造圆满善因,减缩铲除以净尽其恶因,得证罗汉、辟支佛、菩萨、佛陀之果位,亡其分段,乃至变易生死,亦不外从此一念灵明活泼的心行去耳!岂从外得,岂事他求哉?亦不过如握手成拳,舒手成掌耳。十法界迷悟染净、因果凡圣,皆自心造。

《华严经》偈云:"应观法界性,一切惟心造。"故凡真能明白因果者,亦必能明白法相,能如此确实真信,洞底了解,即为宇宙之王，于万有之中得其自在。从此之后，凡所修持，都凭自己决定，其中间所经过历程，则与三乘往觉先贤如出一辙，必无疑者。但是，众生无始虚妄习气非常之重，苟能禀教修持，念兹在兹，或暂伏烦恼的现行，智慧暂时开发，贯通因果事相，觉悟真实理性，既而时过境迁，无明又发，智慧隐蔽，不能得其真把握。

要得此真把握，亦无他术，宜研究经论，或亲近明眼高德，对于佛祖真如等流的言教，有发愤忘食、乐道忘忧的境界，沦骨浃髓，纯与真理融化，一举一动皆从个中流出，此为有力之觉悟，虽天下非之而不加沮，天下誉之而不加劝，所谓立定脚跟，八风吹不动也。从此所起之思想无不纯净，所发之言论无不中肯，所作之事业无不适当，对于向来种种谬误根本净除，到于圆满菩提归无所得也。

然此行证，固不无先后之异，及达到目的地一也。第一，即持戒清净，止息诸恶，调善身心。不有持戒，定无由入，慧无由发。故持戒为定、慧之嚆矢，菩提、涅槃以戒为基础，其重要可知。人能持戒，如新浴之身，得一种非常快愉高洁之人格也。

第二，即禅定寂静，使内心精纯，不因外妄动而得安宁。实因持戒之力，遮身口七支之过，得专志于内而获镇定，纵使外物诱炫，亦莫之奈何！故人若能得定，即精神作用和平统一。如一国一土，盗贼潜踪，不事干戈，入其境者，如登春台。入禅定者，一心寂静，轻安快乐，有非局外人可知者。然此定心对于烦恼，唯伏而不能断。

第三，智慧圆明，要将无始黑暗恶习烦恼，以极明利之智慧断除净尽，故戒定犹杀散盗贼，社会表面虽现和平，其隐忧方兴未艾；今此智慧，如捣破盗窠，使其无容身之处，杀者杀，投者投，肃清一切，再无烽火之惊，使完全成一郅治国家，良善社

会。烦恼根蒂既断除净尽，其灵明活泼的觉心清净无疵，则依此心所变现之色身与器界，皆得其清净，圆成其本具佛性功德，究竟佛果也。

综上所讲，依佛法根本成语，即教、理、行、果，所谓依教明理，依理起行，依行证果。故佛法虽浩瀚无涯，此实为佛法大纲。古今宏扬佛法大德，立宗判教，咸循此为起点，为历程、为结归，此佛法所以是微妙圆通深不可识者也。念佛法门亦然，因闻如来如实之言教，而得觉悟如此五浊恶世众苦充满之世界，都由无始烦恼心所招感变现，于是要求解脱此极苦世界，求生彼极乐世界，于是念念阿弥陀佛，念念厌离娑婆，念念欣生极乐。故知求生西方，依然凭此灵明活泼的心，岂离心外念弥陀，离心外生极乐？实因此心可造弥陀，可造极乐。今既自造，还自生之也。换言之，西方极乐世界亦由弥陀愿力所造成，故我们念佛求生，弥陀与极乐，不过为一种增上的胜缘。

切实言之，我们将来所生到的极乐世界，所见到的阿弥陀佛，还是我们各个自心所造成耳。凡是生到极乐世界的众生，同是一种清净的心，同造一种清净国土。凡是处在极苦世界的众生，同是一种恶浊心，同造一种恶浊国土。物以类聚，共业所感，诚非虚语！故真实修净业者，能发清净心，修清净行，即将阿赖耶识所含藏善种子，起善现行，各各为因，互互为缘，恶种子、恶现行灭尽，善种子、善现行充满，自造成一种纯清净的世界，奚假他求哉！

上来唯讲自造二字，善体会者即可以通达诸法实相，即可以明白宇宙万有，即可以明六道、四生，即可以明四圣依正。在会诸公闻之者，亦有动于中而兴起修持乎？虽然，自之为自，究何是自？若云是心，心复何在？心之一名，其实如何？则又非穷参力究一番不为功，愿与诸君共勉之！

放下才能自在

论及佛学，由简单的意义来说，也是一种学问；然与世上别种宗教与学问，却有不同之点。现在先说佛学与宗教的不同：佛学的缘起，是佛所说的一切法，虽有似别种宗教以崇拜和信仰为前提，然而各宗教所崇拜与信仰者，乃是神，或是创造万物的主宰者，而一切祸福赏罚之权，都操于神的主宰和主使。

论到崇敬佛陀，是先要修学佛法，佛法所讲的主要道理，是因果业报。因果业报，依佛陀所说是身、口、意三业，起乎自心而自造，谓之业因；由业因而造成事实之结果，谓之果报。现前果报，由以前的业因而来，前造的业因，即现受的果报；欲知将来的果报，当观察现前的业因；业因轮流，果报循环，就相续不断。天地万物与一切人事的变化,都是人类及一切有情众生各各所自造和共造而成的结果。

所以,欲得将来的佳果,当先起现前的佳因,如诸恶莫作,众善奉行,不宜损人而利己,当以大众为前提;慈善事业之提倡,公益善举之兴办,一切事务当出于正义而合乎真理,如此,则各人各造善业而各得善果,同造善业而同感善果,世界大同的成功,即肇基于此。然目前世界各国的备战,与中国的天灾人祸,内忧外患,全国民众都在忧愁恐怖悲惨之中,皆由乎因果业报酝酿逼迫而来,迷而不信,昏而不觉,遂渐成目前共同业力感召的恶果矣。

所谓佛的教法,乃能彻底觉悟宇宙万物的真相,而能自觉觉人者,即为佛;所以,信佛法即信因果业报之理,即以佛为无上导师。佛法由出家修行和教授修学而成为佛学。学理的研究,首贵实践,以戒、定、慧三学为根本,实践、又当以诸恶莫作为起点。戒,有五戒、十戒;不作恶、行诸善,即止恶行善是也。定,如一心念佛等,一心念经也是定,禅静也是定,拜佛不散心也是定。另外,请明法的人讲经,依经理而体研即得慧。

戒、定、慧为修学佛法的要素。别种宗教专靠着神,一切由神来主宰,在佛则以自身的因果业报作枢纽,能发心觉悟即是佛,以佛为导师,与宗教的主宰者不同。佛以平等为主,人人都可成佛,而宗教的信徒,则不能与主宰者达平等地位。以上所说,是佛学与宗教的不同最明显的一点。

现在要说到与各种学问的不同了。学问在求知识、明学理或是练习,如实用技术的练习等,或系知识,或系组织,无非为谋生计上的需要,所以只是世间上的学问和技能已耳。佛法虽亦有学理知识可研究,然不是为生活所需要的技能,乃是宇宙万有由因缘和合而生，从空假中而通达诸法真实的无上法门。照此法去实习，把身心世界都可以改造，可以超凡入圣，可以断除烦恼，可以了生死。世人若同究佛理，共明佛谛，即可造成人间的净土。

西方净土是阿弥陀佛教化众弟子所成的结果，我们若能人人皆明佛谛，共修净行，则结果可成净土的世界或清净的佛国。别种学术只是世间的，佛学能予人以身心世界根本创造的能力。由此观之，可见佛学与其他学术不同的要点了。

再略说与宗教学术之点：由了解学理而起真实的信心，由信心而发生立身处世的慈悲宏誓与菩提行愿，见众生处五浊、受大苦，思设法济渡之，即是菩萨行。这种菩萨行，是积极的，是大无畏的，是自觉觉他而成上求下化的大行的；这种积极救世的精神，颇可以为青年有志者的标准，只须依佛法的真解和正信去行就可以了。

念佛，因佛是大觉，与佛为一体，同体相求，故能同气相应。真能念佛，则念念即是佛，能返妄归真，背尘合觉。诸位一星期集会念佛二次，求佛感应。佛是福慧双具和能调御一切的人，凡有所求，无不圆愿。只要一心真实诚恳，放下万缘去念，天天不断的修持，哪无有不获得最后圆满之效果的。

人生的苦迫及其解脱

吾人因何而讲究佛法耶？因吾人既已受得人身，常遇困苦拂逆之境，若欲解脱出离，则有讲求佛法之必要。此不但讲求佛法为然，凡吾人所云为动作，皆因解决现前困境而发动，如饥求食，寒求衣，住求房屋等。又因求食遂连带求谷米而讲农作烹饪等事。

人生之苦多矣！自呱呱堕地后，必有生活之能力乃能求得衣食住，故幼年必须研究种种学问，学习种种技艺；又有老病衰弱等苦，此属于自身者也。又天灾水旱、猛兽毒蛇、瘟疫、饥馑、险巇坎坷等，此种种苦恼属于自然界者也。人生不能单独生活，必赖群众共相维系，乃能共同生活；因此需要，遂又发生种种盗贼战祸、制牵连累、妒嫉毁辱、争夺谋害等等苦恼，此属于人为界者也。

婴儿出胎即哭，可见人生忧苦与生俱来；此一声之哭，即表示其当时所感最为痛苦，且似自知后此之苦方接踵而俱来者，此为生苦。童年时代种种生活皆不能完全自主，故一般童子之心理，多以为迨我成年便觉快乐。及至成年，则由壮而老，遂又感受种种痛苦，如六根渐坏，身体衰弱不能享受人生圆满之幸福，此为老苦。

若壮年时四大轻安，环境顺适，似足称为乐矣，乃忽焉疾病发生，身体上感受种种痛苦，而与老年、童年时无异，此为痛苦。吾人有生必有死，此死之一关为人人所不愿到，而又为人人所不能免。及至大命将倾，莫可奈何！最后一棺附身，万事皆已！面对此死魔终无术逃避，此为死苦。

生老病死四苦固为人人所同具而不能免，此外则恩爱者欲求其常聚，乃事实之结果往往而有生离死别等事发生，而演为爱别离苦。又人所爱护之物而终究不能保持存在，当其损坏亡失之时，则对于所爱之物亦感受一种爱别离苦。恩爱之反面为怨憎。吾人对于所怨憎之人，或厌弃之处所事物，常不欲其聚会；乃事实往往不然，如冤家聚头，仇人见面等事，此为怨憎会苦。

前说人生在世因欲维持其生命，及发展其种种乐欲，故有衣

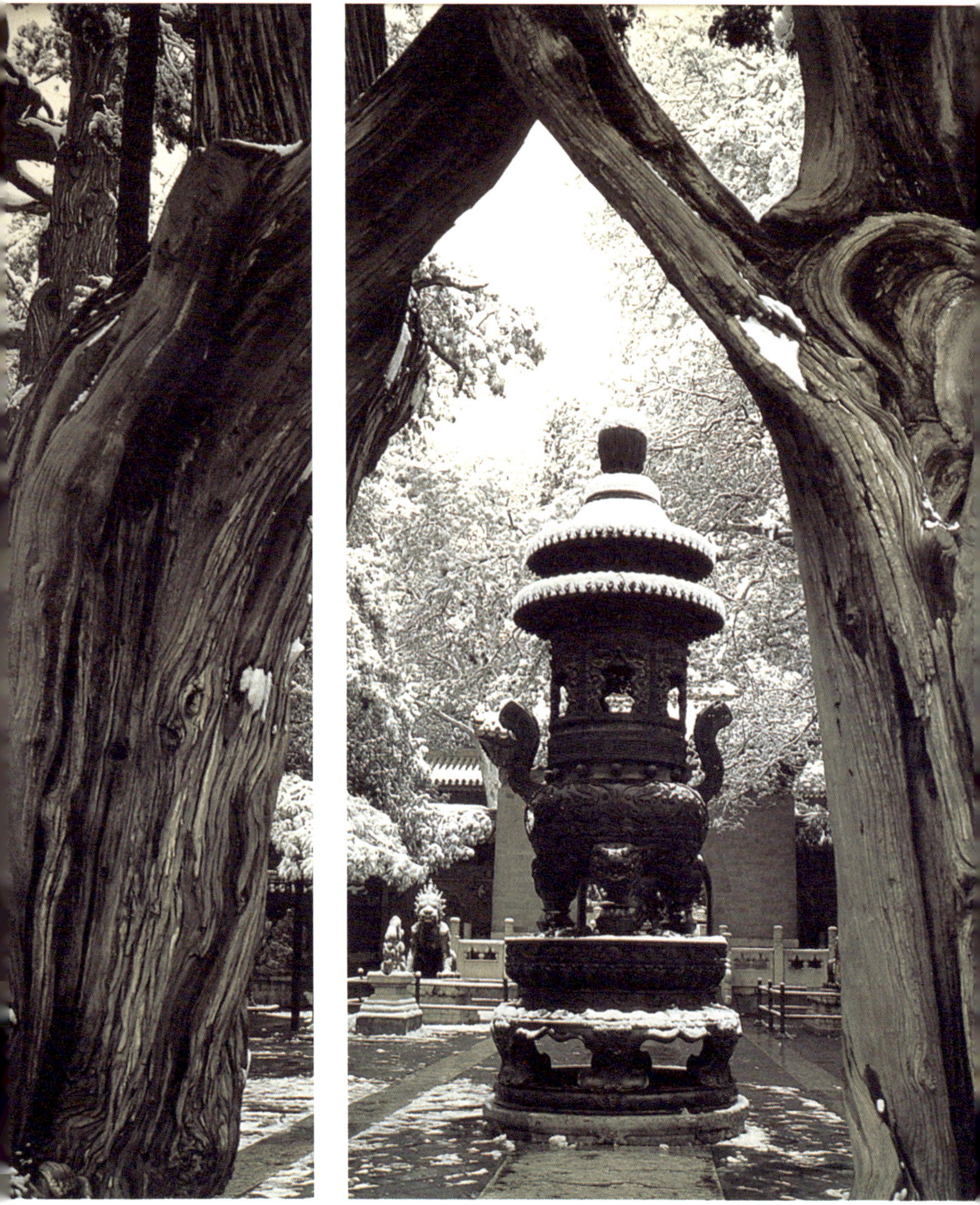

食住、名誉、光荣、威势、权利等等要求，人人如是向前驰求，不能无冲突制限，所以往往求而不得；此求而不得之情事，亦能使吾人感受苦恼，是为求不得苦。

求不得之反面尚有所谓舍不得苦者，如人因饥寒而求衣食，倘有人知求食之苦由于饥饿，而欲将此饥饿舍却而卒不可舍，推而至于生老病死等皆欲舍而不得，是为舍不得苦。

总之，吾人既落形气之中，头出头没无往非苦，总前八种痛苦观之，可知吾人之一生无时不沉沦苦海中，故欲求出离解脱此各种苦恼，而须研求佛法。盖纯正之佛法，乃可以指导吾人出脱苦海永得安乐之方法也。何则？前之诸苦非是天造地设，亦非自然化生，且非决不可出离，乃由因缘聚合而成之果。故欲免除苦果，须依佛法上所说苦果之因缘，而不再作此能感苦果之因缘，则可免苦矣。

吾人若能确信万法皆由自心所造，万法又不能超出因果律，故从此一心自造善因则可不感恶果。盖前说种种苦痛乃由自心所造成，非从外来；仍可由自心改造而出脱也。吾人灵明之心以向来未觉故而起贪、嗔、痴等惑，复由此迷惑而起种种行业，行业既起自然而感受苦果，故欲免苦，须先将此一心上所俱起之根本无明及三毒烦恼磨治尽净，方能断惑止业则苦免矣。此贪、嗔、痴之三毒，不但能使吾人生时发生现行之惑业，倘不磨治尽净，虽色身死灭而此心中之三毒，仍能起惑造业而为苦果之因。

三毒既为众苦之因，欲免苦须断三毒。然则何法以对治三毒，断除三毒乎？佛法一大藏教，法门无量皆为演说戒、定、慧三德以治除贪、嗔、痴三毒；即戒以治贪，定以治嗔，慧以治痴。然戒定慧之理，非一二言句所能宣说，佛有方便法门，即以念西方阿弥陀佛名号为方法，念念相续，勤行精进，信愿往生极乐世界，此念佛之念头即是戒、定、慧，即能治除贪、嗔、痴，若念到一心不乱乘愿往生之时，即是真正永久越出苦海之时也。简便易行，愿听众谛信之！

生命处在无常中

我们翻遍全大藏经，没有发现佛说他自己是创造"宇宙万有"的真宰，也没有发现佛说他自己握有"赏善罚恶"的权威；相反的，佛视此类"神权思想"，直为众生心灵上的毒瘤，势非强有力的予以割治不可。当然，在佛书里面，也承认有天、有神；但若天、若神，等是"六道轮回"的苦恼众生，谁也没有如此的本领与威力！佛坦白地告诉我们：佛是从"众生本位"跳上去的，佛与众生的本质，根本就没一丝一毫的差异；只要我们众生有担当，肯奋发，谁也可以毫无遮拦地自由成佛，这实在是任何势力阻塞不了的！

众生的命运，完全紧捏在众生自己的手头；佛只是从实践生活里彻底悟透了"宇宙真理"的一位圣哲，他只能启发我们，引导我们，使我们逐渐适应真理，大家和谐地创辟自由、幸福、安乐的世界。但"公修公得，婆修婆得"，假使我们自己不肯向上奋发，则佛对我们也没办法。

因此，一般宗教，都有他自己虔诚崇奉的天神——用自己想象雕刻出来等于特殊阶级的天神；佛则要一切众生绝对信任自己，不要埋没自己的性灵！故我们对佛与天神，也绝对不能夹缠不清，胡乱的混成一气！而且，我们必需有了这点基本认识，才能避开习俗流弊，而将佛法应用到日常生活上去。可惜许多诋毁和信仰佛教的人，对这点似乎都未有弄清，真是一大憾事！

佛教，就是世尊根据自己证悟而施设的特殊教育，亦即佛学、佛法。但习俗偶闻谈到佛法，总嫌虚玄、高远、神秘莫测，是不切实用的，与己无分的。其实，这都同神佛夹杂不清一样的错误。六祖说："佛法在世间，不离世间觉。"《金刚经》说："如来说一切法皆是佛法。"故从来高僧大德，几莫不有勖勉众生，要向应缘接物的日用生活上去觅佛法实益的。"死水不藏龙"；"佛常在众生六根门头放光动地"。试想这是多么直截了当的言句！独惜现成明珠，众生不知自从衣底翻取出来享用罢了。为证此意，愿更略拈一二佛理，以供诸君抉择：

佛说现实事物，都是"因"、"缘"会合而有的 如借用科学的语气来说，举凡自然、社会现象，都有它自己的来龙去脉，谁都逃不了因果则律，决定不能凭空跳出来，也决定不会突然声形俱渺，宣告失踪。不过，"因缘"、"因果"二词，涵义略别，就因果说：现实事物，皆可名果；至能构成每一现实事物底因素，则名之曰因。但任何事物的生起，都不是单一性的因素所能包办得了，故佛法又于繁复因素，详加分析，将能构成现实事物的主要成分，名之曰因；构成现实事物的协助成分，名之曰缘。

举例言之，植物自种，望于自家所生起的植物，则应名因；他如土壤、水分、热力等，都能协助植物自种而使之长出欣欣向荣的植物来，故应名缘。又如已经实现的抗战胜利，是我们全民族团结、统一、奋斗、牺牲所获取的，此实为主要条件，故应名因；至如盟邦同情援助，以及日人自己因憎厌军阀黩武而起的反抗行动，虽亦或多或少有裨抗战，但我们绝对不能视为获取胜利的主要力量，而只能当作一种助缘，故应名缘。

现在我们纵目所视，举手所指，小而尘芥，大而宇宙，几乎全盘都是因缘会合而有的。现实事物的出生、扩展、变化与消失，亦几乎莫不完全决定于它自身之因缘。在因缘背后，绝对没有什么冥冥中的主宰，能够妄用特殊权力加以操纵、干预。我们真要改变个人，或者群众的生活，也只有蓦直向它的根柢——因缘去做功夫。我们不能屈服神权，也不能委命自然；我们要信任自己的力量，识清因缘的条件，而去实际发挥自己的权能。这是虚玄、高远、神秘莫测的理论？还是从日常生活上能够触处省悟、随时应用的事实呢？这，诸位最好自己去下一个精确的判断！

还有，我们说因说缘，或说为果，都是观察者从事物关系上创制出来的一个名词，我们决不能机械地硬执某事为因，某事为缘，或硬执某物某物为果，因为现实事物生灭变化，靡不有待于其自身所需要的因缘，事事物物俱得名果。但正当为果的事物，既与余诸事物不能完全断绝关系，在时空上，于余事物，或多或少也能给予适当影响，故我们另从一角度观察，这正当为果的事物，于余事物同时亦可作因作缘。故我们要精微剖析，灵活运用，断不能将繁纷错综的事物关系过于看呆。

佛说因缘和合之事物，当体就是"空"的 但世俗闻空，即硬执别有一空；世俗闻有，又硬执别有一有。不知曰空、曰有，皆是附丽事物上的形容词，而决非诠表事物的名词。因在活泼泼地现实事物上头，本自玲珑，具有空、有两面；而这空、有两面，实非离开事物而能存在。故前言"当体"二字，异常吃紧。明乎此，则言空、言有，实自相融相成，即尽十方诸佛神力，恐亦劈不开。拨空执有，固将为有压毙；拨有执空，亦将为空活埋。唯事物实有，众所共喻；贸然言空，不能不略加诠释：应知现实事物的彼此关系，本自异常紧密，而绝对割裂不了的，本自脉络贯通、普融普摄的。如我们自家情见作梗，不能顺应这实际真理好好地活下去，偏要兀自划出鸿沟，筑成壁垒，分人分我，争强争弱，简直闹得乌烟瘴气，糊涂一塌，就是连做梦也难得片刻宁静，还要在那儿胡天胡地，歌哭无常。

佛法说空，就是想将我们从这自掘的坟墓里面拖起来，庶能海阔天空，自由飞翔。试思因缘和合的现实事物，就时间上说：无常绵密变化，推陈出新，相似相续，刹那不住，我们实前前莫测其端，后后难竟其续，如何能容我们横截片段，强执某也实人，某也实我，某也实心，某也实物！

就空间上说：现实事物，既彼此脉络贯通，相倚相伏，而绝对不能孤独地存在；内觅莫得其真，外扪罔穷其际，如何又容我们剔出寸肤，强谓某实人也，某实我也，某实心

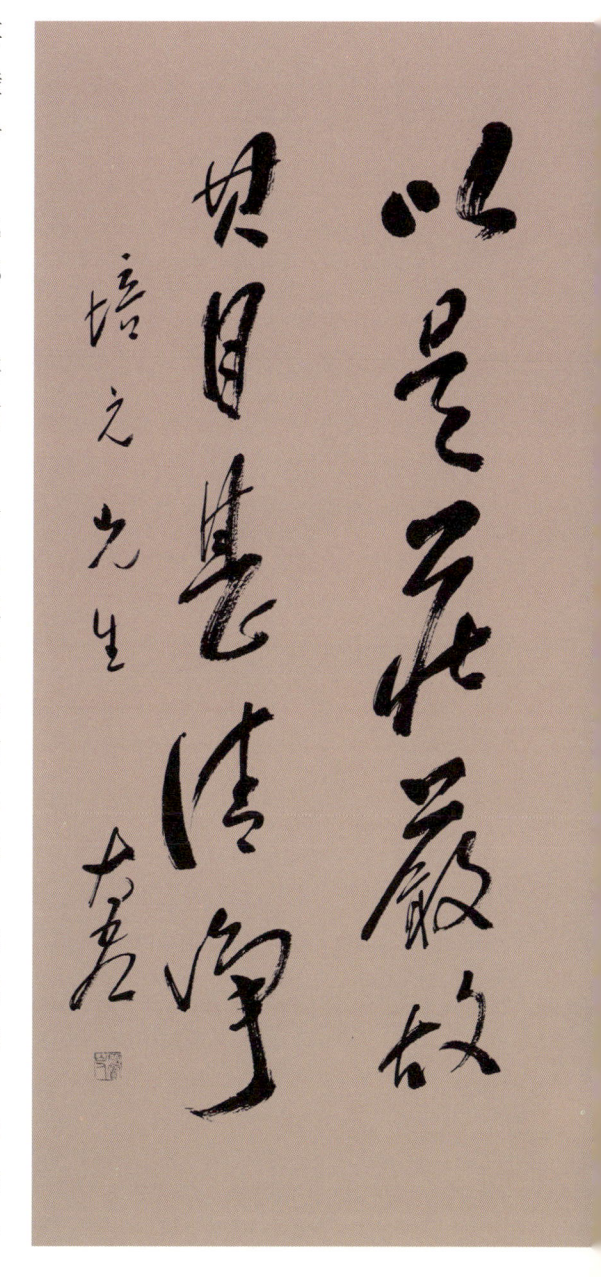

也,某实物也!何况人、我、心、物诸名,纯出意想构画,实非事物本所具有,纵有巧运语文之士,亦有时自丧难于圆转自如,曲尽物态。循名求实,几类隔靴搔痒,试痒又如何搔得着啊!善达因缘生法,自性空寂,此实十方三世诸佛大解脱门;只要能问这不执药成病,死在言句底下,将见我辈历劫受用不尽。世俗偶闻佛说法空,辄哗然轩笑,妄以什么悲观、厌世的恶名,强压佛法头上;东行西向,直不知错到那里去了。

佛说现实事物,等是圆融无碍的 虽说我们为了观察、研究,或者实际上的应用,很可以运用我们的智慧,拿事物个别区划起来,而一一赋予特定的名称,但因缘和合的现实事物,毕竟呼吸相通、脉搏相贯的,毕竟是交相渗透,交相涵摄的;毕竟是不能因为我们主观的方便区划就顿时隔绝关系,断塞影响,而真能僵直的个别孤立起来的。前言因缘性空,是要我们填平鸿沟,拆除壁垒,不要将自己埋到自己掘发的坟墓内;现言圆融无碍,是要我们从一切众生上面,摸到自己的鼻头。在自己的一一毛孔,嗅着众生的气息,彻悟我与众生,原本是痛痒相关的,原本应当共存共荣的!法法绝待,法法平等清净,法法圆具无上功德。因之随拈一法,无不直具佛法的全体大用,这一点也没有神秘,只要我们自己当下直观领取罢了。

再谈人生。一般地讲,人就是世界上的人;生就是生命、生活;人生就是每个人对于生活所应禀持的态度。但是许多人对于生活,多半是不能或者不肯运用自己的思想,将自己生活好好地审顾一下,便依之采取一种适宜的态度;因此,自己生活几乎全是因袭的,被动的,由于社会上风俗习惯与国家的政治、法律融凝铸成的模型印出来的。这,也无妨说是没有态度的。固然,只要一个肯用思想的人,对自己生活必有个趋向,能够自成一家学说以求取世人信仰的；对于人生态度，当然更会涂上鲜明的彩色。这不是我们短时间内列举得出的。

现在，我只能就影响我们现代生活最大的唯物论者来同佛法略加比较：唯物论者肯定人是高等动物，是由低级生物逐渐进化来的；生命，也只是透明的胶质溶液，也只是生殖细胞的演化，而且生物与非生物是有着极大区别的。人生活动，只是祖先遗传的重奏，只是环境刺激的机械反射。生存竞争，更是天演公例，更是自然界的残酷事实。我们要维持这傀儡式的生活，也只有奋勇的混杀上去。

基于这种生存竞争的观点，更疯狂的歌颂权力意志，而诬蔑道德只是弱者用以系缚强者一条缰勒，否定了人类优秀的理性，绞杀了人类的责任观念；所有将人类推堕到战争血泊里的法西斯主义者，我们很可以说是从这气氛里孕育出来的。他们用所谓"满足自然愿望"，掩饰自己的侵略的罪行；他们用"优异民族"的骗诳，煽动或鞭挞良善人民葬身炮火。这是我们目睹的事实。我们真想人类破除偏私，诚信相与，我们先就要扫荡这种危险思想，跳出这种危险思想。

我敢说，佛法实在是人类的救星；最低限度，佛法值得我们在日常生活上借镜的。佛法说人，只是他过去五戒、十善所招感的一种业果，绝对不是固定的。只要他能站在真理立场，为众生的幸福精进奋发，那么，他就与众生的生命统一了，无妨高视阔步，跨入佛、菩萨的领域。假定硬要强生分别，不能从臭皮囊里透脱出来，将又凭他自己的善恶轻重，依然六道轮转，永无了期。即心见物，即物见心，也绝对没有生物与非生物的差别。

生命，是一空洞的抽象名词，也是普遍潜在宇宙万有里面的闪灿灵光。假使法西斯主义者，造下了这滔天的罪恶，也是一死了事，这人间就太不公平。而且根据物竞天择的公例来讲，正是他当仁不让，不肯辜负他自己的天赋权力，用不着他自己良心上的负疚。而且，我们申张正义，奋力诛讨，似亦未免近于庸人自扰。我们肯甘心这样想吗？我们现在蹲着的大地，果真就是命定的血腥战场，永远没有涤荡的机会吗？否则，我说佛法在我们日常生活上，最低都有一种参考价值。

最后，我要结论到佛教与人生的关系：根据佛教第一点的因缘观，不但可以使人生从神权统治的黑暗世界解放出来，而且可以认定自己面前世界，法尔条理井然而不是杂乱无章的，才能安心生活，才能使奋斗得着一个趋向，才能不将"自然"二字看得太呆，而又使自己跌入木偶生活。根据佛教第二点的因缘性空观，人生才可以将自我灵活放大，庶几与物触处无碍，而真能昂

首天外，大来大往。根据佛教第三点的圆融无碍观，将于现实事物关系更见紧密，事物价值，更见胜妙。腐朽神奇，弹指顿化，反视终日等量计较作茧自缚之生活，虽霄壤不足以喻其悬隔矣！记住吧！佛是从众生本位跳上去的，我们当下谁都具备有成佛的资格。

时时保持慈悲心

佛法的要旨是什么？平常在民间最流行的佛语有"慈悲为本，方便为门"这两句话，可以把全部的佛法包括无余，所以现在特别说明这两句话。

慈悲，是佛教施设的根本，也是佛教本质的显现。慈是能给予一切众生的快乐，悲是能消除一切众生的痛苦；"慈悲为本"，那就是说佛教的本身是慈悲的。佛教所施设的一切法门，佛教所造作的一切事业，统统是慈悲的。佛教的信徒，不论是哪一类，从平凡的信徒进而至修出世法的声闻、缘觉、菩萨，都是慈悲的人。由修习而成的佛陀，即是慈悲的圆满成就者。所以，我们可以说：佛法虽无量无边，但除慈悲心外，就无佛菩萨，也没有佛法可说。

慈悲心，是多么好听的名词！具足了慈悲心的人，以慈悲心为根本去作一切佛法业，固然是再好没有的，但必须有"方便为门"的种种方便妙门，才能得到美好的结果。举个例子来说：譬如这夏天的天气很热，人是很容易生病的，尤其是劳动的苦力农工。我们对于这些苦人、病人，发起救济他们痛苦的善心，这种心理固然是慈悲了。我们在发了这种心之后，要想彻底的做成这件事以满足我们的愿心，那就非有方便不可。这方便，就是去聘请医生，购买药品；在医生又须能善诊病相，在药品又须选择善料，对症给药；并规定施诊的时间和限制等——这些事都是方便作用。假若我们没有这种种方便作用做门径，那么，救济贫苦病人的一点菩萨慈悲心，就不会办得成功了。

佛法中的救济众生，也是一样的。故佛法的本质，虽说完全是慈悲心，但必要由方便妙门去表现出来。从这，可以知道以慈悲心为根本的佛法事业，在人间世中，是必须有适当的合宜的好办法，才可以办得出好的结果来；一切众生或全人类方能得到佛法的恩惠，受到佛法的利益！

明白了要慈悲为本才是佛法，那么，真正的所谓"佛陀"者，其心境完全是慈悲，佛的本身也就是慈悲心，除去这慈悲心外，更没有什么佛可得，也就没有佛所施设的法了。佛就是慈悲，从此慈悲心为本，而真正的具足种种功能力量的方便妙用去做成慈悲事业者，就是佛或是菩萨。在一切佛教经典中所说的法门，没有哪一种不是说明这佛的大慈悲心、大方便用，使一切发心的有情去圆成这大慈悲心、大方便用。这样，我们可以推论出佛法的要旨：三藏的圣教，都可以这两句话来作结论，因为这两句话是佛法的本质，也是佛法的全体大用。如果有人来问我："佛法是什么？"我们可以立刻回答他："佛法是慈悲为本，方便为门。"

这两句话，虽是中国民间所流行的最平常的通俗佛话，说来也似乎是很容易的，但是确确实实去体会一下，把这两句话实行起来，那就是最不容易的事情了，真是"说来容易做来难"！发了菩提心去学菩萨行的人，能将这慈悲心方便用渐渐地修学，以佛陀为目标，希求达到圆满成就这慈悲方便的大觉地位，这就叫做修学慈悲方便的菩萨。若能修习圆满，究竟完成这慈悲方便，而能普遍的去救济一切有情，教导一切菩萨者，就是佛陀。

然而，菩萨和佛陀是不容易修学的，所以说这两句话虽是容易，要做到功成果就，却的确是不容易的事了！何以不容易做到呢？因为慈悲为本，就是一切所作所行都要以慈悲心为动机，从这慈悲心的动机去作一切修行度人的事业。在作修行度生事业的时候，心里须毫无为己私心，赤裸裸的表现出完全是为着众生。离开众生便没有菩萨心和菩萨业，所以菩萨的事业，就是慈悲众生事业；众生的痛苦，就是菩萨的痛苦。观众生之苦不能不去救度，而救度众生，就是完成自心的慈悲。这种心念才是菩萨的心念，也就是真正的慈悲心念；这种事业才是菩萨事业，也就是无相的大方便用。

凡学佛而发心修学菩萨行的人，平常作一切事业，都应该常常观察自心的动机，是善是恶？这件事业的发展，是有益众生，还是有害众生？假若有少分的多分的或全分的是慈悲的动机，更能以方便善为施设，乃渐渐可以成为菩萨，可以修学菩萨行。

但在平凡之人的众生，要作一切事业，顶好自己先观察一下，也就是古贤说的"三思而后行"。若能反省，就可以见到我们平常所有的心念，表现得最有力的，第一是贪心，一切的事情，大都是以贪心为动机的。贪心是为己为私的一种欲望，也就是占有欲，想将非己所有的占为己有。这种贪心也有深浅不同，约分数种：一、贪他人所有，二、贪现生富乐，三、贪来生福报，四、贪名流万古，这是贪心所趣。

还有因对境的不同，从贪心为出发点，贪求不遂，就生起第二嗔心。嗔心，是对他损害的心念，从嗔心的动机上，可以做一切的害生恶业，这也是我们平常最容易起的心念。这嗔心的生起，还是由贪心为增上助缘的。第三痴心，痴是不明白事理，就是无明、无智慧;我们平常现起的贪心、嗔心,完全是因为不明事理,所以无明无智慧的愚痴心,是菩萨行的根本障碍。

我们人类,昏迷颠倒,一举一动,念念相续的心理,可以说完全是贪心、嗔心、痴心;一切的事业行为,也都是以这三种心为动机而去造作的。这样,平常的心理既被三毒心占有,慈悲心就不会现起的了。慈悲心的动机不能存在,方便用也不能存在,因为方便是以慈悲心为根本的。假若方便用没有慈悲心为根本动机,而以贪、嗔、痴心为动机,这方便用反可以助其为恶,使贪嗔痴的恶行得一种增长滋盛的便利,这样的方便也就成为恶用了。从此看来,菩萨心行,慈悲和方便缺一不可,在烦恼繁重的有情界中,想体现慈悲和方便,是件极不容易的事情啊!

依前面所说,我们凡夫想做成大慈悲心、妙方便用的佛陀,是不容易的事。然而,我们发心学佛的人,又不能不去修学。我们如何才可以去做"慈悲为本,方便为门"的菩萨行呢?完成了慈悲方便的菩萨行,才能去实际上利济众生,任运自在救护一切,这里应该注意须藉智慧的功能了。智慧就是般若,就是明白事理契证真如的无漏智慧,能根本对治自心的无明愚痴。若没有这般若智慧来断除根本的愚痴,一切的烦恼便无法断除,烦恼不断,要想起心动行皆以慈悲为本方便为门,是决不可能的事。这样,我们要想将自己的贪心、嗔心、痴心等一切的不净烦恼,彻底改造成菩萨的心行,确是最主要的一点;学菩萨行就在这一点,成佛度生也不离这一点!

前面说过,贪心、嗔心是由于不明事理的愚痴心而生起的,可见愚痴心是烦恼的根本。这痴心所不明白的事理,就是不明白众生无我、诸法无性。一切法皆因缘所生、毕竟空寂,无有自性、无我无我所;而众生在缘生性空上,妄执有我、妄执自性,这就是无明。无明既不明事理真相，违反了缘起性空的诸法实性，就会执有我相；一执有我相，自然而然的就执我以外的对方为非我，有了我与非我的执着，自他的界限、彼此的分别，是越发有了甚深的妄见妄习。就从这种我与非我的自他彼此角立相对上，生起为我的贪欲心来，为我而去妄贪，只顾自己的利益，不管他人的苦乐。贪不到的时候，就起嗔心。有了为自己的贪心，就是根本的不平等；从贪心生起嗔心，不能爱护他人，就无复慈悲；在无平等慈悲心的行为上，就无恶不可为了！这样，"慈悲为本"的一句话，在众生方面，却是变成贪嗔为本了。

现在，我们生为人类，遇到了佛法，我们想学到菩萨的地位或佛的地位，并不要怎样的向心外去希冀妄求；只要我们依着佛的教理，来观察自身的心行，是否平等、慈悲？若发现我们平常的贪嗔心犹有势力，就应用方便的办法来调伏。在这里，我们必须依着智慧力，明白诸法的事理真相，断灭愚痴，除执离障；然后乃证得无我我所，诸法无性的二空理，而得成平等慈悲。

不明白一切法的事相，就是因为有我执；由有我执，就会生起烦恼障；由烦恼障造无量业、流转生死，受大痛苦，不能证得解脱涅槃。不明白一切法的理性，就是因为有法执；由有法执，不能如实了知通达法界诸法，就成所知障；由所知障，障真实智、迷真实境，不能证得无上菩提。有了这二种执着，二种障碍，常在我与非我、此法彼法等一切对待上分别，一有对待就不平等，由此不能成为同体平等的大慈悲心。若学习般若智慧，破除二执、断除二障，乃可圆成同体平等的大慈悲心。

我们若于佛法发了真实修学的心，明白了些事理，想从自己现在的凡夫身心，渐次修养转依到佛果的身心，就要从破二执断二障下手用功夫。在此用功上，有两个方向：一者，消极的，就是破断执障；二者，是积极的，就是证理成德。由二空智证二空真如——于一切有情平等的慈悲根本，才能广度众生，故曰"慈悲为本"。"方便为门"的门，是可通达的意义，有阻塞的能通过无碍，就是门义。我们若要具足慈悲的体用，换言之，就是想成佛度生，我们想从众生一边达到佛果功德一边，这必须要有能沟通透过而无碍的法门不可！因此，真能从慈悲为本而得成慈悲事业，必须有"方便"以为门。在这点上，就需要有方便门了。

怎样成就这通达的方便门呢？必须修集福德智慧的种种资粮行门。如说修六度万行，使万行六度完全具足圆满，才能成就成佛度生的一切方便；同时也就是圆满成就了慈悲为本、方便为门的佛法。在佛果上说，由万行圆成，即能成就佛果三德——智德、断德、恩德。三德成满，就能起大方便用，随机应变，广作佛事。在这大方便用上，以度脱众生为目的，而作一切度众生事业，唯宜是适，不可以凡夫心境来测量思议。

所谓大用现前，不存轨则。因为不存轨则，才能极尽方便妙用的能事，才能满足慈悲的本愿。古德当机施用上，往往见到些不近人情的话，或者和人情世俗相反的语句。譬如说："轮刀上阵，亦是佛法。"又如"归宗断蛇"，"南泉斩猫"等。像这些语句、行事，是不可以平凡的众生心境来推测的，这就是修学菩萨行中从慈悲心所起的胜妙方便。

然而我们应该知道，这种方便的用意和功用，的确是能使闻见他的人，得到佛法的利益。表面似与世俗一样，而他的妙用却是绝对不同。在这样的妙方便用上，菩萨的度众生行，无微不至，无法不用。对于众生恩威并施，大机大用，或令众生生爱，或令众生生畏，或不令生爱生畏，而总归是令众生断苦得乐。若众生悟入空性，得大快乐，菩萨的妙用方便，亦更无

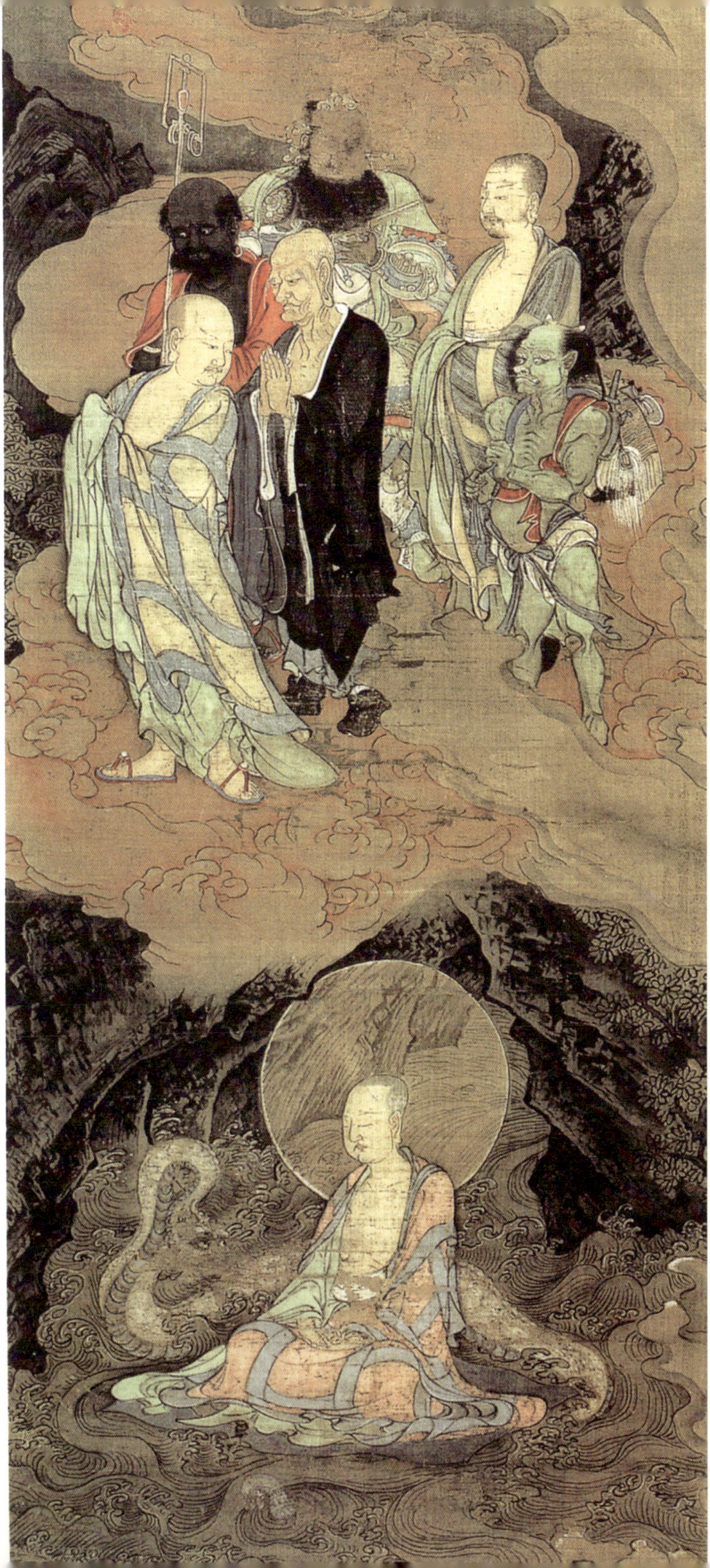

可施。所以佛法的方便法门，虽是无量无边，其实都是为了完成慈悲的方便。

总结前来所说，若问"佛法是什么？"便可说："佛法是慈悲为本，方便为门。"依体用说：从慈悲的本体起修方便妙用，由凡夫修行以至成佛的功德果海，就有人天乘的佛法、声闻乘的佛法、缘觉乘的佛法、菩萨乘、佛乘的佛法。经过历程上所修的方便法门，有三皈法、五戒法、十善法、八定法、四谛法、十二因缘法、六度法等无量无数的方便门。依修学的进程阶位来说：有人、天、声闻、缘觉、菩萨、佛；菩萨所经过的十信、十住、十行、十回向、四加行、十地、等觉等无量阶位。

在修养成菩萨与佛的福德智慧，圆满慈悲为本方便为门的佛法，要修学真、俗二智。由修真智故，能证诸法真如法性；于所说境一切无碍，破二执、断二障、证二空真如而成大慈悲心体，圆满菩萨六度万行，具足修习福德智慧，于众生恩德并施，利济一切，成妙方便。

从未发心学佛法的各个根机，既有高下不一，在佛法下也就有浅深的差别了。若人修习一分俗智，他不能成就大慈悲本妙方便门，这种有情就是人天乘。其一分俗智所修习的三皈、五戒、十善、八定法，也就是五乘的共法。若人能修俗智又能修习一分真智的，仍是不能圆成大慈悲本妙方便门；这类的有情，他修一分真智故能断烦恼、了生死、出三界苦，成就自利功德，是声闻乘和缘觉乘。其所修习的三皈、五戒、十善、八定、四谛、十二因缘法等，也就是三乘的共法。若人能具修真、俗二智，得成大慈悲本，施设妙方便门；这类有情，在修习过程上就是菩萨，若至圆满，就是佛陀。所修的六度、四摄等法，也就是大乘独胜的不共法。

上面所说的意思，总括一句：目的是"慈悲为本，方便为门"；完成这无上目的所用的方法，就是修真智而成大慈悲，修俗智而成妙方便。这就是很简单切实的佛法要旨。

人生痛苦的根本解除

佛——此指释迦牟尼佛，设教之意，因见到我们人类充满苦痛，乃思有以济拔之。

人于万物中比较优胜，故人亦常自诩为"万物之灵"。昔人且将人与天地并称为"三才"，大学所谓"可以赞天地之化育，则可以与天地参矣"是也。人固为万物中之杰出者，而最感受痛苦者当亦首推人类。夫人之痛苦，乃与生以俱来！而佛书分析之种类，略而言之：有苦苦、行苦、坏苦之三种。推而征之：为生、老、病、死、求不得、爱别离、怨憎会、五阴炽盛等之八苦。再广而分之：有百一十极大苦。

再广而极之：所谓无量诸苦是也。兹因佛书名词，诠释费时，不便初学，因摄为三苦，即本身界之苦，自然界之苦，社会界之苦。

首先，本身界之苦者，吾人初来此世间，即以呱呱之哭声当先，及其离此世间，亦以哎哟哎哟之哭声随后。夫呱呱哎哟之声，即痛苦强烈之表现也。

故为人从初生以至老死，所经历者无非痛苦！试稍加分析：有冷、热、饥、饱、困、病、死亡等苦，故乡间俗语说："为小孩要经过三灾八难才能算人！"可见做小孩时所受之苦难已经不小了。既长，还得增加许多为儿童时期所没见过的苦难，这也不必细说。总之，人从初堕地，经过饥、寒、饱、热、困、病、老、衰……乃至归结到死,一痛苦之大演习而已矣。人们既见有上述本身界之痛苦,则思有以补救之道,因有衣食之需要焉,医药卫生之营求焉,宅舍道路之建辟焉,凡此,皆保持身体之法,而与外界以相当的抵抗;然非根本解救痛苦之道。如吃饭然,一餐仅能饱腹一时,故真正解决人们痛苦之道,仍别有在也。

其次,自然界之苦者:除本身上冷、热、饥、渴等痛苦外,上而天,下而地,中有万物,人生其中,而自然界亦惠以许多痛苦,如地震也,海水波涛也,飓风袭岸也,洪水泛滥于国中也,猛兽鸷禽迫人于维谷也——在在均予吾人以抵御不及之痛苦。斯自然界之痛苦,不幸加于吾等之身,其痛苦常得于本身界之痛苦百倍以上。解救预防之法,虽有科学利器,如天文台、飞机、火车、轮船、火炮、刀、斧等等设施,然不过使人暂时安息其中,终非稳固。如最近报载印度奎太之房屋城池终为毁灭!故真正解决痛苦之道,仍另有在。

再次,社会界之苦者:人本来依社会力量而生存,前人遗留之力量,而吾辈承继之。而生存安宁以至于成立,如孩提之童,要依父母、家庭、学校、警察、国家等方能成立焉;既长,亦应有贡献于国家以相济为助,本为理之所当然;而此中亦有许多痛苦,立身处世,行为受其相当之制裁,如法力、经济力、武力、团体力种种之制裁是也。因心理之嫌疑而形成为罪犯,乃至此家与彼家、此阶级与彼阶级、甲国与乙国,起种种口舌、斗争、争讼、械斗、战争、冲突,甚至杀人几千百万,流血数千百里者,往往有之!故社会力量给予吾人之痛苦,更较自然界之痛苦为悲惨焉。解救之道,唯有法律、警察乃至国际联盟、国际法庭等组织,然根本的解救之道,仍远有在也。

佛对以上诸问题——即解救痛苦之问题,加以极严密的考虑，详确的检讨，他觉得枝末的解救，固不外舟车、道路、住宅、宫殿、指南针、医药、饮食、衣裳，遵守秩序自由于法律范围之内，得其相当的安乐。而根本的救济，主张以根本解脱的方法去解脱之。根本的解脱方法为何？曰"佛法"是。

释迦佛当初设教之意，即教人认清其根本的是痛苦，虽有食色等乐，然其乐具变灭之成分，在佛法中曰"坏苦"——所谓一切的一切，统以一苦字而结论之也。若问此苦由何而来？我可毫不犹豫的答复：从"不明"而来。不明，即十二有支中第一支的无明。无明从譬喻得名，所谓暗无日月是也。人们的迷惑错误，颠倒愚痴，的确与天昏地黑、暗无日月的景况相似。这景况在佛典中又统以一"痴"字而描写之，痴而生非分之贪求心；遇贪求而不得者——或被贪求者，因不胜贪求者之苛扰而生一种反抗，于是而嗔杀斗争之业起焉；不用相当之努力，而辄思谋夺其权利者曰盗；不经正当之配偶手续而动行野合乱交，曰邪淫；终日昏昏醉梦间者曰无智——从饮酒来；奸诈欺骗之言论总曰妄语。此总称口业，包括有四类：妄言，无而说有，有而说无之语属之。绮语，淫歌小曲，缱绻缠绵等言情文艺品属之。两舌，向甲说乙，向乙说甲。恶口，如骂人是猪猡属之。若追溯此杀、淫、盗、妄、酒等之非理行为之来源何自？乃不外痴、贪、嗔之三种心理现象，此三种现象，佛法常称为三毒，举一切坏心理现象而尽之。

所谓八万四千烦恼，俱以贪、嗔、痴三毒为根本。由此不免不善之行为，于焉积成每人或共同之业感——结果，此结果为苦恼的结晶，为因烦恼业所造成之下场。吾人一生之思想，无非为痴、贪、嗔三毒所支配；吾人毕世之行为，亦被杀、盗、淫、妄、酒等之烦恼业行所霸占，故其结果必然的为痛苦耳。佛明确的见到根本改免痛苦的方法，在求"觉悟"——佛就是觉悟者的意思，不过在印度，当日叫佛罢了。有觉悟而后可以除痴——痴为痛苦的发源地，亦即召致恶行的因子，痴除而贪、嗔的恶心理亦同时扑灭，由此而杀、盗、邪淫、妄语等恶行亦停止运动，由此而苦果亦自然可以免掉。

又惑、业、苦三种，相互为缘而得生起：谓由痴惑不明故造诸业，由诸染业感生诸苦。譬如世间有某人，由贪恚故杀人劫货，由是得罪，囹圄拘禁，斩头抵命；是为一人由痴惑故起业，由业故得苦。又如世间众多人，共起贪、嗔，起贪、嗔故，相夺相争，相争夺故，互耗家财，互丧生命；是为人类共业，由痴惑故起业，由业故受苦。惑、业、苦三，更互相生，如旋大轮，循环无端，这是世间一般的事实，谁都不能加以否认的吧！

佛既见到上述这种循环现象，深起悲悯，誓与拔除。然如何乃令得拔除耶？曰：欲拔除其果，当先求其因之所在。由是观察，知惑、业、苦三种支配了整个的人身全部，而此三种更互相为因：苦果由业行生，业行由烦恼生。又复当知彼烦恼者复从何生耶？以于根身——人们之全部躯体——器界——即大地、山河、国土、房舍、田园等，不正确认识它是无常的、无我的、不净的、苦的。此无常、无我、不净、苦四种，为世间人类万物摆在面前的现象，稍有知识者当能省察承认之；而佛法之原始精义，正亦建立在此四种上面。

此四种在佛经上曰四法印，或四榅陀南，即总集之意，可见佛法初非特别之法也。由是起贪、起嗔、起愚痴等，而世间永无安息之日矣。释迦如来出现世间，示此娑婆——此云堪忍——世上种种杂染，种种不净，种种苦恼，无足系念，则贪着留恋等痴惑自然不生；惑既不生，业自清净；业清净故，苦亦得除。

声闻、缘觉知此理故，行此道故，得漏尽解脱；佛、菩萨知此理故，行此道故，得一切净土庄严。

天人既做到根本除惑的地位，则身、口、意三业自皆清净矣。清净之极为阿罗汉，此是自利的小乘，菩萨则自他俱利为大乘；佛则三觉圆、万德俱为一乘。到了佛、菩萨的境地，纯以慈悲心作一切方便事业，就不同迷时之一切动作皆以贪求爱取为出发点了。吾人迷时，终日驰驱于名利之场合，但求有利于己，常不惜有害于他，所谓为达自利之目的，恒不择手段之恶辣阴险也。若既觉悟，则根本的对名利看得极冷淡，布衣菜根，短垣蓬屋，亦足安吾素位；此时所拳拳焉放不下者，为昏迷之同类，须吾为之唤醒打救之耳。此一念同情之责任心，谓之悲；若同情心扩而充之到整个众生界时，在佛法上即谓之大悲。

由是给人之乐曰慈，拔人之苦曰悲。勤修闻、思、修三慧，广行布施、持戒、忍辱、精进、禅定、智慧之六度，求人类之共同利益，使全人类由不仁返之于仁，由十恶返之于十善——十善：即身不杀、盗、邪淫，口不两舌、恶口、妄言、绮语，意不贪、嗔、痴。此时吾之一切动作，无丝毫我见夹杂其中，一切动作和方法，纯以大悲心为出发点。一切既听命于大悲，则成败利钝自非所计。人至此地，不仅理得心安，抑且获大无畏。

虽然，未易言也！第一步求自己觉悟，尚须费几许勤苦，方能稍有几分相应，遑言基于大悲，普利人界欤！君等此时在监，可乘此机会多多念佛；因为，吾等自力太薄弱，须仗过去已修成功的佛菩萨智慧、方便、福德等力，方能收事半功倍之效。

诸佛土中，有西方极乐世界，庄严清净，胜此方万万倍，其详见《佛说阿弥陀经》。彼土有佛，号阿弥陀。未成佛前曰法藏比丘，曾发四十八愿，愿愿皆以救度众生之痛苦为怀，以是常垂手臂，时思接引此界众生到彼国去。吾人倘以慈母视阿弥陀，而时如失乳儿之念慈母者以念阿弥陀，则阿弥陀佛自亦如慈母之念其稚子以时念吾等矣。彼此互念，心理感通，业报尽时，定生彼国。彼国既至，运莲花胎，花开见佛，悟无生忍，又复耳所听者无非清净之声，如《阿弥陀经》所谓鹦鹉、舍利、白鹤、孔雀，皆唱三宝名号，而山间之树叶，被风吹动时亦然；目所接者莫非庄严之色——如七宝池等；所亲近者除彼土主佛外，无非大菩萨、大阿罗汉之敷演妙法。

总之，彼国好处，毕生说不能尽，彼国字典中，殆无罪恶、痛苦等名词。吾人虽愆尤极重，只要临命终时以十念念之，犹得下品莲座往生彼国。四十八愿中，有此一愿，所谓带业往生也。业到彼国，如皓日丽空，冰消冻解，拟之世间近朱者赤、近墨者黑之语，理亦得通。唯既到彼国，犹如留学他邦，学成仍须贡献祖国。往生亦尔，道成仍得倒驾慈航，来此堪忍世界，广度同类，亦生彼国。最后能索性将此五浊恶世转成清净国土，亦如彼方极乐国土等无有异，那更是我们理想中的世界了。

佛与菩萨初非特别，有智志者，当趣证之！菩萨非仅指寺庵里的偶像，吾人倘能自他觉利，当下即是肉身菩萨。君等头一步当学做人之道，渐由人超天而上跻于菩萨佛地位，此为从初发心乃至成佛之历程。第二步靠已修成功之佛力及现修之自力，将无明痴惑予以根本打破之，斯即根本除免痛苦之究竟解决之办法也。人若能相信极乐，而时常称念"南无阿弥陀佛"，正似漫漫长夜中得一火炬，茫茫苦海中得一浮舟，且时有不可思议之感应，而予人们以眼前事实上之证验焉。如贵监典狱长孙雄先生方才告诉我，他的令慈因时常称佛名号之故，而于军阀攻入长沙省城焚杀劫掠烽烟四蔓之时，居然心无恐怖，卒得转危为安，此即念佛之好处也。

人生充满痛苦，解免之道，治标在谋生活技能及道德之增进，以裕衣食住行之供给与社会之需要；治本在穷源竟委，打破无明痴惑等烦恼。诸君今在监中做工自给，即他日治标除苦之法；闲暇时多多念佛，渐将妄念减轻，即异日治本除苦之法，愿君等勉之！

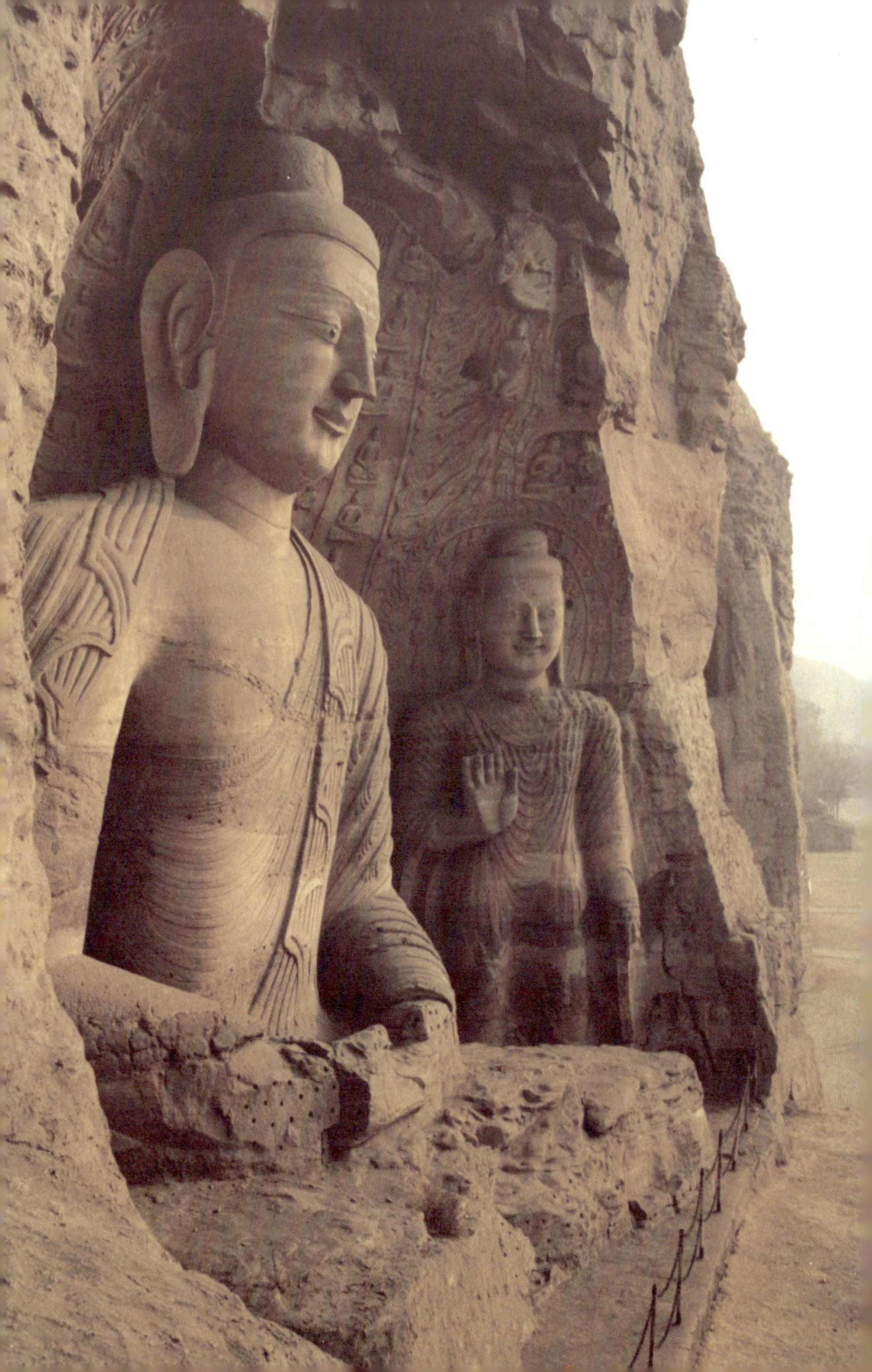

修行就是修心

我的学佛经过与宣传佛学

我之学佛经过

我弃家学佛以来二十余年矣,初参禅未悟,诵阅及听讲小乘大乘各经论,积记闻解释之所知,对于宇宙人生各种之事理,颇能满足理智上之要求,信佛之心亦因之益进。然仍继续禅宗之参究,久之在读般若经的参禅心中,证得实相无相不立文字之正法眼藏,始超脱一切而实现天上天下唯我独尊之意志。故观一沙一草一虫一人以至全个之宇宙,直觉其皆有灵妙神化之无量德相,交遍无碍,全个的人生宇宙遂皆在怡然安乐的情感中;不唯信佛,且自信是佛矣。

自信既立,即欲发表自信之理以信人。然适在有五千年历史文化及受全球各国思潮剧变之中国,深感应付之学识工具缺乏不足,乃一方研究佛陀及历代高僧说教化世之学说及方法,一方则研究中国之古学及由各国译来中国之各种新学,以之构成佛学与东方西方各种学说思想之体系,以为入世应化之工具,于是乃成为可以自觉觉他之大乘佛子。

我之宣传佛学

我十年来即专作自觉觉他的大乘佛子生活,将自信之佛学宣传出来,以令世人共信:一方,将中国向来局在寺院僧众之佛学,使之普及到一般民众中去,组为近年来中国一般民众对于佛学之研究的修养的各种团体,并设立佛学院等以广兴僧众教育,谋改善寺院僧众之组织。一方，又联络全球各国之佛教信徒及佛学者，并考察各国之佛教状况及其学说之异同，曾至日本、南洋各处，迄今乃来欧洲，并拟由欧洲而美洲。集合各国各派佛学者，设立一"世界佛学苑"来互相研究，共同昌明佛学于全世界之人类中。在欧洲已得法兰西许多学者赞同发起，成立一通讯处于巴黎之"东方博物院"，犹希望英、德、美诸国佛学者来共同发起！

我所宣传的佛学思想，为适应现代的世界人类之根基起见，约为四项：一、科学的佛学，以最新之科学的方法研究佛典，并以最新之各种科学的发明证明佛学之真理。二、实证的佛学，以禅宗或瑜伽的方法，对于哲学家所讨论的最高问题，予以实际证验之解决。三、人生的佛学，即从完成人生、发达人生的向前进化中，走上自他兼济的大乘觉路。四、世界的佛学，解除佛教向来在各时代各方土各民族所传，为各种文字各种宗派的偏执，以成为世界人类同解同行的佛学。

中国人口头心头的阿弥陀佛

我中国有眼耳口鼻心思的人，没有一个不知道阿弥陀佛的，也没有一个不曾念过几声阿弥陀佛的；那二万万的妇女们，至少也有一万万的人常念着阿弥陀佛，更不消说得的了。照这样看起来，这一句阿弥陀佛，岂不是我们中国的人连着眼耳口鼻心思同有的一件东西么？我们既然每日同这阿弥陀佛在一起，这阿弥陀佛到底是个什么道理？又岂不可考究考究么？

前几年，有一位学校里做教员的朋友，那日遇着了我，突然向我道：到处看见老太婆们口里喃喃的念着南无阿弥陀佛，恐怕这些老太婆们未必能懂得念这南无阿弥陀佛是什么意思罢？我当时答他道：这一句阿弥陀佛，原是不很容易懂得的。不曾读书识字明理的老太婆，口里喃喃念着，心里不知道这阿弥陀佛是什么道理，为什么念这阿弥陀佛，又何足为奇呢！即在一般号称读书明理的人，又有几个能懂得呢？足下若知道时，这南无阿弥陀佛六字，到底是什么道理？念这阿弥陀佛，到底是什么意思？倒要请教请教了！哪知这位先生竟找不出一句回答的话，便低着头赸赸地去了！我看同这位先生一般的人，恐还不少呢！

有的说：南无阿弥陀佛，是说这个佛单是西方有的，我们南方是没有的意思。有的说：阿弥陀佛，是人人堂上的阿母，是寺院里的大佛，合拢来便是阿母大佛。把音声稍微读别，又接着把字写错了，遂成了个阿弥陀佛。我有时也曾去问问那念佛的老太婆们，你为什么要念这阿弥陀佛？念了这阿弥陀佛有何用处？她便回答道：念一句阿弥陀佛，是死后做鬼时可当一个钱用的，我们为着死后要钱用，所以念佛的。这种影响模糊的解说，她们也未尝不以为有来有历，很有道理，但未免与南无阿弥陀佛的道理、念阿弥陀佛的意思，相去得太远了！

有人说：你道没有人不念过几声阿弥陀佛，这话恐不对罢！中国人口里头念佛的虽多，也不过斋公斋婆罢了。我答他道：这是因为你没有在我们中国人心头上、口头上、极平常的时节细细体察体察，所以不大觉得；倘能够细细体察，不但能够觉到个个都是念过几声阿弥陀佛的人，而且阿弥陀佛的道理，念阿弥陀佛的意思，也就能够见到几分呢！

有的时候，听见或看见人家杀猪啦，杀羊啦，杀强盗啦，杀鸡、杀鸭啦，杀得怪凶怕的；打贼啦，打丫头啦，打养媳妇啦，打小孩子啦，打得怪凄惨的；骂天啦，骂家里人啦，骂亲眷邻舍啦，骂得怪刻毒的。又见那种种劳苦穷急的人，劳碌辛苦到了不得的时候，饿煞、冻煞的时候，家败人亡的时候，投河、上吊走投没路的时候，救又救弗得，劝又劝弗信，心中一阵难受，堕着洒下几点同情泪，便不知不觉口里念着阿弥陀佛，南无阿弥陀佛！这一种景况，大概在有点天良的人，十有八九是经过了的。就此，可见这阿弥陀佛是慈悲的道理，念这阿弥陀佛是恻隐的意思了。

有的时候，遇着了大水啦，大火啦，兵勇啦，强盗啦，种种的急难；遭着了官司啦，牢狱啦，种种的横祸；又有那身体病痛啦，家产倾败啦，亲爱的生离死别啦，怨憎的对头会面啦，种种的苦恼；兜到心上来躲不脱的时候，心里头便自然不歇气的默念着阿弥陀佛，南无阿弥陀佛！这岂不是拿阿弥陀佛来当做一个能够救苦救难的人，念阿弥陀佛就是恳求他救度的意思吗？

有的时候，看见或听见十恶、五逆没有法子奈何他的恶人遭报应死了；又看见或听见那指天画地、赌咒罚誓惯冤枉人图赖人的人，这一天忽然统统宣露了出来，当场受万人唾骂；又有时见自己的冤家对头的人，死了或吃了苦，心里头一爽快，又喜又惧，亦往往把一句阿弥陀佛，信口念出。这岂不是把阿弥陀佛当做因果报应？念这阿弥陀佛，就是常常记着因果报应，不敢为非作歹的意思么？

又有那羡慕别人家富贵荣耀有福气的，或者受了人家极重的恩惠自觉今生不能报答的，便也不知不觉在心里头口里头念着阿弥陀佛，岂非阿弥陀佛是个福最大、恩最深的人，所以念着阿弥陀佛求福报恩吗？

又有那一般普通社会的人，与那些吃洋教的人，学堂里的学生，滑头滑脑、油口油腔的人，逢着了和尚啦，尼姑啦，斋公斋

婆啦，朝山进香诵经拜忏的善男信女啦，便口中称着阿弥陀佛以代招呼，或为调笑戏弄；或者如叫花子等，有所求乞。无论出于何种，总是认阿弥陀佛是佛教的符号，称念阿弥陀佛是表示佛教的意思了。

照上面所说的种种事情看起来，慈悲恻隐是阿弥陀佛，所以念阿弥陀佛。救苦救难是阿弥陀佛，所以念阿弥陀佛。因果报应是阿弥陀佛，所以念阿弥陀佛。赐福施恩是阿弥陀佛，所以念阿弥陀佛。佛教的符号是阿弥陀佛，为表示是佛教，所以念阿弥陀佛。岂不是个个人皆念过几声阿弥陀佛的么？岂不是阿弥陀佛的道理，念阿弥陀佛的意思，就此也便可以明白了几分么？

但是这阿弥陀佛真正的道理，念这阿弥陀佛真正的意思，究竟还是没有明白呢！我们中国的人，既然个个已经同阿弥陀佛结了深不可解的缘，岂可不快快明白明白他么？若要明白，听我慢慢道来：

南无阿弥陀佛是一句天竺国里的说话，变成我们中国话：南无就是恭敬、皈依、信仰、服从；阿弥陀就是没有边际的智光与没有限量的福寿；佛就是圣人、神人、天人、全人、至人、有道德的人、觉悟了的人、智慧才能最伟大的人等；合起来就是："敬从那无边无量智光福寿的圣人。"这阿弥陀佛不是我们这个世界里头的，我们这个世界，唤做忍苦的世界。

在二千九百多年前，有一尊释迦牟尼佛出现在我们这个世界，为我们说了阿弥陀佛与那个极乐世界的历史状况。我们遂知道阿弥陀佛在未成佛未有极乐世界以前的时候，本是一个皇帝，当时也有佛住世。这皇帝极其信崇，后来也从佛出家作了僧人，修行不久，便成了罗汉。重发大菩萨心，立愿要在将来由他及同着他发愿修行的人，修成一个极乐世界，思衣得衣，思食得食，想到哪里便到哪里，想有什么便有什么，一切的安宁快乐无不完备，一切的危险苦恼无不离脱，同住的人统是好人，既无恶人，亦无恶事，自然骎骎乎日进于善，直至成佛，更无退转。

既修成了这个极乐世界，复要将此极乐世界的名字，十方世界无不闻知，使闻知者皆生欣慕，但念阿弥陀佛的名号，便可于转生的时候，由阿弥陀佛前来接引，生到极乐世界里头去。到后来，果然成了个极乐世界，这世界在我们这世界的西边。成佛名阿弥陀，与许多的菩萨、罗汉同住其中，常常说法聚会，时时到十方苦恼的世界去接引救度众生，使他们生到极乐世界里头去。

那释迦牟尼佛，因为见我们这个世界是极其苦恼的，住在里头又是极其危险的，因为虽做了个人，能活几年是没有一定的，一口气不来便死了。就在活的时候，病啦，老啦，冷啦，热啦，种种说不尽的苦痛围绕着身心，无法离脱，所以教我们个个人心里头口里头常常念着阿弥陀佛，使我们到了临终转世的时候，便可由阿弥陀佛救度到极乐世界去，永远享安宁快乐，更没有一点儿危险苦恼。这才是念阿弥陀佛真正的意思了。

这南无阿弥陀佛的道理，念阿弥陀佛的意思，既然完全明白了，而且我们中国的人，先天上已经有了这个阿弥陀佛，念佛的功夫是很容易做的。大家能时常的念阿弥陀佛，便可与阿弥陀佛的心愿互相感应，犹如无线电机一般，自然常常有超出世间的志量，不致埋没在这个忍苦的世界中了。

有的人说：如此说来，这念阿弥陀佛，实在是件很有意思的事情，我也想时常念阿弥陀佛了，但是我们为人在世，未免都有家庭的、社会的、国家的关系，不能就抛弃了去当和尚，

这又如何是好呢？我答他道：你这又错了！当和尚是一件事，念阿弥陀佛是一件事；做事不做事是一个问题，念佛不念佛是一个问题，都是各不相关的。所以念佛与在世做事毫不相妨，且一念佛便能使世间的人做世间的事更做的好了。何故呢？因为这阿弥陀佛就是慈悲恻隐故，就是救苦救难故，就是因果报应故，就是修福报恩故。

所以有父母的不能孝养，必不能念阿弥陀佛，能念阿弥陀佛，必能孝养父母；有子女的不能慈育，必不能念阿弥陀佛，能念阿弥陀佛，必能慈育子女；乃至为国民办事的不能忠其所事，

必不能念阿弥陀佛,能念阿弥陀佛,必能忠其所事;所以我们中国人只要把心头上、口头上、本来有的阿弥陀佛时时提醒着,自然不愁不一日日地好起来!

心在极乐

《起信论》云:依众生心而说一切世出世间法。《维摩经》云:无法可说,是名说法。法因众生心有,故宜依众生心说。众生心譬如大地,大地之中,含藏了一切动植山川的种子,在地面才有一切动植山川的形状;故唯众生心乃能总摄一切世出世间

法。古今所有沧桑陵谷的变迁,都在大地之上,四时之有春、有夏,草木之或荣、或谢,亦都在大地之上;犹之众生为圣、为凡,为智、为愚,皆不离乎一心,所以佛法谓之心地法门。众生心为一切世出世间法所依止,譬如大地为一切山川草木之所依止,所以佛说一切法,即是说明众生心。

大地茫茫,古今来不知经过多少变迁成败;众生心也是一样,不必说普遍法界众生心经过多少轮回流转,即就个人言,从无始来也不知经过多少轮回流转。譬如现在的荆州,在春秋时为楚国的郢都,到了明朝,辽王开藩于此,历代以来视为重镇,然经过一番战争之后,必呈一种荒凉景象。荆州这个地方,从春秋至今,不知经过多少成败变化。也如我们现在这个人类,有贫富、贵贱、苦乐境遇不同的,皆是从无始来或为天,或为人,或为修罗、畜生,或为地狱、饿鬼,不知经过许多轮转而来,皆在此心地之上,与荆州的变化一样。

既能明白心地,就要发明心地!心量本是尽十方、偏虚空、包三世的,无论天堂、地狱、及过去、现在、未来,或南北东西,总不离此一心;能够发明此心,才能了达世出世间一切法门。所以《华严经》云:"偏观法界性,一切唯心造。"此心不是一人独有的,不是众人共同的,不是佛才有而凡夫没有的,不是人之外另有的,原为自性本有,遍十方,包三世的,既知遍十方,就知不仅限于人界而止;既知通三世,即知过去也是此心,未来也是此心，不过虽是一心，但轮回六道不能保其为人耳。就如荆州地方，虽说古今不变，但不知为荒凉、为繁盛，经过许多变化，以至今日耳。

众生既不离心，有心就能造业，既造种种业以为因，都要随业受报。业有善、有恶，所以结果就有乐、有苦。善恶因既由心造，苦乐果亦不离心。所以在佛法上说，要发明心地；能发明心地，自己就可作得主宰，不受他所支配了。欲为圣则圣，欲升天则天，欲成佛则佛，欲作祖则祖，这种种因全凭一心所造；如能明心见性，自己即可作主。唯心所造的业，所受的果，虽有种种不同，实则此心内外如一，古今不变，既知此心不变，所以成了佛也是此心。众生与佛，同此一心；依佛法修证，皆可成佛。

未明此心的人，既为眼前境界所障蔽，就不知此境界如何发生了。我们只为眼前的境界所障蔽，就不知以前的种种境界了。未明此心的人，不知心量广大长远，只知在眼前的根身器界中讨生活，于是为种种自业所支配，遂受轮转生死之苦；可见我们不可不发明此心。否则，不知心之广大，就迷惑此心，造一切业，受种种报。若明白人人都有这古今不变内外如一的心，又知造善业得乐果，造恶业得苦果，苦乐因果皆由此心而造；学佛与不学佛，即可由此取决。

佛就是大觉悟者，所谓觉悟，就是觉悟这向来迷着的心，因为此心一觉，就有不觉，对不觉言，就名之为佛。所谓一切法，有因缘法，有果报法。因有清净因、染污因，果有苦果、乐果。十法界都是由心所造，明白此理，就要明此广大长远的心，发此广大长远的愿，不为现前境界束缚障碍。凭此菩提心，用以自觉觉他，使人人皆可成佛。

学佛不过平平实实发明此心，并不是什么秘密巧怪法门。譬如荆州地方，无论想造成如何繁盛，只要凭此地人工，以种种适宜方法，皆可成就。此心亦然，如能发广大长远心，不为眼前境界障蔽，便可以证菩提果。要证菩提果，在根本上，应将上来所讲的道理看得明明白白，将自己的心认得清清楚楚，那就眼前境界皆此广大长远的心中所显现，不至于为所障蔽了。

然讲到不为眼前境界所障蔽，也不是教人一切眼前的事都不去做，不过应行正业，止一切恶，行一切善，立广大长远的志愿，既能发广大长远的志愿，就不为眼前境界所障蔽，去造恶业，受此轮回，可以自己做主。久而久之，心中以前的恶业就可以空，未来的恶业就可以止，自然能成清净安乐的业因，久之即可成佛证果了。

改变自己，重在实践

在佛法原则上，法就是讲宇宙间存在的事物都离不了因果法则，这个法则从自然界到社会以至心知，一切都是具有的，亦名因缘所生法。例如一盆花的生长和存在，必有种子的因和水土、人工、日光等缘，才能生长出来，这是自然界的植物，其他动物、矿物、如化学上由水而化成氢氧气，水就氢氧气等因缘的所生法；就是物质分析到最细的原子，也还是由电子所构成功的。从此分析下去，就是电子也是一种因缘所生法，大而至地球或太阳系，乃至星云星海，佛学上之大千世界，华藏世界，无不都是因缘所生法。

近而观察人生，亦是因缘所生法；凡动物的生命，都是因缘相续，生命的因遇到父母的缘才可生起；生后由天地间各种的培植方能长成。这都是因果法，离开了因果法是没有存在的。科学上研究明白的，也只是因果法中一部分，由科学所研究到的各部分，总合起来，追寻它的根本，因此便进一步而成为哲学；在一切存在变化的因缘关系上研究它的原理，便是哲学。于这两种的研究而外，还有各种宗教，然而各宗教或立一种神，或立多种神，而产生宇宙万有的一切，这是幻想，我们宇宙万有外是不必要有另一个创造神的。

佛法是科学的哲学，哲学的宗教，与其他带迷信之宗教不同。佛法的出发点是现实的无量众生世界，这都是科学上所研究到的事实，故佛法完全是现实的科学。科学与佛法虽同以现实世界众生为对象，但科学只研究到一部分的现象，而佛法是作一个总的观察，普遍的觉悟，所以佛法不但有科学，而且是科学的哲学。

佛法教人了解一切普遍的因果法则都不是固定的。从因的上面可予以种种改变，使人类进而改善；明白这一改善的方法，如是可以达到最善、最纯洁、最高尚、最圆满光明、最妙的境界，如是名为佛。从实践实行上，求改善求进步而达到这种最高尚最完善的境界，就是极乐世界。佛的大慈悲心，是要一切众生都同佛一样的得到安乐，故把他所觉悟的境界，及达到觉悟的方法指示他人，这就是先觉后觉的意思。

所以佛法是科学而不只是科学，是哲学而不只是哲学，佛法是科学哲学的宗教。佛是最彻底的觉悟者，所觉悟的因果法，不是另外有一个神，他是把觉悟的都指示出来，使大家都能觉悟而同到达完美微妙的境界，这就是佛教，亦可名为佛学、佛法。

由此谈到做人，且就最小范围的地球人类上说，在佛法原理上地球上的人类是众生中较为重要的；在众生中虽有比人类更高妙的种类，但是人因活动的创造的力量大，因此佛法中看世界中之人类，是能够达到与佛一样的觉悟的；故佛说"人身难得"，而人生是有很深意义很大价值的；如此了解人生价值，才成立一种有意义的人生观。宇宙间能变化的力量是众生心，此外没有造世界的神，由众生心的力量变现一切宇宙间的因果变化。

例如一个国家之兴衰，是全国民的心理关系，如能将人心改善振作，国家便强；反之，国家便衰弱。虽不无其他原因，但此实为原因之主要点。如清季之衰，衰在人心颓唐；现在民国之转强，亦强在孙先生之改善人心；以新的各种因缘条件而造成新的民治国家，进而能领导世界，我们每一个人亦复如是。

众生心力是相续的，不是新起的，也不会断灭的，偶尔变化亦不过是生命的一个阶段。我们若了解人生宇宙原理，则所起一种思想，一种动作，可以改变人生宇宙一切。故勤做善事能令人类众生完善，否则亦能令一切众生堕落。如杀害他人而想利益自己，是违背因果的，实际上还是自害，例如日本之侵略我国，而现在将渐次灭亡了，故知一切都有因果。

第一，一切须以众生之利益为前提，如此方可造成完美的人生。故在佛法的原则上，须要贡献自己所有的，使一切人类进步改善，使一切人类都无侵略争夺之事，乃可达到世界永久和平。尤其现在交通发达，倘若一个地方发生战争，很容易波动到全国或全世界，故若不急求世界永久和平，则今后人生将永远沦在战争的残酷中。再如前次世界战争与此次大战相较，其破坏力量远胜过去，故现在世界永久和平，是迫切需要的。

第二，现在有一种人完全是为个人的利益着想，他的才智完全作了自私自利的工具，是整个以身家利益为前提的。这种人小而能造成目前资产劳动阶级不平等的社会，大而能造成国际间的优劣，故我们要做到完善的人生，必须互利互惠。因此，要明白这因果法则，把个人的力量献给大众的利益上，而达到自他两利。

复次，应有尊卑长幼有次序的社会人生，这是第三种人生。

第四是要有诚信，使社会能精诚团结，向上发达，由这因缘所生法上的真理去实践实行，合到道德行为理性生活，这是觉悟人生的开始，这就是佛法上说的五戒十善的人生。再进一步，就是大乘菩萨所行的六波罗密行，使一切众生都做到这种人生道德最高尚微妙完善的菩萨行为，方是最完善最美好的人生。

大乘佛法是为大众谋幸福的。例如车子，人力车只容一人，汽车可容少数人，喻如小乘；若火车则能容大量的人，绝不是为哪一个人的，故喻大乘。大乘佛法是绝不为己，而为一切众生谋利益的，要想从人类更进步的去修菩萨六度万行，完成最高人生，改良人类社会，这是佛法指示做人的最高道理。

在生活中学佛，在学佛中生活

高者隐山静修，卑者赖佛求活，唯以安受坐享为应分，此我国僧尼数百年来之弊习，而致佛化不扬为世诟病之大原因也！予有慨乎是，宣化萌俗；近岁人心丕变，皈向渐多。然细按察之，新起之在家佛教徒众，仍不脱僧尼之弊习，且有倾向日甚之势！此由未知学佛之正行——八正道，故不为凡夫之溺尘，即为外道之逃世也。今所应确知以实行者，凡学佛之人，无论在家出家，皆不得以安受坐享为应分，务必随位随力，日作其资生利人事业，不得荒废偷惰，以报诸佛众人之恩德，庶其涤除积垢而振发新光耳。

此其为事若何？则应知职业、志业之分是也。学者，志业也，从吾志之所好，以趋践佛之淑吾身，善吾心，增进吾之德性，达到吾之乐地者也。故应以三皈之信，五戒、十善、六度、四摄之行为柢，而毫忽不得藉此形仪名称以为谋一家一身之生活计者。而职业，则于或家、或国、或社会、或世界，随其势位之所宜，才力之所能，任一工，操一劳，用与人众交易其利，以资一身一家之生活者也。此因吾身藉家亲国民之互助，方得生养存活，故吾应有以酬其益报其惠焉。否则，吾身于世即有所损，既增他人之累，亦加自己之负，堕落不免，胜进奚冀！

故学佛之道，即是完成人格之道：第一，须尽职业以报他人——父母、师友，以及社会——资吾生命之恩。第二，乃勤志业，以净自心进吾佛性之德。必如是，佛乃人人可学，必如是，人乃真真学佛。何则？世间资生事业，皆与佛法不违背故；学佛应自利利他故；累人负己，是无业流氓故；寄生偷活，是邪命故；巧取坐收，是盗行故。

由是观之，出家者有出家者之家务事业，即所谓"宏法为家务，利生是事业"也。在家人有在家人之家务事业，即"士农工商，各操一赡身养家利国益群之业"也。否则，即为世之负债

人，更何能成就佛法中超世之志业哉？

淡泊明志，潇洒自如

澹，谓淡泊，即淡于欲。淡于欲，在佛法就是尸罗波罗密，即所谓持戒。若不甘淡泊，则贪欲心滋长，放僻邪侈，无所不为，于是种种嗔恨斗争因之而起。要除此种种不良恶行，即要甘淡泊，守清苦，所以第一即谈到淡字。淡于欲的欲，包含财、色、名、食、睡五欲。必也能清能谨，始能圆成澹练。清，如古人伯夷，耻恶声恶色之入耳目，所以孟子谓为圣中之清。必如此，乃可没有奢侈浮华。谨，即所谓不以善小而不为，不以恶微而不断。从前曾参三省，颜回四勿，皆用的这谨慎功夫。所以必清必谨，乃能淡于所欲。

宁，即宁静，即宁于心。我们的心，本有明觉之功用，与转变之大力，但非做宁字的功夫，不获实现。这宁字在佛法里面，就是禅波罗密，即所谓修定。《圆觉经》说："无碍清净慧，皆由禅定生。"可见定心能发种种的明觉。吾人因种种——财、色、名、食——物欲环境包围，以致利令智昏，心为形役，不能转物而为物转，这都是因为没有宁静功夫之所致；即所谓无定力。一个没有定力的人，不是散乱，便是昏沉。昏沉，是堕在无记糊涂中去了。

好比我们老大的中国朝野上下，只是一团杂乱无章，没有秩序的行动，不是失之于散漫，便是成了睡眠昏沉的状态；虽有广大之领土与众多之人民，无能为力。所以佛法教人，须修习禅定，所谓由戒生定，由定发慧，而定须修奢摩他——止——以成就之。止，即止一切散乱昏沉，即是完成安定宁静的要素；而礼佛、诵经、持咒等诚敬的功夫中，亦能达到宁定。所以唯止唯诚，乃能宁于心。

明，即明于理，即般若波罗密，所谓得慧。本院宗旨，为研究佛的教理；佛的教，即说明宇宙万有缘生性空的真理。吾人不能深观遍照究竟正确的明了，所以对于陈列眼前的一切形形色色，各作不同之视察，即有不同之答案，有所见、有所不见，彼是此非，相互水火，不能得到真确究竟的明了。此佛所以有教，佛教即是我们究竟明此真理的不二法门。但这种明了，必由上面所说的淡于欲、宁于心、好好做去，始能得来。

《心经》说的照见五蕴皆空，即彻底的明于理。必清必谨，方能澹于欲；唯止唯诚，始能宁于心；欲澹、心宁，始能实地明照于理。佛法明理，仿佛如科学证验下来之结果。但须将昏沉之心，易为澹宁之心以达之，此即佛法的般若功夫——增上慧学。所以，深观深照，乃能明于理。

敏，即敏于事，犹云工作敏捷、做事敏活。在佛法勤学五明等种种方便无量功用。前三字，可说是理体，此第四字才是事用。谈到敏字，正所谓从体起用，从根本智而成后得智的大方便用，方便为究竟。但须从勤与劳的两方面双管齐下的做去，方能收到敏于事的好果。

何谓勤？勤，即勤快，亦即奋迅勇猛。如人看一本书，或歪或睡，走马看花，随便入目，结果只收得一种仿佛看过的效果，这都是因为他们的不勤奋。勤奋的人看书，则不然，看一本书必有一本书的长进，好者随即摘录，难索解者即翻字典、辞源。如今诸僧在讲堂听讲，须带纸笔墨砚应用的文具，一字一字须倾耳肃听，心寓手应，随即录记。

所以，勤在六度里，是精进波罗密；在三十七道品里，是四正勤。勤快之反面即懒惰，懒惰的人也非不想求好，但不能勤快而欲求好，未免遇事只想图侥幸，享现成，而堕落到偷盗的罪恶中去。偷盗不一定要做强盗，凡图便宜，使欺诈，取巧揩油，这都是偷盗。这样，要想事业成就，真所谓未之有也。我们要想以佛法去救人救世，尤其非勤不可。但懒惰惯了，自己虽要勤，亦莫法去勤了。

所以我们要把惯懒换作习勤，要日日去习勤。何谓劳？劳即劳苦，孟轲所谓"劳其筋骨，饿其体肤"是也。能劳就能身心强健起来，体力增加起来，随做一事，都能心动身应、如量及时以起。诸生不要误会！以为劳心于写字读书就叫做劳。须知凡一切日用所需衣食住行，都要自身劳动去做。

现在的时代，崇尚勤劳，在中国的社会，更宜以勤劳矫正痼疾，在出家人，尤其是读书的出家人，更宜勤而且劳。方才冯县长告诉我们的培植农林，开辟园地，都非勤劳不可！不要以为劳动不是学，须知这就是锻炼身心的真学！这才是你们真正的受用。中国人往往误解学字，以为光是读书罢了！不错，读书固然是学问的一种，但修桥筑墙，砌路跑腿，何一非切身之学？

复次，敏于事是事情上的实际行动，由行而知，乃为真知，亦为真学。由真学一往直前去做，必能得佛法的所谓悉地——成就。菩萨行，从难行能行上行，佛功德，从无量劳苦中得。不劳而获，直无意思！

节俭，勤奋，诚实，公心

学校有校训，寺亦有寺训，今以四字作为寺训（此文为太虚大师在雪窦寺的演讲，编者按）：

第一，俭字，即节俭。去除奢靡的浪费，作为恰当的用度，即是节俭；出家人必须能节俭，乃能安其淡泊之生活。雪窦山简称雪山，雪山是世尊修苦行之处，若能在此住一年半载的，必是能节省用度，俭朴知足之人。沩山大师警策文云："少求俭用，免逼迫于心田；知足除贪，播馨香于异地。"省俭乃能除贪；希望由诸位实行节俭，影响到本寺大众，再远应诸方，实行俭德。能如此，则可挽救现时奢侈之风，而济民困国穷之难矣！

第二，勤字，对懒惰、懈怠而言。无论作何事，行何业，都要勤劳力作，不稍懒惰。世人的勤劳不休，大抵是被贪心所驱使，一旦贪念稍轻，便觉世事一无所求，流于怠惰。今特别提出勤字，以救中国人苟安之病。此勤字在六度中即精进度，在善十一心所中即勤心所，三十七品中即四正勤。故必勤勇精进以对治懒惰，无论求学、做事、礼佛、诵经、应人、接物，都得精勤不懒，才能称之为勤。出家人主要是上求佛道，下化有情，广行菩萨济世之道，尤须实行六波罗蜜内之精进波罗蜜。今不讲精研五明，亲证六通，即世间普通的事业、学术，亦岂不勤行能做到耶？儒者日夜强学以待问之精神，在替佛扬化之吾人，须时刻匪懈于导世利物之行；当职事尤应以尽职为原则。

第三，诚字，即诚实。为人做事，要虚心以处事，诚实以待人，不带一点诈巧欺伪之心，易得他人同情；既有人表示同情，乃显精诚团结的力量，凡有作为，就易成功。谚曰："二人同一心，黄土变成金。"近人说精诚团结，即是纯粹无杂的至诚团结力。古书说："纣有亿万人，亿万心；周有三千人，唯一心。"有百里之土而能王天下者，协力同心之效也。此无他，全在一诚字上用功。

现在，中国各地寺院住持，无法把佛教振兴起来，其原因亦

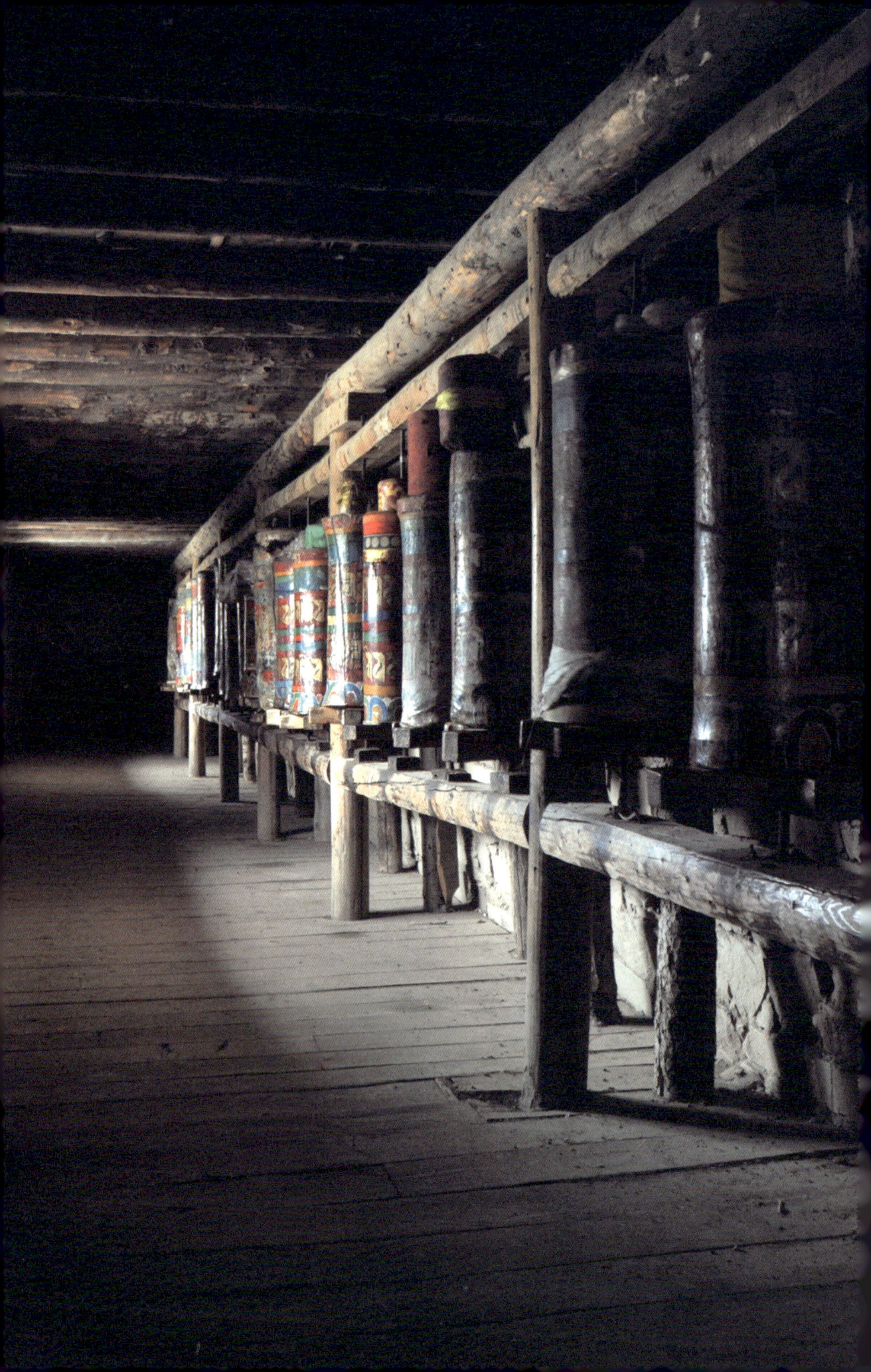

在缺少一诚字；若能开诚相见，和合团结，亦未尝无办法把佛教兴起来。即于经忏佛事而论，本是从自己诚实恳切之心，念经拜忏；有人请荐灵祈福，乃将一片诚心以回向施主。如今念经拜忏者，只知一天可得一二角钱了事！各地寺院遂成善价而贾之工场，把原来诚心修行之美德丧失。故此时之佛教，须是实行诚字，乃可复兴，而中国民族之复兴亦在乎诚。

第四，公字。表现大乘佛法之真精神，即是无我大公之特别功用。前三字大小乘共行，此公字乃不共之大乘行也。大乘行之为人做事，处处要以为公众作前提，一无偏曲；若落偏曲，弊窦丛生。丛林中职事，于此公字尤应注意！领众行道，有成人之美，代众之劳，一切无碍，则德业增进。雪窦为诸方之所瞻望，如能将事务办理得如法次第，他寺亦效法办理，未有自不能作而教他人去行之事。故今后要少说空话而注重实行，由僧众能有为常住、为佛教的公心，而影响及全国人民，能为社会、为国家，乃至天下为公；皆须由实行而昭示于人也。今举此四字，浅略说明身体力行之法，希望各位努力实行，以期见诸成效！

此"俭勤诚公"四字，可分作三重的解释。

第一重，经济政治的解释：比方一个人自己有工作的能力，依之而得到生活的享受，但必须工作才可生活。若要想有点进步，不至于碌碌终身长此困顿下去，那么，必须要从经济政治开始。经济的发展要有资本；政治是两人以上所不能没有的社会关系，而资本的来源则又从俭省储蓄而得。若不能节俭蓄积，纵有多的收入，来多少用多少，就会浪费无余，而永久没有可供生产用的资本。故资本是生产的因素，而节储是资本的来源。

其次要勤：既有了资本，就要勤劳来利用，以求发展。假若认为以往有了一点储蓄即坐食享用，懒惰偷安，则以俭而懒，懒到连原有生活都不能维持，前途就不堪设想了！所以，必须继之以勤，利用资本来扩大生产，发展事业。一切经济政治的建设，皆从俭勤得来，故俭必须继之以勤。不但消极的节流，还要积极的开源，才能有大的成就与收获。

第三说到诚字：如果不诚实，就不能得到二人以上的帮助。大的事业不是一个人能做成的，在二人以上必须有言语文字互通诚款；若无真诚，虽家人父子间也不能互助合作，不能精诚团结。没有互助的关系，社会立刻解体，任何事业不能成功，经济自然失败。故诚字是建立社会关系的根本。

第四要公：公有公平公正之义。既有诚必有二人以上的关系，有了二人以上的众人，就要公平公正。政者正也，在政治上为众人办事叫做办公；办公事的人称公务人员。要有公平才可安居乐业，否则必致于互相侵害，互相倾轧。这样的政治必办不好，而经济也必致亏损。用经济政治的立场来解释此四字，每个字都与经济政治有关。若分开说，用俭勤来建设经济，用诚公来建设政治，意义尤为明显。

第二重，文化道德的解释：上面就社会生活讲，属于物质的建设。现在就社会精神的建设讲，比较超象。精神方面，譬如礼乐，孔子说："礼与其奢也宁俭？"乐要"乐而不淫，哀而不伤"！都节制过甚，要有俭约限度的意思。老子说："吾有三宝：一曰俭，二曰慈，三曰不敢为天下先。"第一就是以俭德为宝。中国儒、道家的人文主义，其精神都首先注重于俭。

其次要勤，凡事要达到精微美妙，必须用勤来推动达成。若有俭无勤，在文化亦必孤陋，不能发扬光大。如文学、哲学、艺术、各种科学及文物制度，都要精勤，才能达到深妙的进步。古人如孔子，好学不倦，发愤亡食，不知老之将至。大禹惜寸阴，陶侃惜分阴，都是勤的精神。

第三要诚：诚字在文化道德上的意义，更丰富。如云："不诚无物！"各种物都是和合体，若无诚则不能和合；既不和合则物不成。文化道德更是和合体，人类社会是要用诚去和合的。社会和合，才有文化道德发展进步，生生不息。所谓"至诚不息，不息则久"。如点灯要有油炷和合方能发光。中庸云"自明诚人之道，自诚明者天之道"；"至诚可以参天地之化育"。有了诚，上天下地一切万物，都可以相资相长。乃至云："至诚之道，可以前知。""精诚所至，金石为开"。此诚字在文化道德的关系上之重要可知。

第四说到公字：平常说要大公无私，人类文化道德，要赖公正以达最高境界。公正无私则与天地同春，日月同明！此必须从心理上养成无私的公德。假若心里有私欲存在，对人对事就有所偏，有所偏不免与人抵触，则私忿随起。私能损害公平的精神，也就能破坏人类道德文化。社会上没有公平公正，就是没有文化道德。故要保持文化道德，亹亹不已，要先能够养成公平公正。

第三重，佛法修证的解释：先从俭字说，在佛法中最明显的就是戒。戒者，有所不为而后能有所为，即止其所不当为而行其所当为。将不须有的不应有的动作行为戒除，以节省其精神疲劳而作应作之事，这是戒，也就是俭。同时，还要以布施、忍辱来帮助。施者舍也，要将不须有之事舍除，如贪欲等。要能舍除，就能避免精神的虚耗浪费。在精神上能蓄积俭省，一旦用之于事功上，效力必大。其次，忍也能助成俭德，所谓"小不忍则乱大谋"。一切无谓之斗争，皆可从忍而息，以免精神时间无谓的浪费。由贪心起者舍之,由嗔心起者忍之。在佛法上说:以戒为主,以施、忍为助,乃成俭德。

其次,勤字,在六度中就是精进,在三十七道品有四正勤。勤要建筑在俭德之上,才是正勤。正勤是纯善的,方可名精进。如已生恶令断,未生恶令不生,这是消极的止恶。再进一步要积极的行善,就是已生善令增长,未生善令速生。不但保持现有的美善,还要令功德法财增长。勤以精进为主,也要以施、忍为助。勤于利人者,要舍己之所有、济人之所求。又要随时反省自己,舍除无谓的嗜好,以集中精力,作积极的善事。忍者,要忍辱负重,安忍坚强,才能担当大事。所谓"持其志,毋暴其气",才能负荷重担。

经论上,对断除烦恼名弃舍重担;而利益众生昌明佛法,亦名负荷重担。这都需要坚忍不拔的精神。菩萨要担荷一切众生的担子,见众生有困苦艰难,须代为忍受,代为解决,不能舍而逃避。故须忍辱负重。乃至忍饥寒,忍恶名毁骂,行利益众生的事,往往引起愚痴的反感。如父母为小儿治病,服药或施针灸,小儿哭骂跳打,父母必须忍受不与计较,而仍为治疗,故忍能助成勤之功德。

第三,诚者,即言行一致之谓。诚字的会意,即言成也。就是言行合一的成就。由言行一致,进于心行一致,心境一致。到了心境一致,就是禅定,所谓心一境性。心专于一境,心境如如相应,即是瑜伽。故定学又名瑜伽,又名增上心学。心境的安宁清明,是定之相。儒亦云:"诚则明。"故诚之至,达于定慧。前面曾说:"至诚之道,可以前知。"是定慧、神通,皆可由诚而得。能志诚恳切,心境专一,则志趣坚定,心无分歧。专于一事即能专于一境,心境融洽,理事无碍,定慧双彰,此诚之深义也。

第四，公者，无私之谓也。要反问何以会有私？由有人我相对，先于为我故也。要成大公德，必去尽其私；要去尽其私，必破我执。依佛法，遍观一切和合缘成，本无有我，彻底遍观一切法毕竟空，无人我自他之相可得，则为我之私心可除。宇宙万有缘起性空，完成大公，证得法界无碍。佛法教人修证，须观身空法空无我相，乃至观我与众生同体平等而发大菩提心，这是大公之极则。

以上所说，要在日常身心上，处世接人上，省察警觉去实行，方能获益。不仅在书本上、语言上有此文句而已！

怎样发心报恩

报恩，可以为修行的资粮。据《心地观经》，有四种报恩：一、报父母恩，二、报国家恩，三、报众生恩，四、报三宝恩。四种报恩中，最重要的是报众生恩及报三宝恩。以能够报众生的恩，就是报父母的恩。因为四生六道一切众生通通是我们过去的父母，人未有见父母受苦而不救者。从此发大悲心，是发最深切的悲愍心，去广度一切众生。一切众生都是我们现在过去未来生身的父母；能够度众生，就能报父母的恩了。如此发心，亦就是发菩萨心。如《地藏本愿功德经》明地藏菩萨所发的大愿，在往昔劫中行孝本事，发愿"众生度尽，方证菩提，地狱未空，誓不成佛"。现今还在地狱代众生受苦。此以大悲心救度众生，就是报父母恩的一个例证。

又如目莲尊者，天眼观生身慈母在生作诸恶业，死堕地狱受苦，乃往求释尊开示救母的法要，发起盂兰盆胜会，生母得救升天,并度一切众生离苦。这是以报父母恩而报众生恩的一个例子。既是一切众生通通是我们过去的父母,现今都落在生死轮回,或在地狱里受苦,可悲可愍,于是发心救度一切众生。众生不尽,誓不成佛。那么,报众生恩就是报父母恩,合起来是大悲心的作用。依此大悲心去求学,去修行,我们就是学菩萨道,修菩萨行。菩萨见一切众生都是过去生生的父母,故发起无缘大慈,同体大悲,行菩萨道,利益众生。诸位既已受菩萨戒,理当随顺菩萨发心修学,则所学的皆是菩萨之学,所修的皆是菩萨之行。若不如此发心,所修学的也不能直达无上菩提,《楞严经》所谓"因地不真,果招迂曲"是也。

既发此大悲心,还要求救度的方法,否则入阱救人,自陷其身。度生的方法,须向三宝中去求,唯三宝中有这种方法,可以救度一切。从佛法僧来讲,佛是大觉能仁,自己早已发明了救脱生死苦恼的办法,证到了无上正等正觉的地位;又能愍一切沉沦受苦的众生,教一切众生依此方法而达到与己同样的无上菩提。

然佛所觉悟的一切法,就是众生本来具足的。但众生被三惑烦恼所迷昧,故自己不知。佛不过开示指导,使众生本来具足的一切功德,照佛法去行,得完全开显而已。从凡夫的地位发心,乃至达到部分的觉悟一切,就是真实承佛家业,而能代佛宣化。故既发大悲心救一切众生,而报世世父母之恩,其救度的方法,舍三宝外是得不到究竟办法的。纵有别种相似的方法,也不能真正离苦得乐,结果仍在轮回而已。

故唯三宝能救一切众生出轮回而达到究竟离苦得乐的地位。这种办法,凡是要救度众生报父母恩的大悲心众生,都要修学;诸位就是求这种方法之最力者。然报三宝的恩,就是报国家的恩。因为国家政治,亦以佛法中的人乘正法——五戒十善等化导人民，而使国家风调雨顺，无诸灾变，所辖之人民相互安生乐业；将来亦可获得人天殊胜的果报。而十善法亦就是佛教信徒修学无上菩提的第一步，故五戒十善为世出世间之基本善法。圣修此善法，三宝恩固可以报，国家的恩亦就包括在三宝恩之中。故四恩只要能报众生恩和三宝恩，则父母恩、国家恩几无不报矣。

求学佛法，所有的正闻熏习，都是直接间接为菩提心之增上缘。故发报三宝恩的心，也可以说是发菩提心。若能由发大悲心自度度他，而皈敬三宝修学佛法，即能应病施药，就是发菩提心，修菩萨行。若诸位以此为出发点，则凡举修学世出世间之法门，皆是无上菩提行！否则就是讲通经典，皆非绝对正道之门。

养老慈幼之意义

一般社会的人们,不是将佛教看做不足道,就是看做太高深了。其实,佛教的出发点,是叫人日常行为上,身体的活动,口头的活动,和意志的活动,都应本着自己有利益、于人有利益而去活动的;所以做人的最重要的条件,是各安其分,各尽其职。以各安其分故,不去侵掠他人,不求侥幸,不图非分。各以尽其职故,于己分内之职,尽心尽力去做,同时对于他人有互相协助、互相救济之天职。在前者即是自利,在后者即是利他。

然我们有了自利就可以了,何必又要利他呢?这理由假使在全盘社会上看起来,年轻力壮的人,似乎有了自利就可以了;但是试问年轻力壮的人是不是由年幼力弱而来,渐向年老力衰而去?这年幼与年老前后两期的人生,一者,正在生长发育、含苞待放期中,一者,已入于衰残暮景。还有一些残疾缠绵长处苦痛,这些都没有独立的能力,都是靠年轻有力强健者,教育他、扶养他、救济他的,而且此教育、扶养、救济,也原是年轻力壮者的应尽的天职。

故处在社会的人们,在应有天职方面讲,只有自利没有利他,是不足以尽社会的原理。在年轻力壮时,一方面扶养老者,同时接受老者老练的思想,因为年老的思想,比较年轻的来得有经验、有把握的缘故;一方面教育幼者,同时将自己所获得的知识以灌输之,使人类的知识日趋于进步。如此承前启后,老者有养,幼者有教,则人类社会安有不发达之理!

佛教里所讲的菩萨,一般未入佛教的人们,就联想到城隍、土地的偶像了,其实佛教所指的菩萨,并不是这些,乃指学佛的有自利利他的人，人能自利利他，就是菩萨，所以，现在希望在座的各位，都发自利利他的菩萨心，做菩萨应做的事，那么，各人都得挂上菩萨的头衔了。学佛本来就是学做菩萨，可是我们中国佛教徒，说起来是很惭愧！菩萨的职志，是在使一切众生离一切苦痛，获得一切快乐。就是有一众生未离苦得乐，菩萨都应负有相当的责任。可是我们佛教徒，不但不能使一切众生离苦得乐，就是这同类的人们，都还在苦恼挣扎之中，而尤其是中国的人民，因天灾人祸的交加，都处在水深火热之中，使壮者尽其职，老者有所养，幼者有所教，现在我们佛教徒尚未能做到，这是何等的惭愧啊！

倘是社会上一般的人们，或农、或工、或商、或学，各站在其人生所需要的职业水平线之上，都问心无愧的各安其分，各尽其职，则社会自然安宁，都过着快乐的幸福生活。社会之所以扰乱，人生之所以苦痛，其原因是因为社会中有不良分子，不安其分，不尽其职，在在去侵掠他人和暴弃自己的职权，于是社会不安的现象发生了！

所以，我们要求社会安宁，人生快乐，首须我们实践自己的良心去安分尽职。社会之所以形成，多半靠着中坚分子、年富力强、安分尽职的人，他的心地非常光明，同时，他自己精神也有所安慰，所谓"君子坦荡荡"。社会都是这样的安分尽职的分子所组成，其社会自然的安宁了。进一步，又能把自己力量去扶养老者，教育幼者，救济贫病及遭意外之祸者，则人生也就快乐了。

现在中国挂佛教会或其他各种团体的招牌也不少了！其真能去办佛教的事业，如整顿内部，研究教理，方便布教，慈善事业等，能设备实地去行者很少！而晋江佛教会将成立，内部整顿，自有莫大的希望；对于慈善事业，如慈儿院、教育无依无怙的孤

儿，如养老院、扶养老而无告的贫妇。此后我还希望晋江的信佛民众，对于天灾人祸病贫交逼的人们，应设立救济院、医院等；至于失业的人们，亦须设工艺所等以补救之，一一使成为有系统的慈善事业。

在社会上能自立自治、相助相济的人，在佛法上讲，还是初步的功夫。进一步，尽量的扩充，可以成贤、成圣、做菩萨、做佛了。然都以初步的功夫为基础，倘是能作进一步实行，其意义当更为深长！例如慈儿院或养老院，在佛法真正意义上讲，都含着很深的道理，不仅仅只有物质上给养，还要在精神上、道德上去扶植他。如教导孤儿，不但只教以为人的知识——所谓初步的功夫，同时，开发其本有佛性，使其善根增长，修菩萨行，以至于成佛——所谓很深的道理。如给养老人，也是使其精神与道德有所修养；因为，年老的人暮景无多，身体衰废，而精神生命之欲望无穷，在此应当以佛法的道理去启发他，使其精神无穷的生命导归极乐。

由此以言，凡办佛教事业，不能同世俗社会事业同等而视，应当有进一层深的意义才是。平常人说"人间无一片干净土"，其实人间不是没有干净土，倘是我们佛教徒都能努力，建设有意义的事业，这干净土就可实现于人间了。

临了，我要对贵院（本文为太虚大师在泉州妇人养老院的演讲，编者按）的老人说几句话：你们既然同到这儿来，同住在这儿，不必存心自己是一个养老的人，应当觉得这院就是自己家庭，对于同住这儿的人，应当做姊妹亲戚看，如此，一切口角是非的烦恼，都不会发生，而精神方面也都得到畅快安宁了。再加之以每天念经念佛，求生极乐，则这念佛的心与佛的心时时相通相感，而这养老院一天一天与极乐世界接近起来，所谓托质莲华，与诸上善人俱会一处的目的，也就不远了。你们大家都同存着这样心，都作这样想，而精神上感到无限快乐，则念佛与做事——平常能做的事，所谓安分尽职的事，都感到非常的有兴趣，非常的有精神了。

觉悟真我与往生极乐

佛法不在远求，即依现前世间事，能做得条条是理，事事如法，就是佛法。古之祖师有云：佛法在世间，不离世间觉；谓迷世间法是众生，觉世间法就是佛。若问众生迷的什么？可答云：就是佛所觉的。问佛所觉的什么？亦可答云：就是众生所迷的。是故佛与众生，本是一法，更无别法，只有迷悟之分而已。

但现今世界上人，往往自命为聪明，不以为迷，孰知此正是其迷处！彼等所作一切事，都为着这一身，执此身为我。若问此我是何状，生从何来，死从何去，则茫然不知！但以为就是这数尺血肉之体与几十年的生存而已，过了这几十年，血肉之身死灭了，则我亦没有了。如此看来，人生世上没有一点意思！且人人以为死了就完了，遂敢在这世界上胡作乱为，强凌弱的，众暴寡的，无所不为！以为既无善恶报应，死了即无事；但就现前的血肉身认定为我，凡我身所需要的衣食住财产等，专一贪求无厌，若贪求不得，就发愤怒，与人争斗，此皆由于不明白各自的真我，仅执定这个假我为是，所以做事不循道理。

若问真我在哪里？如何去明白他？则亦不必说远，亦不必说他个特别的名字，但就世人说死了就了的里边，找出一个死而不死的东西来就是。这东西如何找出呢？就显浅说，世人到了死的时候，其身虽然将死，其心尚挂念父母妻子财产等，不随他死；又如自寻死路的人，大半因为对不住人或受不住苦，就想将此身自杀，离开了他，孰知你纵自杀其身，而此为主要自杀的心，并不同他一起死，此不死的心，就是真我。

从无始以来，尽未来际，任你经过几千万亿年，总是不会断灭的；不过，随生前所造的善恶业，轮回于六道中。如生前做事规矩，造善业，死后再变人身，善少的作平常人，善多的作富贵人，善更多的或生在天上作天王天众，享天上的福。若生前做事不规矩，造恶业，死后就不必得人身了，或变畜生，或变饿鬼，或入地狱，都随他恶业的轻重为转移。但人在世上，作善者少，造恶者多，所以佛经上说人身难得，就是这个缘故。

如前所说，既知我们有不死的心，不灭的真我，则知我们平常所执的假我，所谓数尺之身和几十年的生命，都靠不住，势必力求觉悟我们的真我。当知这不死的真我，本来不消为他贪求衣食住功名富贵等，他于这等事全不用着；且彼本来清净圆满，道德品行俱高，才能知识并美，万事俱足，全然不要外求一点。只为世人都迷了他，不知去享福，反以执着现前的假者，事事贪求，造无穷恶业，竟累他时常堕入畜生、饿鬼、地狱等三恶道中，就如奴隶犯法连累主人的一般。

由是以谈，我们说学佛，并不是学一种奇怪的法术，只是要觉悟我们平常所迷的真我。真我既明白了，则知不要再为这假我去贪求，于是各人循着世界正当的道理作一切事，自然士、农、工、商各安其业，各得其所，国家也可安宁，世界就此和平。况平日习惯做好事，造善业的到临命终时，这种好习惯仍然现于心上，真我乘这好景象遂去受生为好人。若平日习惯为恶的，到临终时好景象总不会发现，一定只有恶景象，真我乘着恶景象就往三途受苦去了。

由此看来，三世因果，六道轮回，虽是这死而不灭的真我去受，实在都由平时造善恶业成了习惯，到他日受苦乐报，丝毫不能改易了。是故我们要想现在做个好人，将来得好结果，务须先觉悟这不死的真我，照着世间正当的道理，诸恶莫作，众善奉行，形成一种好的习惯才是。

上来所说，照世间法去止恶行善，固然获得福报，后世为好人或上天作神等，但总在三界轮回之中，福尽还堕，罪灭复升，时上时下，头出头没，终是危险！若要真实离苦得乐，求一万全之策，只有一个念佛法门，更没有再好了！此法门是释迦佛的大慈悲心，怜悯众生自力不足，不能一生修行即了生死，一生不了再转一生，容易迷惑，若造恶业，堕落三涂，前功尽弃！于是教人但念阿弥陀佛，求佛力加被，虽自力薄弱，亦可借佛力接引，往生西方极乐世界，一生彼土，永不退转，所以最为安全。

盖我们现住的娑婆世界，是此土众生恶业感召的，故现种种苦恼不净；彼之极乐世界，是阿弥陀佛大悲愿力及诸菩萨善根力结成的，故现七宝莲池种种快乐境况。但彼土虽隔此世界十万亿佛土，若求往生，亦不为难。但照前说，平日知道止恶行善，更念阿弥陀佛名号，就可往生。因为阿弥陀佛原来造彼世界，并非专为自己享受快乐，是要接引十方苦恼的众生去同享快乐的。他既有此心愿，我们若又发心求往生，则佛的心与众生心两相感应，就如打电报一样，这边发机，那边就知道了，不费多少时间，又不须走一步路，只要你念他，他就决定来接你去生。

以此言之，阿弥陀佛的大愿，譬如大轮船、大火车，不信念佛的人，是不肯上他的船和车，信念佛的人，如上了轮船、火车，无论什么不中用的人，卧在船车内不做一点事，也就到了。所以念佛这个法门，是千稳万当，不问上中下三等人都能修行的。

就今日所说，总括大略，是说佛法都在世法中，不必求诸远，但觉悟我们这死而不灭的心，依世上正当道理去作，培其善根，再加念佛，则决能往生净土，了脱生死，成就佛道，这就叫做学佛。所以，我说学佛并不要离了世间法去学。就诸君今日职位言，是在警界，正好就警察中应做之事，一一做得合理如法，与佛法不相违背。更加以念佛，则现前几百警察，就是将来几百尊佛。佛远乎哉？未之思也！夫何远之有！

世出世间，圆融贯通

佛法与科学

佛法大旨，不外乎自觉、觉他二端俱得圆满，故得其公例如下：

一、无上正遍觉者所如实觉知于法界诸法之真实性相体用。

此无上正遍觉者一名词，关于自觉方面，谓自己觉悟地位已

确臻于无上正遍也。如当作依照解，如实觉知，即依照真实之相，不增不减，无伸无缩，毫无有变动差误之点而觉悟了知之义。法界，即宇宙，诸法，即万有。此法界诸法，以通俗所云之宇宙万有亦大概比得，但亦非真能吻合无间者。性相体用冠以真实，亦别于世论之迷谬游戏浮泛无稽也。此就佛之自觉以言，尊极如斯。反观众生不觉，似人做梦，昏昧无知，大慈佛陀时劳呼唤。复如发神经病人，本身不自知病，唯头脑清晰知见正确者能晓。更若眼中有疾，妄见空华，亦唯明眼者能觉其妄。此义甚明，故不繁述。

二、无上正遍觉者所如觉宣示于世间众生之善巧教理行仪。

此则关于觉他方面，谓无上正遍觉者之佛，依照自己觉悟之法界诸法，宣扬于口，示现于身，随俗、雅化，方便引度——如依世间一切语言、文字、风俗、人情等，及随十二类有情身相、行为之类，循循施教以善诱之，遂有方便权巧所施设之种种教仪。宏化三界，开觉群生，使明解乎理而轨修乎行，庶大觉之果人人堪证耳。故别言之：教者，言教以明理，身教以行道之施设；理者，教之所诠义，为学人所了解于心者；行仪云者，以人人有无上正遍觉知之可能性，过去诸佛无量无数如实而觉，如觉而说，现未来际诸佛，果依先觉如觉开示之法，明了其理，如理起行，行同佛仪，亦毕竟成佛故。

上释佛法二字竟，兹释科学，当分二端，如下：

一、科学之方法

诋科学者，谓造成利器，都务杀害，是有弊而无利。誉科学者，则谓物质文明庄严灿烂，俾世界蔚为雄观，利益俱在，何弊之足云？关于此层，虽犹在争论之中，而欧洲数年来之战祸，亦不得云诋之者之毫无理由。不过此属于后来之成绩，及应用其成绩者如何，而科学之所重尤在方法，其方法之精密谨慎，固不得遽加以诋毁之辞。

盖科学方法，可有六层：1. 科之一字，具分科、别类之称，故首先分划范围，不得笼统，而一科一科之新学说乃由此产生，如讲心理学，单就精神现象种种说明；物理学，单就动、植、矿等物理现象说明；生理学，单就有机身上之消化器、分泌器等种种说明，故兹严别界限，不许紊乱，为科学之第一步。2. 既就一种对象，详细研究，俾有所发明；则必先观测此对象之大概情形。3. 大概情形既明，乃继之以精察谛观，务有于确然深知其性质、功用及价值等。4. 审察既确，乃综合其观察之所得，著有假说而试实验。5. 例如雨后见五色虹霓，假说是日光反射之所致。科学家既具此发明，则必亲验出虹霓之处，是否由日光及雨映照所成。一次不足，而再而三，须屡试不爽，遂成定判。6. 前五所述悉数通过后，如议场中绝无一废票，此议长乃安然而定；其某种学说得成立为通行于全世界之公例，亦犹如是。

综上六端科学之方法，可谓手续精密，卓然不可摇动矣。至其所发明之定例，后哲有真确于前贤者，即可舍前取后；即并世同人，彼此、今昔，亦取是舍非，无所执着。其渴望发明真理以济世之心，尤为可敬。但科学亦有一种执着牢固莫解，则执着此方法为求得真理之唯一方法，而不知法界实际，尚非此种科学方法之可通达也。

二、科学之成绩

推其由科学方法所得之知识，应用于世间行为人事上，以演成五花八门之人群业果，皆谓之科学成绩；而其根本则端在知识。天文学、古来以地为中心，波兰哥白尼氏更发明太阳为中心，后人又有发明八大行星、无量恒星等。此外，牛顿发明地心吸力等，达尔文氏发明人种由来等。一则谓堕果向下，必有吸力；一则谓下等动物变中等动物，进趋于高等动物，如猿为人之祖等，此类学说，一应用于人间，则社会群众所得之新知识，在国家政治上、社会事业上，顿起无量数之传递与实验，若簇新组织一大世界者然；此其成绩之为世人所共知者也。

科学之知识可为佛法之确证及假说而不能通达佛法之实际。科学上有所发明，即宗教上便有所失据。寻常神我等教，根本上既少真理，一经风吹，不免为之摇动。驳辩不足，继以恐怖，牵强附会，又失自主，此其人至为可悲。独有佛教，只怕他科学不精进，科学不勇猛，科学不决定方针精究真理，科学不析观万有彻底觉知。能如是，则科学愈进步，佛法将愈见开显。以佛法所明者，即宇宙万有之真实性相。科学愈精进，则愈与佛法接近故。

今且先言天文：在昔东土，仅知上天——日月星辰等——下地，中乃有人。西洋则基教徒利用希哲地为中心学说以传布于世。迨哥白尼氏既明太阳为中心后，迄今复有以无中心之说宣传者。盖已经过若干度之进步，以之空中恒星实无数量，相摄相抵，无主持者，故恒星为中心之说亦除也。至此，始证明佛经云：虚空无边故世界无数，交相摄入，如众蛛网。

又云：世界依风轮而住，风轮依虚空而住，皆为实境，此其接近者一。科学家以水中有虫。内典亦云："佛观一滴水，八万四千虫。"兹事，余于十数年前，确曾在南京杨仁山先生处，用高度显微镜亲验之，此其接近者二。达尔文氏以人种由来，自种业遗传递蜕渐变而来，虽与佛法之世间万类皆由积集业力——品性——行为等而感报差别，遇缘各升沉靡定，尚有不逮。而较神造、天生之旧教，亦为有进，此其接近者三。生理家谓人身由循环器等集成，而其血肉皆为无数细胞积聚生灭而活动。与佛经所谓"观身如虫聚"；及谓受生之初，由"起根身虫"而起根身，宛然符契，此其接近者四。物质家谓固、液、气、三质，系万物之元素。佛经言四大：地即固质，水即液质，风火即气质。风动、火热合为一切力，如光、电、热力等，此其接近者五。随举五端，余不缕述。在二千年前佛经中已具此说，未有科学之新发明，人鲜有言。故科学愈见精进，则佛学上愈为欢迎，此其大足为佛法初步之确证也明矣。

云及假说，假说有两：1. 随迷情：例如法界诸法一说，恐不能尽人能晓，因取此宇宙万有之普通名词以代之。就常人迷情上之所名者，随与之语而实不符真义，故为假说。在佛陀垂示外道时代亦多类是。2. 随方便：得无上正遍觉者如实了知后，用世间通俗语言、文字、风范、威仪等，种种发挥宣说。虽佛智亲证者实为思量之所不能到，语言之所不能及，而亦不妨用兹方便假为言说，以化导于世人。如因明学上由比较思量而立宗，其错误者曰似比量，反之，比较思量判别正确者，曰真比量。科学家真正之希望和目的，本即在此。经云：菩萨于佛智当于何求？曰：当于五明处求。五明系印度古代科学，即声——文字、语言、因——论理、工巧——艺术、医药、内——即哲学。换言之，菩萨于佛智当于何求，即应言科学中求也。故科学得为学佛者方便利他之假说也。

但进一步言之，科学卒不能通达佛法之实际。此义云何？例如无上正遍觉者所证知之境界，是谓佛法实际，亦是宇宙万有真实性相。而此必须转自心为佛智乃能亲证，非用声明、因明等科学方便所假说得到者，故此但为过渡作用。而科学则执定其科学智识所知识者即为真实，宁不成失！又如有一大象，其周身百体，喻为宇宙万有之全部分。瞎子虽极仔细，但运用其按摸之腕，欲廉得其情实，若摸耳则言如箕，捏尾则言如帚，抚足则言如柱等。以自己之智识，断定其即箕之耳、即帚之尾、即柱之足，谓已得此象全体无缺之妙用，明眼人见之，宁不哑然失笑耶！真正佛学家对于科学，畴不云然！故唯彼无上正遍觉者妙明通达，如明眼人观活象然，见即遍照无遗，何待箕帚等之辗转譬喻证成公例哉？科学之不能通达佛法之实际者，如此。

科学之方法可为佛法之前驱及后施而不能成为佛法之中坚。释此，再据世间最深之迷情上抽象以言，得二说如下：

1. 迷有神者——我执：神，即神我，小乘人即空此执，以知因缘和合而有此身相生灭连续，幻有非真。如色、受、想、行、识五蕴等，暂起之际即复暂灭，刹那刹那变迁不停，如旋火然，见有圆影，旋转一停，安有此火影活动之幻想哉！科学家亦知生灭积集，无此神我之实可得，迷有神者悉为所破。

2. 迷有实者——法执：实，即法之谓，唯物家所称之物质亦同此。但谓万物各具原质，系单纯之元素积集所成，进为原子、电子等说，则由"唯物"派进堕于"唯力"；若更深进，安知不将有虚空粉碎之一日哉！盖唯物为耳闻目见之有者，至唯力则已为闻见所不及之无，益信科学之方法，足为佛法之前驱也！所谓研究愈精与内典愈足发明者，即以此故。若夫后施作用，言菩萨得证真如之后，可参用科学方法，施行于一切有情，裨令悉数觉悟，舍弃迷情。正合于《法华经》"以方便力故，为诸众生说"之深旨。如小乘《俱舍论》等，方式极精密，理论极周致，适与科学规律相仿佛，而更高出其上。以之联袂共进，携手偕行，何难达于至善之邦、菩提之道哉！所谓科学并足为佛法之后施者，亦以此故。

归根以谈,科学毕竟不能成为佛法之中坚。以佛法中坚,须我、法二执俱除,始谓之无分别智证入真如。如瞎子忽然眼光迸露,亲见象之全体,一切都豁然开朗,从前种种计度无不消失者然。科学家譬只知改良所藉用之机器,而不能从见之眼上根本改良。今根尘、身心等,皆是俱生无明之性,若不谋此根本改良,乃唯对境之是求,执一之是足,将何往而非瞎子撞屋,颠仆难进也哉!滞迷情之见者,可以休矣!

故佛法之中坚方法,即为完全非科学的,专息灭建筑在戏论分别上之科学的,以非如是则终不能打破无明得大觉悟故。然若能依佛法中戒、定、慧三增上学,布施等六波罗密行,精究实行,则勒马崖头,共登坦道,脱黑暗之火坑冰埑于庄严佛土,出狂热之社会群众

于清凉境界，夫亦何难之有？

佛法与心理学

佛法广博幽深，无乎不备，无乎不精；经论组织亦尽善美，无待后人弄斧。但应时世要求，以科学之方法为分类之研究，亦吾人之责！心理学者，为近世科学之要部，以后进之故，未至大成。佛法虽广，要归一心，故于心理阐之特详。以此特详补彼未成，佛教徒之义务有在，今略研究以立斯学张本。

世俗心理学，就生物及常人心理作用观察，但为叙列述明之记录而已。过此以往，则为溢出常人经验范围，非本科所应有事。佛教心理学不然，集类推论而外，又必抉择善恶，指示修证，而后此学有所应用，不至空谈学理。兹分三类研究：

一、情的心理学

随生系爱之为情，谓随所生异熟报之生命，系缚爱着，以末那我痴、我执、我慢、我爱四惑为中心。楞严以想轻情重分众生之升沉，故鬼、畜、人、天、一分菩萨皆未离情，但有多少分别而已。瑜伽四真实中此为世间真实，即是世俗常识。此类心理，既须究明末那四惑，同时必显末那内执之赖耶，与外依之六识，由之以及相应心所、相分色法、分位假法等；彻底究竟，即此已非世俗心理学家所能望其项背，况后二类心理学耶。

二、想的心理学

慕胜求真之为想，或不满意于现前之生活而别慕高远，或不信任于幻众之境界而推求真实，如希生天、愿生净土，及修世出世之定慧等。此种心理以第六识之作用为最强，人天菩萨皆有而优降不同。四真实中为道理真实，由观行起，专为研求真理之哲学、科学亦属之，乃情的转为智的之枢纽也。

三、智的心理学

如实现知之为智，谓现证诸法实相之无分别智，即净分之八识与五遍行、五别境、十一善心所为体。菩萨、如来同具而唯佛为证极，四真实中为净智真实，由智证得。

如是三类心理，亦可合为二类：情的心理与想一分，为凡庸心理学，四惑所染杂故。智的心理与想一分，为增上心理学，四智所清净故。如是三类二类，皆前染后净，如欲修证，当舍前趋后。其方法如经论明，兹不详述。

佛法与医药

我是研究佛学的。表面看来，好像佛学与医学毫无关系，了不相涉，但如果把医学的范围放大了，作广义的讲，佛学也是医学；就是各种宗教、哲学、政治、法律，都可视作医学，归入医学范畴之内。古语说："上医医国。"能成一位上医，不但要能治疗人类生理上的病患，并且还要能够治疗社会上的病态。还有所谓："礼施未然之先，法禁已然之后。"施诸未然之先，不就是预防医学吗？禁诸已然之后，不就是治疗医学吗？

我们知道：一切自然现象，可以归纳为三种：一、物理现象，二、生理现象，三、心理现象。普通的医学，唯在生理现象，先从基础医学上的生理、解剖、组织、病理等部门，进而研究临床各科，如何保卫身上的健康，使得身体上各种机能充分发达，不受阻碍。如有内在的不良变化，或外来的不良侵袭，能以药物上或理疗上种种治疗方法，使之消除，恢复原有活力，或更增进而充实之。现时更着重预防医学，力求减少疾病因素，防患未然。

若再扩大一下，就可普遍到一切物理现象——这里所讲的物理现象，也是广义的，可说就是物质现象。讲到物质现象，也有种种病态，种种的演变进化；我们要大至虚空的天体，小至肉眼所不能见的一切电质，仿佛和研究人体组织一样，明其相需，辨其相异，调和其冲突，循自然之法则，使宇宙间一切的一切，都能得到相当安定、健全、调和、美丽，便也成为医学内的事了。佛学上对于宇宙一切，称之为法，而法又莫不了知于识，所谓"万法唯识"。如果知识不足，于万法不能透彻明了，不能适应恰当，生活上就不免发生种种的烦恼痛苦，造成了心理上的病态，和行为上的罪行，这都是不能明法所起的错误。我们要把心理的病态治愈，岂不也是成了广义的医学吗？

说到心理现象，最冲动明显者，莫过人类。现代医学也研究"心理卫生"，促进心理健康；佛学对心理现象特别注意，特别注重医疗心理病态。虽然佛学五明中原有医药明一项，可是更着重内明；佛经上赞叹我佛世尊为"无上医王"，也可见佛学与医学的关系密切了。

什么是心理病态呢？就是"烦恼"；浅言之，人类固有烦恼，就是一切众生，都不能烦恼免除。佛学上的所谓烦恼，和普通一般解释不同，普通以为不适意不愉快叫做烦恼，佛学上的所谓烦恼，包括精神上一切扰害。这种扰害的烦恼，细说起来，有贪、嗔、痴、慢、疑和身见、边见、邪见、见取、戒取等，尤以贪、嗔、痴为烦恼根本；所以贪、嗔、痴又称三毒。对事理不明了曰痴，对事物易起恼怒曰嗔，对名利恭敬等贪求曰贪。其余慢、身疑、见、边见等等，都缘此而来。

总而言之，一切众生都是有烦恼的，不过或多或少不同罢了。可是种种烦恼病态,平常隐伏不见,要想根本完全没有,那就要做治疗功夫了。这种治疗隐微的功夫,也和医学上用显微镜精密检查病菌一样;佛是明了遍知的。如果心理病态不能去除,烦恼妄动继长增高,小之则害其身,害其家,大之则害于国,害于世界。现在日本军阀之侵略我国,纳粹德国之蹂躏全欧,丧心灭理,好像疯狂一般,祸害了千百万人,都是贪、嗔作祟。所以心理病患,害于自己,害于他人,比生理上的病害,何啻超过千万倍!

佛学对症下药,医治心理病态,所用的修养功夫,就是所谓三增上学,亦曰三无漏学。什么是三无漏学呢?就是戒学、定学、慧学。这戒,是行为上的基本规范,是基本的修养方法,相当于儒家的所谓礼——"非礼勿视,非礼勿听,非礼勿言,非礼勿动。"在家有五戒,沙弥有十戒,比丘有二百五十戒,总而言之,戒是初步的治疗。定,就是禅定,禅定入门法是静坐,但禅定不专限静坐,不过要使心力能够集中统一,身心安定,然后能发生平常所没有的力量,以精神力量支配生理、物理;到了修养纯熟,那么平常所不能见到的也能见到,平常所不能抵抗的也能抵抗。因戒生定,使贪、嗔、痴制伏不起;再进而因定生慧,乃消灭三毒。

所以戒、定、慧三者,更是着重最后的慧。慧,以戒、定之力,而观察透视宇宙间一切微细的变化和真相。如现在科学证验要借助器械一样,借助了戒、定的慧,证明人生真相,宇宙真相,自然不起贪、嗔,识诸行之无常,明诸法之无我。如果达到了慧的修养,然后心理病愈,和一切自然现象都不起冲突,而成功所谓极乐世界矣。因此,我敢说宇宙的一切,都是医学的对象;一切的知识,都是医学的知识,一切的法则,都是医学的法

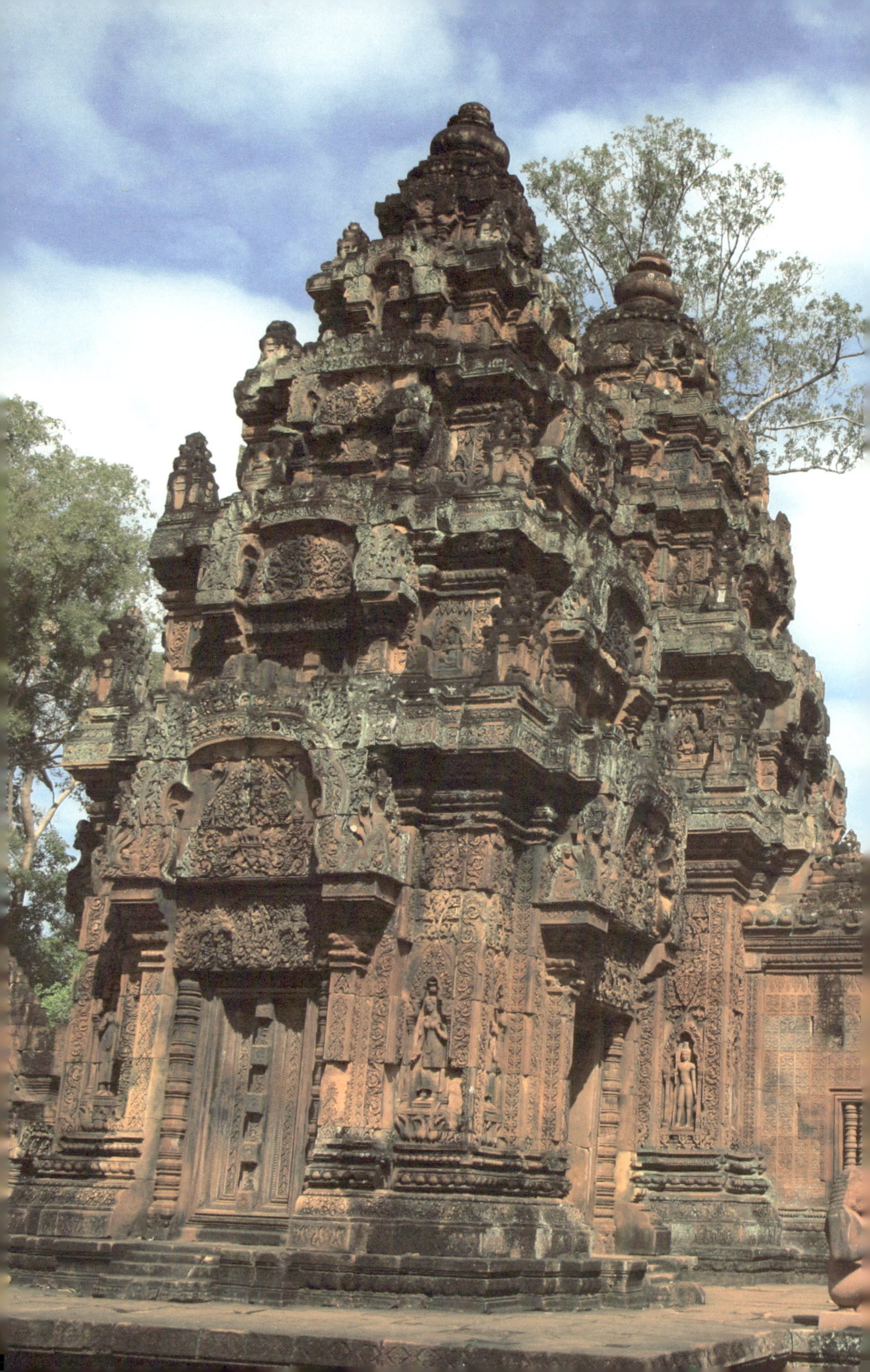

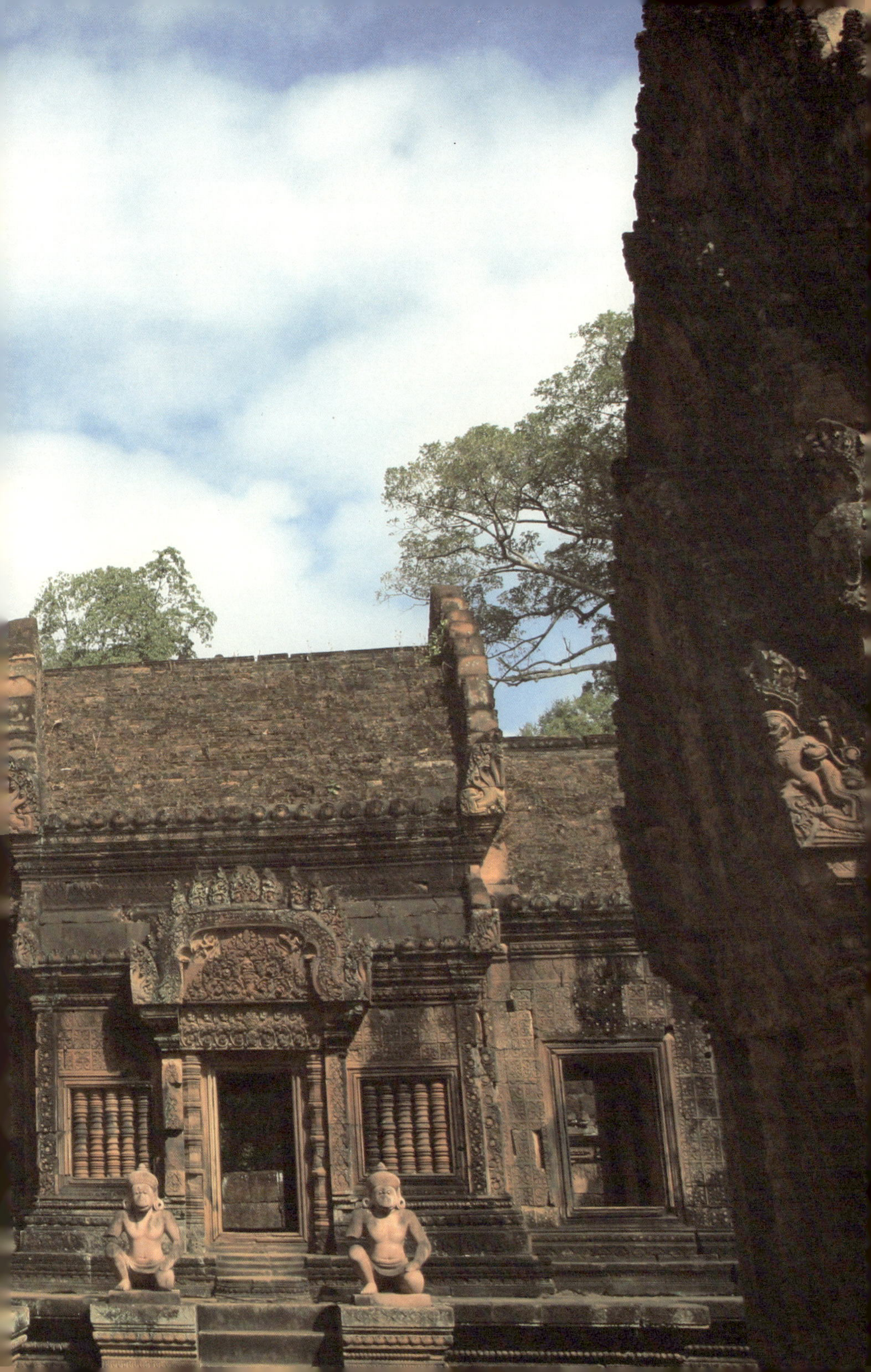

则；一切的功用，都是医学的功用。佛学应病与药，当然也就是广义医学。

佛法与国术

今讲佛学与国术，然我于佛学虽稍有研究，于国术则全系门外汉，故此讲题仅能得其半面，此则须先请在座诸君原谅者！就名词上看，佛学与国术，似乎无甚关系，但一究其实，则相关之处甚多，今请分述如下：

一、佛学原理与国术原理之一致。国术以锻炼身体使健全无疾病为原理。佛学亦以锻炼心身使健全无疾病为原理。唯其入手之处则不同，国术以炼身为入手，锻炼身体而祛风寒、湿热、虚弱、痨伤等症；佛学则先从精神方面着手，从心至身，使心身健康而解脱老病等苦。人类精神上有种种疾病，一若肉体上之风寒湿热。其病为何？即贪、嗔、痴、慢等。此贪等病，由于六根、六尘所感起之七情、六欲，其痛苦殆又甚于风寒湿热之加害肉体。佛学乃先锻炼精神使其健全，由此健全之精神，使肉体成坚固不坏。佛学上以佛身为金刚身，金刚即坚固不坏义，此原理上相同之点，一也。

佛学与国术，非唯在消极的方面使身心健全无病而已，更积极地使身心充强有力：国术锻炼之目标，在使四肢、百骸、五脏、六腑乃至一一毛孔，皆浩然充塞强大之力；佛学亦然，故佛一名大力尊，乃表示佛在心身两方面都有充实之力量。我人在佛殿中每见大雄宝殿四字，雄即英雄，冠大字，以佛为世间最伟大之英雄故。近人称甘地为圣雄，圣雄二字之含义，与圣贤二字稍有不同；因圣贤不过表示良善，此则除表示良善外，又示其勇猛强健焉。称佛曰大雄，乃最尊尚之名词也。有大雄而后有大力、大勇猛、大精进、大无畏，此佛学与国术在原理上相同之点，二也。

二、释迦牟尼与武术。佛学之精神，在历史上能具体表现之者，乃为释迦牟尼。今日为旧历之四月八日，即佛诞纪念日。今国历虽改用阳历，民间习俗上仍以今日为浴佛节，而贵馆（此文为太虚大师在中央国术馆的演讲，编者按）所订讲期，初虽未尝留意，而适值是日，足见颇有因缘。甚愿释迦牟尼之真精神，能活跃地涌现于人人心中！释迦为一民族之姓氏，义即"能"；当时此族为印度最有强大能力之一族，故得是称。牟尼译为智者，与释迦相连，则为强大有力族中之智人。此就释迦牟尼之种族上言，彼与武术实有密切之关系。

再从其本身上讲，世尊于道德、智慧、才能，固无所不具，且亦孔武有力。幼时，父王延国中著名武师名羼提提婆者教其习艺，学未久，即尽得其传，而超过其师。及其成年，更为骁勇。当时印度国习，每年集各国王子竞赛武艺。一日，竞射各种强弓，释迦牟尼均不适用，后以库藏神物历代遗传之宝弓射之，穿七重铁鼓又七铁猪，入地成井，后人称为箭井。同时，有一力士杀一巨象，尸阻于路，世尊伸一手将其上掷空中，堕地成坑，一时惊服四邻。象坑与箭井，遂同留为印度史上之美谈，此世尊身力强健之证也。

世尊非唯在身体方面强健而已，精神方面尤觉坚实。《普曜经》言：世尊将成佛时，在菩提树下入定，有若基督教所言撒旦之魔者，用种种方法，恐吓威迫，谓若不起坐将举而掷诸海。世尊不为动，徐言曰："设有因缘于此坐处，身碎如尘，寿命磨灭，不成正觉，终不起座。"此所谓魔，内即为贪、嗔、痴等诸烦恼魔，外即为欲界天魔。世尊具坚实强健之精神，故能透破魔之包围而成正觉。

《法华经》曰："以禅定智慧之力，得法国土，王于三界，而诸魔王不肯顺伏，如来贤圣诸将与之共战，破五蕴魔、烦恼魔、生死魔。"而佛之说《法华经》，其目的在使佛之弟子人人能将魔战退，成于佛道。故佛不唯以自己强健之身心将魔击破，且以其勇力总摄世间良善之势力，以制伏世间一切恶势力代表之魔，此世尊心健之证也。

上所述世尊身心两健之证，但就通常眼光观察，实则佛之境地，乃至不能以言语形容，此即所谓不可思议力。史载：世尊出游，有五醉象癫狂失性，横行道上，人物遇之，罔不毁灭。世尊至其前，五象即纷纷跪伏。人问："何术制之？"佛言："并未起心制象，唯恃大慈大悲之心，同体平等之力，自然地感化一切凶恶之众生靡不驯服耳。"此乃身心修炼成功至极，力量自然表现之证。在国术中，亦有此现象，凡修炼至于极处之武士，对付一切防卫之功用，不必审度计较而应付裕如，殆若本能之动作。此世尊具有不思议健力之证也。

三、少林寺与国术之关系。少林寺以禅宗及拳术著名。禅宗之东来初祖达摩菩提，曾在该寺面壁九年。相传达摩著有《洗髓》、《易筋》二拳经，故拳家奉达摩为宗祖。唯考达摩过去之历史，与我国拳术之关系，实际犹难考定。要之，达摩虽与拳术无明显之关系，而少林寺与拳术之关系，则甚显著。缘与达摩同时有慧光者，本系武技师，在少林寺出家，居寺中多年，后至南京。一说：慧光即慧可、神光。夫以武师出家为僧，又能名扬后世，其有惊人绝技可知。

又《神僧传》载：少林寺被盗，相持正危时，一烧火僧自厨下出，只身与众盗斗。盗退，和尚腾空而上，自称紧那罗王而去，寺中至今供之。和尚去后，在其禅室发现许多图式，示寺僧以锻炼拳术之方，后人仿其法以锻炼，乃蔚成少林一派。唐太宗时，因征王世充而延少林寺僧昙宗、志操、惠玚等为助，执世充侄仁则归唐，封昙宗为大将军。凡此事迹，皆与国术有关者也。

四、武当派与少林派之渊源。我国武术，近分内外二派：外派即少林派，内派为武当派。武当派以元明之际之张三丰道人为宗祖，实亦脱胎于少林派。盖自赵宋以降，一切文物皆深受佛家禅宗之影响。即如道家当李唐、六朝时，唯以采补、导引、炼气、服食为事，至宋时始知性命双修。以为欲修长生之命，当先修性，修性之法，即在于修定，显然从禅宗学来；故武当派之所谓内功，乃系结合佛道两家之学术而形成之修内丹新术。此尤可见中国武术，无不与佛学历史甚有关系也。

五、中国武术之溯古。武术今称国术，可知为中国固有之技术。中国既怀此国术，我中华民族当强盛有力，而今反衰弱者何也？请言其故。秦、汉以前，所谓士农工商之士，皆习武艺。六艺之中，有射与御：射、即射箭，御、乃御战车、战马，与今之驾飞机、御炮车相若。故古之士君子、士大夫、皆强毅有力，威武不屈。即如孔子一族，孔子之父叔梁纥，为鲁国勇士，孔子亦强悍有力，齐鲁之会，以一人而劫齐侯还鲁侵地。又若颜蠋、蔺相如之流，亦皆文人而有强健之武者。就此推论之，我中华民族，原为一强盛之民族。

降及后世，国家统一，为帝王者，只要一人刚而万人柔，深惧强武多事有碍大业，于是重文轻武。士君子专以读诗书为务，帝王乃得操纵于其间，循至习文者手无缚鸡力，武人亦成一不知诗书义礼之野人。因此武人之地位下降，不为社会所重视，

然文弱书生不足以捍御边疆，武人又皆为一勇之夫，毫无谋略，乃启外族之侵凌。梁武之朝，达摩东来，其时中国士风已委靡不振，武人之地位更形低落，其最大之输入，厥为佛教，而少林拳术亦于是时发轫。至于有唐，以佛学兴盛，民族精神亦随之振起。迨宋儒，专倡理学，唯务高谈，文武合一之精神益形涣散。经元、明、清，而形成今日之颓唐衰靡，其能保存中国武术之精神千余年而不替者，唯在佛教之少林一派及渊源少林之武当一派。知此，则佛教与国术之关系，将益形亲密矣。

六、国术应正名健强术。贵馆以国术为名，负有使全国人民身体强健，及提倡中国国粹，发扬中国国光之责任。但在原理上、文化上、佛史上言，实无一定之国界，似可取"健全无病"、"坚强有力"之义而通称为健强术。顾健强之术，非唯国术而已，譬如医药疗治可除病痛，滋补可使有力。唯医药有假于外，非由内发，故于健强之义有间，只可强名之曰医的健强术；其无假于外者，则为锻炼身体，使四肢百骸乃至毛孔皆充实发育而有力，方为真正之健强术。若就广义言，佛学亦健强术：因佛法不重理论，重在实习，期于由心及身均能发达健全。其与国术可并称为健强术者，不特原理上同，致用上亦相同。

如近日盛称之印人甘地，其所奉乃印度各教融合而成之印度教，多分为婆罗门教，少分为佛教，彼所倡之革命主义，非学西洋之方法，亦非假外力以周旋，乃以其自身及民族之宗教精神，致之实用以贯彻其不合作、非武力抗英之目的，若得成功，当开革命史上之新纪录。然我人在此当注意一事，即甘地所信奉之印度教中，仅含少分之佛教精神，其效力已如此可观，使我人不得不信仰精神力量足以战胜物质，而佛学之为健强术，亦彰明较著矣。

七、贵馆负有复兴民族及佛教之责。今日至贵馆讲演，提出此题，实有大希望在。因中华民族自汉、唐以来，尚武之精神渐衰，至今日而至于极！中原鼎沸，外族侵凌，百孔千疮，几于不能自拔，同时，千百年来保存中华民族尚武精神之佛教，亦随之而每况愈下。学者大都萎靡不振，消极退缩，勇猛精进之力量，大慈大悲之精神，几无复余存之势。即若所塑佛像，亦失西藏、锡兰等处所塑之挺拔威武，此在唐代之像，尚未全失，宋、明以还，唯能表示慈悲一方面，雄力一方面已不存；有慈悲而无雄力，每易流于畏葸懦弱，此可证颓唐之民族精神已反映于佛教艺术之中，而佛教徒亦不能作中流砥柱，为时代之表式。

今欲求中国民族之重兴，中国佛教之复振，必须提倡健强术。为士者恢复其固有之尚武精神，学佛者振作其大雄大力之精神，乃能复兴民族，重光佛日！兹故略说二者之关系如上，深望诸君能了此复兴民族与佛教之重任，努力振作，提倡健强术，民族、佛教实利赖之！此则予讲此题之微意也！

佛法与美学

美与佛的教训

佛陀教诫诸弟子，作不净观，观人的身命，以及万有的身命，皆为不净，使之厌离而不贪着。不净观即不美观，此即观人等自然界为不美；人等自然界既为不美，则依此自然界为质素而人造之技术的文艺等，亦无美之可言，自为当然的结论。且佛陀又说人或人而上的有情类，于五种官觉上，感的美色、美声、美香、美味、美触所生起之爱，与贪财、贪淫、贪名、贪食、贪睡，都称之为五欲。这两种五欲，皆是牵引人等有情流转于生死轮内，使其不能进化而达于高超之宇宙的。

是则人类等自然界由佛陀的不净观说，根本上不承认人等宇宙中有美的存在。又由佛陀之五欲说，则以人等若误认为美，而起心贪欲，即为漏落于生死轮回的苦因。故似乎我们在我们的宇宙中承认美的存在，以之而有审美爱美的心情，皆为佛陀所说之法中不容许的。

虽然，此仅为大乘佛法对于低等不完美的宇宙，所下消极的、否定的观察，亦即为大乘过渡的小乘法观察，但决非如佛陀之普遍的、无限的宇宙观察。以佛陀所成就之最高的、完美的宇宙来比较观察人等的自然界，犹是进化未臻极高度的完美宇宙，故人等未可苟安于进化未臻高度的不完美宇宙中,不更求向上的进化。若为更求向上的进化,则自然方面须认清人等的宇宙未为完美,不足贪恋,然后一方面乃能勇猛精进的以创建更高更完美的宇宙。

故佛陀的法中,又表现为佛身相好的人生美,及佛国庄严的自然美,以为积极的、肯定的之进化趋向。譬之对于社会主张革命的一方面,消极的否定现在社会为不美,乃有必须打破之意义。一方面积极肯定将来社会为较美或完全美,乃有必须创成之意义。依此必须打破及创成的意义,乃有社会革命的实行,及社会进化的实现。佛陀是对于宇宙主张革命的,故对于人等的自然界观为不完美,使更进求佛身、佛国的完全宇宙;故以观不美为破坏之手段,要求由较美至于完全进化及建设之目的,以要求由较美至于完美。故佛法从积极上肯定了审美爱美的观念,而有佛教艺术美之涌现。

但佛身、佛国的完美宇宙,虽不是理想的、假说的,也有是已成的、且现存的,但其已成的、现存的完美宇宙,原先是从我们一样不完美宇宙改良进化而成的,故我们的宇宙虽未见完美,须要更经重重破坏与重重建设,但已有进于较美而成为完美的可能性,故可即由人生未完美的宇宙,改进为较美以至完美的宇宙;并不是观人等的宇宙未为完美,即可抛弃了离开了而别走到一个已成的、现存的完美宇宙中去,故此是佛法与别的宗教不同的地方,而又是与改革不良社会为良社会的社会改革家相同的地方。

由此,远之可以庄严自然界而造成净佛国土为工作的菩提萨埵,叫做宇宙的更造者;近之亦可叫做社会的改革者,叫人们勿贪恋着已成的、现存的未完美的美,应发挥可由较美进至完美的可能性，不惮改地以创造更美更完美的人生美与自然美，这才是佛陀的教训！

佛陀法界之人生美

法界，谓一切法的总和，等于通俗所云的宇宙。故佛陀法界，即佛陀的宇宙。瑜伽等论以佛陀的三十二大丈夫相，及八十随形好，与十八不共法、三不护、四无畏等，描写佛陀的身及心之综合的人生美。《华严经》以如来现相毗卢遮那佛不思议法，如来出现等品表示之，而总略说为如来十身相海品，及如来随好光明功德品。所谓：

如来顶上有光照一切方普放无量大光明网等三十二大人相，眉间有遍法界光明云相，眼有自在普见云相，鼻有一切神通普见云相，舌有示现音声像云等相，腭牙齿唇等有示现不思议法相，胸臆等有吉祥海云等相，手有影现照耀云等相，指掌有现诸劫刹海漩云等相，阴藏有普流出佛音声等相，臀脾腨等有庄严海云等相，足有一切菩萨海安住云等相。略况为九十七大人相，广析为十华严世界藏世界海微尘数大人相，一一身分众宝庄严。

更以随好光明功德，显示由佛陀之身心美，与种种人生宇宙交涉而起之业用美，所谓：如来有随好名圆满王，随好中出炽盛光，照十佛刹微尘数世界，遇其光、闻其声、蒙其香者，皆得辗转向上增进，成就善行。即以如是色心、自他、主伴等，至无障碍之人生真相，以为相好庄严之佛法界人生美。

佛陀法界之自然美

《摩诃衍经论》中，叙述出过三界诸妙净土所有庄严美妙，深广无穷。《华严经》之"世主妙严"、"华藏世界"等品，尤敷衍无尽。所谓：其地坚固，金刚所成，上妙宝轮，及众宝华，清净摩尼以为严饰，诸色相海无边显现，常放光明，恒出妙音，宝网香璎周匝垂布，宝树行列，枝叶光茂，宫殿楼阁广博严丽，诸庄严具流光如云，从宫殿间萃影成幢，无边菩萨众会咸集。

又如"世界成就品"中，所谓：世界海起具因缘，世界海所依住，世界海形，世界海体性，世界海庄严，世界海清净，世界海佛出兴，世界海劫住，世界海劫转变差别，世界海无差别门。

广明无限虚空中无数无量之世界，如网珠交映，光影重重，相摄相入，相坏相成。即以一多、大小、永暂等互无障碍之宇宙真相，为常遍圆满之佛陀法界的自然美。

佛法中流布到人间文学美

佛陀流布为人间之美的文学，有其次第。佛陀住世之时，虽已有贝叶书之写诵，且以有文饰才之大迦旃延，为十大弟子之一，然重在悦可众心之佛陀说法妙音，及一般听众对于佛陀之称赞歌诵，犹未具体表现于文学。已而有第一次、第二次、第三次之三藏结集，尚传持于口诵，及着为质朴说理之经、律、论等。佛灭后五百年，有大诗人马鸣，着佛本行赞，文辨斐然，为一般印度人所传诵；于是佛教遂于印度民族中，发生伟大之美的文学。已而大乘之《法华经》、《华严经》、及称赞诸佛净土经等次第流传，在印度文学中乃呈深博雄丽之奇观。

传入中国，于中国浓厚之文学风气中，演生为天台宗、华严宗、净土宗诸派之学说，类皆臻文学作品之上乘，其影响于中国六朝、隋、唐以来之学者殊钜。尤以中国之禅宗文学为最奇特：一方则超脱一切经、律、论、疏之学说拘束，直探赤裸裸的佛陀真觉界；一方则应用风光景物，细语粗言显第一义。故既用当时的通俗话，以表其当时妙悟之真理，创成极优美之语体文学，又创成许多诗歌等形式的玲珑活泼韵文，开出一中国文学中特殊之面目。朝鲜、安南、日本等，皆承此流风。至

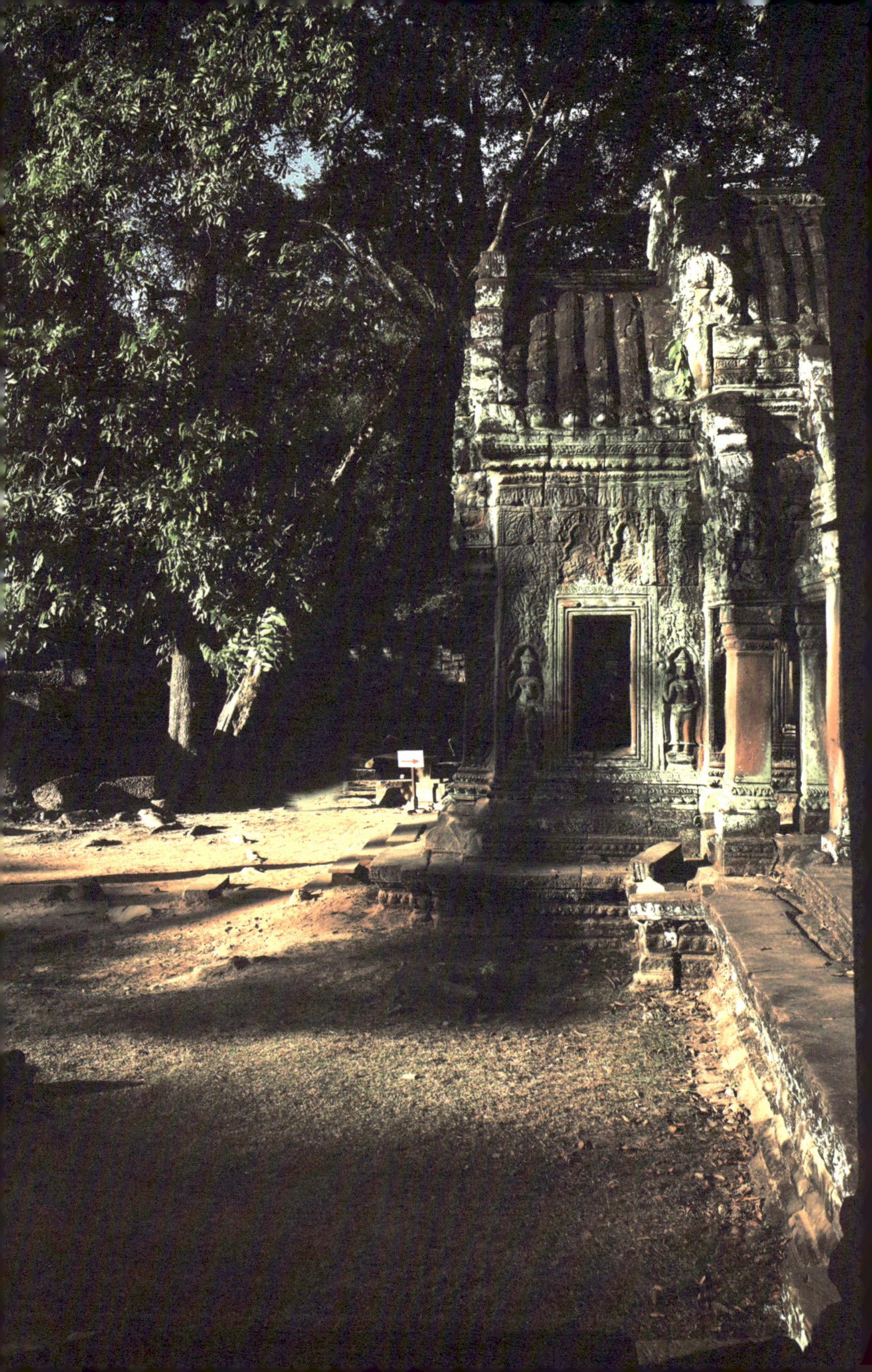

由佛教之文学，成为中国西藏、蒙古、锡兰、缅甸、暹罗等之民族文学，更不待言矣。

佛法中流布人间的艺术美

艺术美，姑略分为建筑的、雕塑的、音乐的、图画的以叙述之。此等美术，皆滥觞于佛陀住世之时，若只洹精舍、竹林精舍等，屋宇之建筑，以及灵鹫山等岩窟之禅室，今已为发掘古物者之所称道。他若佛史上有名的旃檀佛像的雕刻，比邱等读诵之有音律为节，起居之有乐器相应，而壁画亦发其端者。其后，与希腊、波斯等美术相影响，先有表现佛净土之宫殿建筑、形像雕塑，而佛教之音乐、图画等，亦以日滋。中国承之，有梵呗等音乐，及诸塔像、图画等，后期演为真言宗的风尚，其四曼陀罗之陈设，三密相应之仪轨，尤完全以组织的调和的之建筑、雕塑、图画等艺术，以为体达其理观，摹写其实证之工具。至今考证之，由印度传于西藏之佛教艺术，及由中国传于日本之佛教艺术，为全世界之研究东方艺术者，所称美无穷者也！

然佛法之文艺美，乃出于佛智相应之最清净法界等流者，应从佛教之文艺流，而探索其源，勿逐流而忘源，方合于佛法表现诸美之宗旨，是则所应郑重申明于研究佛教美术诸君之前者也。

佛法与新思想

第一，知识。人类知识，万别千差，举其大要，可分三类：曰研知外物，曰改善身心，曰妙契真常。研知外物：今日科学知识，号称物质文明，不顾身心，专研外物，得其因果定律，变化原则，改造利用，以满足人类之欲望为目的者也。自身之欲望无底止，科学之演进无已时。第此类知识，偏于唯物，而于身心改善，全不计及，攘取掠夺，唯利是图。溯自十字军之役，欧人攘取东方知识——如罗盘针火药等——而进为西方文明，实启近代实用知识物质文明之端；由是科学思想递演递进，以至今日，风靡一世，可称全盛时代。

一般心理，几谓欲求知识必于科学，科学而外，靡复有他。殊不知科学乃知识之一种，善用之足以利用厚生，不善用之反以助成恶业。方今举世扰扰，竞争贪惑，未始非不愿改善身心，误用科学，阶之厉也。

改善身心：吾国之老、庄、孔、孟——儒、道二教，以及西洋之苏格拉底、柏拉图等，咸主改善身心以适合自然环境，使天真之乐流畅乎身心，则人人各适其所适矣。其为教也，以节欲为主——物欲乱人，如老子五色令人目迷，五味令人口爽，以及孔子格物致知等。格物者，格去物欲也，修养为功。古语有之：十年修学，十年养气，即本此旨。故与前类知识，适相径庭，一则反己，一则务外，一主节欲，一主满欲，精粗深浅，有天壤之判矣！

妙契真常：烦恼充塞乎天地，生死无逃乎古今！佛陀悯之，为说诸法本来如是之真相，以显缘生性空，因果不紊，使闻者生解，因解起行，远离颠倒，妙契真常，方为究竟。真常，即法空所显真实常如之法性；通达此法空之真性，则知万法如幻；既知万法如幻，则何取何着！由是烦恼销落，诸苦不生，证得寂灭解脱，所谓以清净因，获清净果。故曰：因果不紊。此为第三种之彻底知识，愿诸有志，深长思之！

在欧战前百年间，一致高唱物质文明，认科学为唯一知识。欧战而后，形势既变，见理亦异，始恍然于科学之外，更有孔老之学，佛陀之说。一则改善身心，一则妙契真常，视科学之一味外求以为末矣！西人遂转注意于东方文化，而从事研究。然仅仅窥见佛学之一斑，而欧洲各国最新之思想家已认为彻底之知识，而佛教之普遍世界，其为期当不远矣！

第二，哲学——新实在论。近今哲学界，以英国罗素为代表之新实在论为最进步，试与佛学略一比较。宇宙万有，真相难明，或主唯物，或主唯心。主唯物者，坚执宇宙万有由元子、电子所成。主唯心者，谓森罗万象，唯心所变，如梦如幻，断断相角，已匪一朝。唯罗素主张心物相对而有，系由论理构造而出之概念，不能认为本元；世间之最根本、最简僻而是实有者，只有一刹那。一刹那所发现之事情，以眼、耳等识可以直接经验得到，故其断定"事情"为根本元素。例如一钟，其形式、颜色、声音、硬性等，眼可见，耳可闻，触可及，此等事情，故是实有；但寻常所称一个钟之个体的物，从哲理判之，完全不能成立。因钟之为钟，除形式、颜色等外，更无钟物之存在。即就形式言，乃从各观点所观不同形相之总和，亦非整个。

故平时称之为钟者，乃人类之习见，实则只可为代表"一组事情之假名"耳。个体既破，不特整个之钟无，整个之人亦无；物然、心亦然。故知宇宙间，唯有刹那变现之事情存在耳。然事情不仅属心的现象，以照相镜亦能照见故——罗素以照相镜为能见，此亦谬见，读者注意——不定属心，不定属物，故新实在论，亦名中立一元论。

综上所述，罗素空于个性，而不空于事情；大乘佛教，并事情而空之，故不相类。只小乘佛教二十部中之一切有部，空人而不空法，与罗素之说为近耳。其说为哲学界最新之思想，而接近佛法之真理，已非前世纪一般唯物论者所可及矣。

第三，科学——相对论及能子论。在近世科学界，有绝大之贡献者，厥唯爱因斯坦之相对论，以精深之算理，阐自然界之真相，非数语所能详尽。概括言之："宇宙间一切事物，都是相对的。"观于山也，近观近色，远观远色，山色近远，故是相对。煮于水也，久煮热高，暂煮热低，热度、时间，故是相对。但相对论要点，在明物理事件之时间、空间等性质，概由于观察者之观点而异，故异于旧时物理之理论定律。总之，宇宙间一切事物，无有绝对，不过对彼现此，对此现彼，彼变则此变，此生故彼生，绝无一件事物可为绝对之标准者。

此类学说，与佛教三性中之依他起性，颇相近似。依他起性者，依他而有，即一切法待因及缘而生，都无自性之谓；都无自性，显无绝对，依他而有，显有相对。物理事件，系乎观察者之观点，亦合唯心之理；然时、空之见不破，于究竟真理，犹未免一间之隔耳。相对论外，更有最新之能子论者，将旧时物理学及化学以物质为基本之见解，完全推翻。原子、电子之说，尽可消灭而转变为能力。物质既可变为能力，则能力应可成于物质，宇宙万有皆为能力之所变现，犹如水为氢氧之所现，故曰能子。此能子论与佛学中之一切种，义颇相符；一切种即第八识中含藏能生宇宙万有之一切功能力用，虽佛学由实证而知，能子论由推测而得，未可相提并论，然亦足以见新思想与佛学渐趋接近矣。

第四，素食——外人之素食见解。人生之大问题，曰衣、食、住、行，单论食之一项。吾人自累世来，缺乏合理思想，习成肉食；迨知识渐进，习亦渐改，故素食戒杀，为进化程序中当有之事。吾前曾往德国，于著名之城市，亦遇见素食馆三四处。某大学附近有规模宏大之素食馆，就食者多该大学之学生。在纽约、巴黎等处，素食之风，亦颇盛行。欧美一致提倡，确是大好现象。

考其原由，不外四端：一、博爱精神：人与禽兽，均是动物，好生恶死，知痛觉痒，曾无有异。况物类愚痴，应加保护，令减痛苦。西人素主保护动物，现更由保护动物而进为素食主义，足征博爱精神，为人类进化之表现也。二、卫生观念：动物被杀，必发嗔恨，一种毒素随之而生，顷刻间遍满全体，食其肉者即受其害；此从试验证明，不可不信。又生活元素，都含藏在植物中，一入动物体内，即时变坏，食肉养生，近世认为谬见。再据西人考验，人生细胞变换，与食品有直接关系，久食牛肉者，变为牛性而好斗，前次欧战之剧烈，亦为食牛肉之结果云。三、经济主义：西人以精密之统计法计算，以若干方亩土地畜牧，所获食料可养活十人者，即以此同一之地，种植谷蔬，所获食料，足以养活十五人。故人尽素食，不特令人之经济可节省，国家之经济亦因之而充足矣。四、佛教所阐：佛教在二千年前，已劝人戒杀茹素，如《楞伽经》等所说尤切。佛教来中国已久，故素食戒杀之风，吾国为盛。

但佛教所阐，不尽为人、畜平等，并显因果轮回。如《楞严经》云"人死为羊，羊死为人。"生死相续轮转无已。故今日之相吞相杀者，安知非前生之父母眷属？只隔世成异，不复相认耳！更有进者，佛教度生，重在感化，凡遇含识，应生慈悲，勿令惊扰。古代高僧，每能驯服猛虎，并非虚构。凤凰来仪，百兽率舞，非古圣贤之仁慈感化，安能臻此！实则禽兽食人，亦由心力感召，此有加害之心，故彼有残杀之意。心力不可思议，信然！

旧时见解，以素食为佛教之迷信，现代思想，谓素食为人生之真理，以素食为比较合乎理性也。以人类同为动物，自当互相爱护。至人类之所以嗜肉，西人从生物原理推之，良以人类由野兽递变进化而成，旧时习性，未忘致然耳。语虽深刻，然亦足以表肉食之为不人道矣。总之，思想愈进步，佛法亦愈昌明，此必然之势也。

佛法与文化

佛学与世界人类文化

文化，可以说是人类之产品，人类将自然万有，依人类需要而改造以适合人生，及其所得成果等，均谓之文化。由此广义文化言，世界人类文化，均由人类改变自然而来，可分三种：

第一，为人对万物的，乃人对自然万物而改造之文化。此自人类有生活开始以来，即由人类取自然物而使之适合人类需要，如古代采猎，已发生此种文化。因人脑在上，手可操作，故可运用思想及运用石器、木器等。此种初人对自然万物改造之文化，即史书上所谓石器时代之文化；中国史上，伏羲畜牧，神农垦植，黄帝造舟车，均改造自然环境以适合人生之需要而起，其改造结果，即为物质文明，衣食住行均有改造，即人对自然界改造所成之文化。此固自古即有，然直至今日，西洋之自然科学，乃可作为人类对万物之文化，逐渐发达之登峰造极。

盖东西各国，虽一代一代都有进步，然言人类对万物文化之完满成功，则直至近代自然科学，乃具有高度之理论及应用，以充分显示此种文化之特色。自然科学文化，亦即近代西洋文化，因近代西洋有分类深造专进之研究，故对于自然万物，能明其因果演变之自然公例，统制改变而应用之，以求适合人类之需要，乃成今日之工业文明。故近代之西洋文化特色，乃自然科学及工业之文明，亦即人类对万物之文化特色。此并非谓近代西洋仅有

人对万物之文化，而无其他对人对己之文化，然其特殊发达者，则在人对万物之文化。故此种文化，可以近代西洋文化代表之。

第二，为人对人类之文化：人对人类之感情、思想、动作，有不能与对万物相同者。人虽属万物之一，人对人虽亦可以有对与万物相同处，然不可尽同，以其对人类者亦为人类，而人类乃万物之灵。人对万物，固可以人为主动力而支配之以适人意，然人对人，则不可用人对万物之办法，以人与人大抵体力、智识无大高下，其不同者教育程度足不足而已。

故凡人类均可以通人类之感情、知识；且人类生性乃社会互助所成，人最初即有家族生活，如夫妇、父母、子女、兄弟之简单集团，在此种共同生活中：有感情，有谅解，有思想知识，而有人对人类之文化，故不同于人对万物之文化，其基本乃为人类情意调适之伦理道德，而后可以成社会国家而至于世界；故人类文化，乃人类心理上之情感理性相通处所引起之一种人类道德。由有慈孝友恭，乃至向国族而有忠义，对世界而有博爱和平，即人类对人类之文化本质。故用于政治之组织，法律之设施，亦须以此为本。凡此人情、伦理、政治、法律种种人对人之文化，至今西洋以科学方法而研究之，遂有社会科学，包括政治、法律、经济、组织等。

然西洋之社会科学，较自然科学迟且幼稚，故虽有社会科学，然未完成人对人类最出色之文化；故言及此种文化，反倒应该特别注重中国文化。尤其自周、孔以后，成为中国最主要之文化者，即于此人对人类之文化，察之深，体之切，自伦理道德而至政教礼法；故中国文化之特色，可为人对人文化之代表。虽社会形式以时而异，古为君主政治，生活为农业、手工业，今为民主政治，生活乃机器工业，然人对人之文化态度，仍以中国者为适当。孔子曾云："道之以德，齐之以礼，民耻且格；道之以政，齐之以刑，民免而无耻。"此以道德礼乐为人类对人类之基本文化；人对人之刑政虽不可免，仅居辅佐之地位，以优秀之人类，必需道之以德，齐之以礼，乃能安适。

由此种关系言之，故人类对人类之文化，以中国最相宜。设或养成了人对万物之习惯心理，不知不觉间用之以对人，乃成今日法西斯之办法：如希特勒自以为是人类立法者，彼竟将一切人类支配于手掌中，其思想乃以人对万物之办法对人类，故有今日之强横霸道而残酷之战争，以为一切均可以武力克服。而中国则本人情而行忠恕之道，推己及人；此西洋文化之为害今日世界者，必须要中国文化纠正之，而引其至于至善。

第三，为人对各自的文化：人亦自然物之一，人对各自之文化，亦任何时代、国家所均有，如解除自己饥寒的衣食，及为自己生存要求通力合作之社会、国家等；但由此发动出来的改造对象，在于万物、众人，故仍为人对物、人对人的文化。至如各人但为充实自己的知识而求知识，并非求生活或名位、权利，此始为各人对自己者。又如体育，固有为国家、社会之利益的，然亦有只求自身之强健的，亦可谓其为对于自己者；逮其有专进之造就，乃可为人类之模范，而有利于众人。

又如道德，常人以为对于社会始有道德，但人非仅对国家、家族有道德，即对自己亦有道德：对自己之品格、行为，改造善良，将粗暴者去之，而崇高自己人格，完成自己品行，自此种意义上言，即非通常之道德，故有一种精神道德，精神人格。人生于世仅数十年，故必须有一种功名、事业，然后可传于世界人类，如所谓立德、立功、立言——三不朽。

然人类生存于地球上，一旦地球坏灭时，人类之功绩最后亦归坏灭，故从崇高人格发展自己精神之极者，必有一种宗教之归宿，达于无生无灭、无始无终、至真至美、无所不通、无所不在的人生宇宙之根本。宗教目标，就是要使人类之精神与此相合，能至此，则人生之意义始可以无穷无限量，而成人类最高之价值。若人常思人生并非为他人而服务，乃在自求人生最高之价值，即发生宗教之信仰。

自哲学方面言，或自宇宙出发，或自人生出发，统言之，皆在达到最通遍之根本。其与宗教不同处，乃哲学以推理的思维力量，完满理解人生价值与意义。教育固可为造就国家人才而设，然古圣贤以教育自己而成美德，则全宇宙即为自己学校，而完成美德之人格。故宗教、哲学、教育，均可为对自己完成自己之文化。若以世界各国言，印度注重此人对各自之文化；中国虽亦有对各自及万物二种，然特点在对人类；故印度特点在对各自的，亦有其他二种。

佛学之出发点是科学态度，以其由现实之人生宇宙而出发，佛典谓之众生世界，即现实而无限量，其义亦有非仅人类目光之所及者，故云众生无尽，世界无边；以此众生世界为根基，故其讲明众生世界处，科学发达反可证明佛学。然佛学非止科学，以其追究到最根本最彻底，无论自何物讲——如一花一叶，均自其本身而达到其根本圆满，故可谓之科学的哲学。但还不仅思想达到即止，而知其一切均为因缘生果变化，有不断之改造，可以向上发达到究竟，故言"一切众生，均有佛性"；自各个人发挥其本性，而可以发达到最完美之智德，如佛陀是也。其所以能至佛果者，以释迦等已有此种事实上之成就及证实也，故可为吾人信仰所向之伟大宗教。以基以科学，而持以哲学，故亦为最理智之宗教。

印度及世界各宗教、哲学，均有相近处，而可为人类对自己最完美之文化，即为佛学；故佛学在世界文化之位置，即为人对自己文化之代表。此乃最根本的文化，所以人对物之文化与人对人之文化，均未臻美善者，以人本身未完善故。语云"人穷反本。"以各人均未美满完善，故其知识思想有错误，对一切均有误解，善者认为恶，遂有不善之行，若要人对万物及人对人类文化完好，必需人对于自己之道德修养、思想行为深深改造，始可以使世界至于美善。此依佛法之理，若能信解而进于笃行，由守戒乃至禅定，般若功深，则可去错误思想而舍不善行，发挥人类真正智慧，洞明宇宙真相，则由人对自己改造完善，而便对万物、同类均进于美满。

佛学与中国固有文化

此指西洋文化未入中国前之文化：虽衣食及政治、经济、制度、社会习惯等，均为文化，而此处所云中国文化，则偏重于文艺、文学、哲学、道德等以言;故今言佛学与中国固有文化,亦于此范围内言。且就文化特殊性言,亦即在此文学、哲学等文化。

由此以观中国文化,首即周、秦诸子:汉武帝前,未独尊儒术而罢斥百家时,如孔、孟诸人,亦即诸子之一,故总称之为周、秦诸子,包括孔、孟、老、庄、墨、荀及名家、法家等,均称诸子学说。孔子删订六经,其弟子作记,故孔子虽有集古代文化大成之地位,但在当时仍与诸子并行。推本溯源而称周、秦诸子者,以其于古代综合整理,而又各有特殊发挥;此时期,乃成中国文化最精彩之时。

次魏、晋到隋、唐,佛学逐渐发达完成,此时之佛学入中国者,已成为适合于中国文化者,故隋、唐乃印度佛学思想入中国而又融合成中国佛学思想之时也。当时至有十四宗之多,有讲一切有,有讲一切空,有讲唯识,有讲唯性,其各标胜义,势且突过周、秦诸子;其后最流行者,为法华、华严、禅宗及净土四宗,此四宗乃调合适应中国之思想而传至今日者。其在隋唐时,受印度佛学渗入已有六七百年,至此四宗乃成中国佛学而为中国固有文化之要素;而诸子及佛学,遂为中国固有文化二导源力。

再次,为汉、清经学:清人讲汉学,亦即经学,以诸子一部分,至汉成为归宗于儒之经学。清时遂有反宋明理学而标榜汉学者,清代汉学之发达,甚或超过汉人,至俞曲园、孙诒让等又讲到诸子,于是又归到诸子之学。此汉清经学,属于周、秦诸子中的儒家者。

再次至于文艺,汉前有诗、骚等,至宋、元、明有词曲等。然汉、唐时代,国极富裕,民族精神亦发达,故其文艺亦发挥广大,于是古代文学至汉而综合集成,将周、秦之文化统一而融冶之,故诸子流而有各种文艺,如汉之三都赋等之富丽。魏、晋六

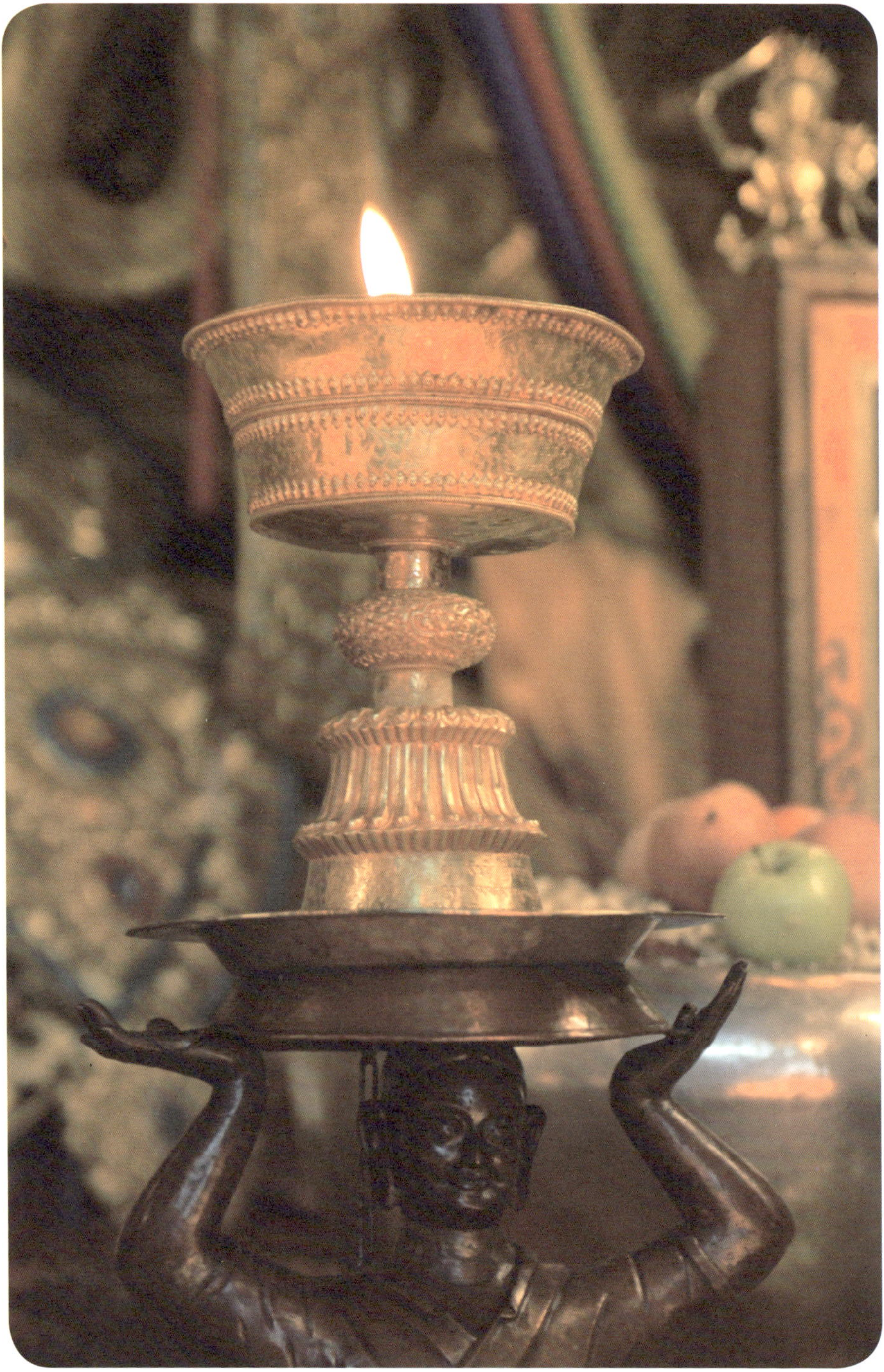

朝后之文艺，不仅源于诸子，而更多源于佛学，唐之文艺，于佛学不仅名词甚多，即意义亦无所不存。故汉、唐文艺，足为中国文化之一辉煌硕果。

最后说到宋明理学，不仅儒家而兼有道家、佛家成分，尤其是禅宗。因禅宗五代后特昌盛，当时人多以禅宗代表佛教，禅宗乃专讲形而上学者；当时影响于全国思想界甚深，事必求其始初，遂使当时思想家不得不入禅宗而求一立足地；于是道家、儒家均不得不以此而有形而上的追究及静坐等。然儒者仍以世间伦理为其立身处世，乃成宋明理学。陆象山、王阳明之流，益近禅宗；由此可见佛学在中国文化之关系也。

佛学与新中国新世界文化

今之三民主义新中国文化，其中仍含有固有文化，而又迎头追上之近代西洋文化。然如近来大战，乃用人对万物之态度以对人类所演成，故渴望世界人类永久和平，即为新世界文化。虽包括各种思想，然中国文化所重之人生道德，最可当新世界文化之选。

人生道德，虽非佛学之特点，然佛学中固有完善之人生道德。佛学先看人生为一种因缘和合、业果演变、生灭相续而现实之人生，虽仅几十年，自其因果观之，则各有前因后果，推而究之，人生乃无始无终。以此理而得知：今之因，乃将来之果。故自佛法观，人生直下无始无终、无边无际，以人生各有家族、人类社会、国家、地球、日光之关系，故人生一日之生存，其生存之缘无量无边，故人生亦无量无边。最内之实在我为何？则无其物。故反之则内无固定之我，推之则外无离人之物，如此的人生，其意义何等丰富！更可以见到宇宙一切万物变化中，人生为最富有自由之力量者，其价值最高最重。

故对于人生道德,在佛法中基本者,即杀、盗、淫、妄、酒之五戒;能持此五戒而扩充为十善,乃俱备真正人生之道德,世界乃成为一种真正和平发达进步之世界。中国古时佛教,对此点不甚提倡者,乃避免与儒教之冲突,故侧重到后世去了。今则对于佛教之做人道德,应特别注重。由此进一步,则应发大乘心,修菩萨行。中国古时佛理虽是大乘,而行为则近小乘;然则今日佛学对中国、对世界,应在大乘菩萨心行,即大慈大悲救人救众生心行。此依普遍无限之众生世界,发普遍无限慈悲心,行种种方便,拔除苦本,施与安乐。

自佛法言,有慈悲而无方便,则不可通行,故方便乃明达事理而身体力行之也。其实行之人即菩萨,菩即菩提,即阿耨多罗三藐三菩提,佛之无上大觉;菩提萨埵,即有志成无上大觉之众生,萨埵即众生也。本大慈大悲心而行种种方便,即菩萨行的六度、四摄。六度即六波罗密:布施、持戒、忍辱、精进、禅定、智慧,从普利益众生而得自己之利益。四摄即布施、利行、同事、爱语,此四种在使众生能接近得益。由大乘菩萨心而修者,其所法者上、易得其中,不唯于人生道德自能力行,且即可通无穷之进步,即大乘菩萨行也。

佛法与孔子之道

何谓佛?原音乃佛陀二字,迨后简称曰佛,其义盖谓觉悟者。觉醒之人乃名曰佛,如有学问之人称学者,由学而得醒觉之人称觉者。译其意义:一般众生咸在迷梦颠倒之中,无有能豁破此迷梦而得大觉悟者,自觉觉人以拯斯世,唯佛能之,故佛为觉者;然非绝对超然于人生以外若他教所奉之天神也。一切众生如能大彻大悟醒觉迷梦，自觉觉人，皆可成佛。佛之释义，如是如是。

何谓佛法？佛法也者，并非佛另造之法。缘吾人类等众生于此迷梦之身世，不能彻见真相，认识其本来面目，妄执物我，造业受报；如在梦中，误以其梦为真，悲欢苦乐，不能解脱。而佛为大觉大悟，解脱迷梦，彻见一心十法界如是如是之本来面目者，其视众生，如生而盲，一切不知，以手扪索，一知半解而自满足，妄立种种宗教、种种学说，愈益迷梦，沉溺忘返。佛以大智慧洞彻谛了，明明白白，实际如何还他如何，恰如其分际，非肢肢节节之知解，乃完全普遍彻底之了悟。豁破此迷梦而得达迷梦界非迷梦界之真像，此为佛所证明之法，谓之佛法者一也。

自觉如是，依自觉以觉他，必使世界众生悉皆同成大觉，而苦于众生不能了解。佛于是生大悲悯心，应现迷梦之众生世界中以觉悟众生，将佛智慧所了知之真理真相，因机制宜，以最善巧之言说推证明白，使闻者皆易于了解。更凭佛之智慧能力，在种种行事上启发光明之路，俾众生平平坦坦、明明白白由之而如法修行，由行得证，与佛一样，得从迷梦中而大觉大悟，洞彻一心一法界之真理真相，此为佛悟他之法谓之佛法者二也。何谓佛，何谓佛法，大致已讲解矣。

复次，更讲孔子之道：孔道精要之所在，我以为：天地之间，万物之中，有矿物，有生物，生物分为植物、动物，动物之中分为羽毛鳞角裸，而人类在焉，类类不同，但更有类类相同之点，人之四肢百骸中含矿质，死化为土，是同于矿物类也。人人爪甲毛发能生长而不知痛痒，是同于植物类也。饮食男女巢穴游戏之需，与鸟兽等，是同于动物类也。关于生命上之操作、营求、储蓄、供给，和人类与动物类共同自然而有，胥不足以显示人类特长之德性，及人格上之地位与价值，何以岐异于草木鸟兽也耶！

我以为孔子之道，注意人类在万物中特殊不同之德性，所藉以岐异超尚于其他动物者在此，即孟子所谓人之异于禽兽者几希是也。此几希之别，庶民去之，君子存之，保全人格，崇尚人生特长之德性，廓充而长养之，可以为贤为圣；小人反之，则可下侪禽兽。从人类特长之德性以开发恢宏之，孟子所谓恻隐之心、羞恶之心、恭敬之心、是非之心人皆有之，养而充之，仁、义、礼、智不胜其用者是也。但人人有超乎动物之上蕴乎中之理性同，而能否发扬充尽之，则人人殊。仁、义、礼、智非由外铄，人生本有，善为维护，如草木之萌芽，不使夭折损害，俟其长养成功，为贤为圣，不外乎此。

笃于内行，发为伦常之德。世界人类，近而家庭，远而社会、国家，应当为如此即如此，父子、兄弟、夫妇、朋友各尽其道。立身处世，先须保存德行，扩充理性，各安其分，各适其宜，人到恰好地位，使人类有人类之道德，异于禽兽，方有人生之真价值。

故曰：孔子之道，为人生在世最正当之办法。然孔子之道对于为万物灵长之德性，注重如此，亦非将人生需求之衣食住等生活问题摒而不讲也。实有见于人生先明人性，后乃从事生活，方为人类生活，安其生，乐其业，完全恃此德性为之维持，非以禽兽共同之生活而泊没人性也。

谋国及治一地方者，仅仅以富强为目的者，其见毋乃舛谬！孟子见梁惠王，王曰："叟！不远千里而来，亦将有以利吾国乎？"孟子对曰："王何必曰利！亦有仁义而已矣。"殊不思国与国之间，此亦谋富强，彼亦谋富强；以至国内各省，此亦谋富强，彼亦谋富强；甚至一县、一村、一家、一人，上行下效，相率同风，交征利，利害冲突，必出于争，争之不已，战斗之事不可避免，非仅失败者不堪闻问，即优胜获得者亦损害无偿！

可见富强绝非最高目的。既富矣而后教之，即发挥人群理性中之伦常道德，方为不埋没人类理性，不失堕人类价值，方为不虚生为人。即饮食、男女、居处亦与他动物有别，以其有理性为之条贯也。以此言之，孔子之道，为人生在世最正当之办法，可无疑义。人类生活需要，亦以人性驭之为运用，而不妨害正义，此又为研究孔子之道者所当注意之前提。

孔子之伟大人格，生有自来，非常人可及；人之希望，勉强学之，随其造诣，各臻其相当之境域与地位，圣人则不可能也。然孔子则殆为天纵之圣，生有自来，超乎常人之上。如孔子喟叹为五十而知天命，六十而耳顺，七十而从心所欲不逾矩，将一生经过约略表现，而彼时及门弟子亲灸其训诲，皆学之而弗及。颜

子天才不及孔子，而以好学见称于师，用功太过，不幸短命而死；尤可见孔子非常人所能学而企及也、明矣！

孔子高尚精神，别有寄托，非现世为限。孔子一生修养功纯，其高尚之精神，实超越寻常人生世界之上。观乎"天生德于予"，"天之未丧斯文也"二语，可以觇其精神寄托之所在。所谓天也者，既非蔚蓝无际穹窿在上之天，亦非世俗人心理中备具人格之天，不过表明其精神所寄托之不思议力，善其所当善，恶其所当恶，不为事事物物所牢笼，提高精神，俯察一切现世之生活，万不足以限制之。孔子虽不曾明言，而就子贡谓"夫子之言性与天道，不可得而闻"；颜子谓"仰之弥高，钻之弥坚"等语觇之，则精神寄托之所在，虽不以之示人，而最亲近之弟子，则窥知一二。

孔子又曰："朝闻道，夕死可矣！"人生不百年，幼稚无知，求学明理，至近亦在中年以外，余则老病死耳！死则灭没，尚何闻道之亟需，朝闻道而以夕死为可？则现世界以外别有境地，从可知矣。子路问事鬼，子曰："未能事人，焉能事鬼？"子路问死，子曰："未知生，焉知死！"是孔子之教化他人，注重先正当做人；复以子路未臻圣境，非所宜问，不如以生知死，以事人知事鬼之为切近也。

庄子评孔子"六合之外存而不论"。六合者，人生世界之宇宙时间空间是也；既曰存而不论，绝不曾直斥为无；而确然有存，是可知孔子精神之寄托，殆超乎常人人生宇宙之上也。质言之，即不以现世为限。故吾于孔子之经典，入佛以后复取而研究之，觉其精义奥理，即讲之百年，亦不能尽，今大致说明，如此而已。

孔子曰："仁者不忧，智者不惑，勇者不惧。"必如何而可得之？必成永久完全快乐调和之地位乃可得之。迷梦打不破，即不能不常在忧患、疑惑、恐惧之中。文王演易，孔子作春秋，即成功于此之心境中。吾人欲超脱忧患、疑惑、恐惧而达仁智勇之境，必须以佛法为依归，而念念趋向无上真觉；然后遇不测之危难，或人生不能终免之病死，得从容暇逸，处之裕如，不至彷徨无著矣。此即非佛法不能为孔家精神谋得一最高之寄托，使之发达无阂之明证也。

结论以佛法目的而令一切众生皆成佛，一切迷梦皆大觉悟，今姑不论。但就人生在世，须知孔子之道不可须臾离，欲完全一做人之品格，必由孔子之道而成就；然必经佛法之甄陶，乃能生养若孔子、若儒门诸贤之伟大人格。于入世之志，具出世之胸襟，必以佛法为归宿，乃得安身立命。至其余，直认在世无价值无意味而生出世心者，亦必以佛法度之，方可解脱。更须知人身之难得，佛法之难闻，既有人身，即有闻佛法之资格凭借，下一番深研细究功夫，期得彻底之了解，庶不虚生人世！如其见道不真，向道不勇，遇度不度，可惜孰甚！

从世界危机说到佛教救济

我是研究佛学的人，对于世界上的政治和经济都无研究，可是今天所讲的题目内容，涉及世界上的政治和经济的地方很多。以研究佛学的人而来讲这些话，似乎是不合宜；但是，佛教是救世的，是依世间而建立的。佛经上说"佛法以世界众生为依"；又说"佛法在世间，不离世间觉"。

反过来说，没有世间，也就没有佛法，佛法与世间，有如此的密切关系。但是，医生治病，必须要对症下药，那么、依佛法去救济世间，也必须先诊察世间众生的苦恼，烦闷的危机之所在，他需要佛法的哪一方面，然后依佛法来做切实的救济，这才得到功效。这救济不仅对于人类，是广而至于一切一切有生命的有情。不过，现在且就人类的社会来讲，因为有了社会的组织，社会上便有了治乱消长，更增加种种的痛苦，因此，便谈及"从世界危机说到佛教救济"的题目。此中所说的现代世界的危机，以及佛法的救济法，是就我个人所见到的，来供献给诸君，还请诸君加以严正的批评！

世界的危机

现在先将现代人类的痛苦烦闷，或是已显现的，或是初发动而将兴未艾的，种种前途可怖畏的危机加以分析。如果广说起来，按空间的分别，就有各地、各国、各社会的种种差别；按危

害的种类来说，若天灾，若人祸，若内部的冲突和变乱，若外来的侵略和迫压，种种的痛苦也是擢发难数的。所以，现在只能就各民族、各国土、所有已成为普遍性的世界危机，把它总略起来分为三段来说明。

甲、经济恐慌与劳工失业

在前年的前半年，日本的实业界起了很大的恐慌。然而那只是一国的情形，还不足以影响到全世界。但是在前年的后半年，为全世界中心的美国，经济界上也起了很大的变化，如银行的倒闭，股票的跌价，金价的腾贵，这种情形是很快的影响到全世界去。欧洲、亚洲等国没有一国不受波及的，不多时便成为普遍的世界经济恐慌的现状了。

推究这种现象的原因，固然很多，但最主要的便是由全世界中心的美国发生变动而引起。如果这种种的情形不在美国而发生在中国，那只成为一国的问题，决不能影响到全世界。美国是现代工业国家的魁首，尽力研究其出品的精良和销售速率的增加，然而先决的条件，便是在世界上取得商场，然后才能推销，令所造成的物品流畅无碍。

可是，因为机器的日益灵巧，新起工业国的日增，以致出品太多，无法推销。譬如人食物过多，消化不良，反成了一种病态。如是货物不流通，金融也因之而滞塞，所以反成了经济恐慌之最大原因。又加以劳工失业没有购买能力，也成为货物不能推销的重大原因。可是，资本家及工厂主的救济是危险的方法，便是使工厂的范围缩小，减少劳工；于是劳工失业的愈多，而经济的恐慌也就愈趋愈下了。

至于所以构成现代的情形的，就是因为科学的发达，机械的发明。如机械没有发明以前，用五百工人所作成的事，现在用一个人就可以完成了。在工作方面说，固然可以减少四百九十九人的劳力，在工人本身来说，便有四百余人的失业。又从科学的管理法发明后，连一分钟的浪费也没有，而劳工的失业于是又因之增加；复因劳工的失业以致购买力愈加减少。有这种种往复的关系，所以经济的恐慌，才陷于不能避免的危机。自前年以来，这种恐慌已遍满了全世界，虽有许多人在研究救济的方法，但是直到现在，不但不能有了解决，并且还在极严重的趋势中！如果再不设法救济，恐怕前途是不堪设想了。

乙、阶级斗争与殖民地革命

阶级斗争与殖民地革命，也是现在世界上普遍的现象。阶级斗争在中国尚见不到的，在工业发达的国家，经济力集中在少数人的身上，而此少数人以雄厚的资本为基础，更可操纵一切、垄断一切，更可将多数劳工由劳工所产生的成绩据为己有。于是，那些资本家不劳而获所得的甚为丰富，而劳力的工人的生活却是朝不保夕，如此，便形成资本与劳工两种各趋极端的阶级。因为两方面的利益，决然相反而时起冲突，于是社会主义者便提倡阶级斗争。所以，在去年德国、美国以及意大利等国，各处全有失业的劳工团体时起暴动，而各国的政府也无法阻止。

复次，自近一二百年来，世界上有许多新兴的工业国家，用政治的手腕向国外发展，使那弱小的国家成为自己的殖民地或半殖民地。一方面采取其地的出产以为工业的原料，一方面以该地作一个商场以推销他所出产的物品，而用极大的海陆军作他商场的后盾。于是，世界上又分出两种的阶级：便是帝国主义者与殖民地的弱小民族。

所说的半殖民地，如美洲南部各小国家以及中国，多半是由列强帮助设立政府，他们国家的名义上虽然是独立的，可是国内的一切动作，大多是受列强的支配。近来各殖民地的人民，已有了觉悟，何况列强感觉国内经济的恐慌以及劳工失业的暴动，更向各殖民地攫取非分的利益以救济国内急迫的危机？而殖民地的人民，本来也同时感受了经济的恐慌，更加以列强极高度的敲吸，于是各殖民地的民众，不满意于他们的政府，争起反抗，革命现象日接日厉，也就成为现代世界普遍不安宁的情形了。

丙、世界第二次大战的酝酿

现在离过去的大战为时不久，很多的人亲尝到战争的痛苦，再不愿有第二次不幸的世界大战发生，所以想出种种的方法来作种种的和平运动与宣传。然而，也是因为见到第二次大战的危机正在酝酿，所以才有这先时的预防和制止。

这种战争酝酿的原因很多，但就最显著的来说，欧、美列强国际与俄国第三国际间的对峙，在前几年俄国还没有和列强竞争的力量，在近一二年来，乘列强受经济恐慌和劳工失业的机会，用国家的资本把本国的工农业品低价出售，在商

业方面与列强一极大的抵制，使各国的货物无法销售，破坏列强的商场；这种情形，已日紧一日了！比如日本以中国为商扬，而俄国则将它的货品贱售与中国，那么日本所得的利益就大受损失。又如英、美海军的竞争，虽说缩减军备，而它的海军确是有增无减、扩张无已。

还有法国与意大利，在地中海与欧洲大陆的争霸，也经过多次的危急冲突。德、法的世仇是愈积愈深，他们的胜负时有起伏，所以，在去年德国受了经济的恐慌，而有民族社会党及共产党起而作停止赔款的运动。又如太平洋的经济范围之下的美国与日本，于利益上的争夺，当然时有冲突的可能。各方面几于引起战争的事情，虽是竭力的避免，可是同时又极力的准备军事。凡是以上所述的种种事实，全是能引起第二次大战的线索，而事实上又是无法获免的。

危机的原因与结果

这种事实的现象，并不是偶然的，是由许多原因所构成，总括说起来有，三点：

甲、知识的偏蔽：推求现代全世界上所有的痛苦和烦闷，不能不说是由于知识的偏蔽所构成。知识偏蔽最初是由十字军的战争，西方民族与东方民族接触以后，因为东方种种的新发见，引起欧人科学思想的复活。此后，经文艺革命、宗教革命以及政治革命、工业革命，差不多在十八世纪乃至十九世纪的时候，科学的知识才到完成的时代。一般人受了科学的催眠，认为唯有用科学的方法所得到的知识才是真实正确的，除此以外，所有的知识完全是"非知识"。

于是，所有人类的聪明与才智，全用之于科学上面，处处不离科学的窠臼。科学的知识日益强盛，而其余一切的知识，也就因之一蹶不振。由科学的畸形的发展，起初不过对于自然界的现象加以研究、及实验怎样才能取之为人所利用，由科学的应用而有种种机器的发明，如先用人力的代以煤力，更进一步而用油和电力。因为机器愈发明愈灵巧，于是世界便成了机械的世界，而人工的价值完全失掉。

不过，这时候的科学，只是研究自然界的现象，以及应用在工业方面。既而科学的势力日益扩大，便伸张到社会的人和思想方面来，如社会学、心理学等，没有一样不是科学化的。科学本来以物理学为基础，可是，后来进而到社会、伦理学等，也无一不依科学的方法来整理和组织。所以，在这种情形之下，社会不过是整个的机器，而人生不过是等于机器中的一个螺钉而已。

乙、恶行的恣肆：运用科学的知识，不过是对于其他的国家社会乃至对于他人——就是对于我的对方可以操纵，可以控服。然而，对于自身方面的善恶行为，却是无法进善去恶，自己的欲望也是无法节制升化。因为，科学的本身是向外的，如同人的两个眼睛只能外视而不能内视。所以，建立在科学知识上的行为，是纵欲的，害他的。这种恶行，若是在国家方面表现，便是侵略的帝国主义，也就是以害他为立国精神的；如现代的列强，不惜用种种的手段来亡他人的国家、灭他人的种族来利益自己。

所以，我们可以说：他那军备的强胜，财富的充实，完全是建立在那所灭亡国民身上。这样，与那虎食众兽之肉以肥自己的身体，又有什么区别？要是在各人方面表现，便是各个自由发展的竞争主义，也就是不利他的企业宗旨——就是凡我自己意志所要做的事，毫不顾及有利于他人与否，但以满足我个人的欲望，以贯彻我自私自利的宗旨。科学的发明，本来是为减少人类的劳力以增加人类的享用，可是，由恶行的恣肆的结果，反得到较以

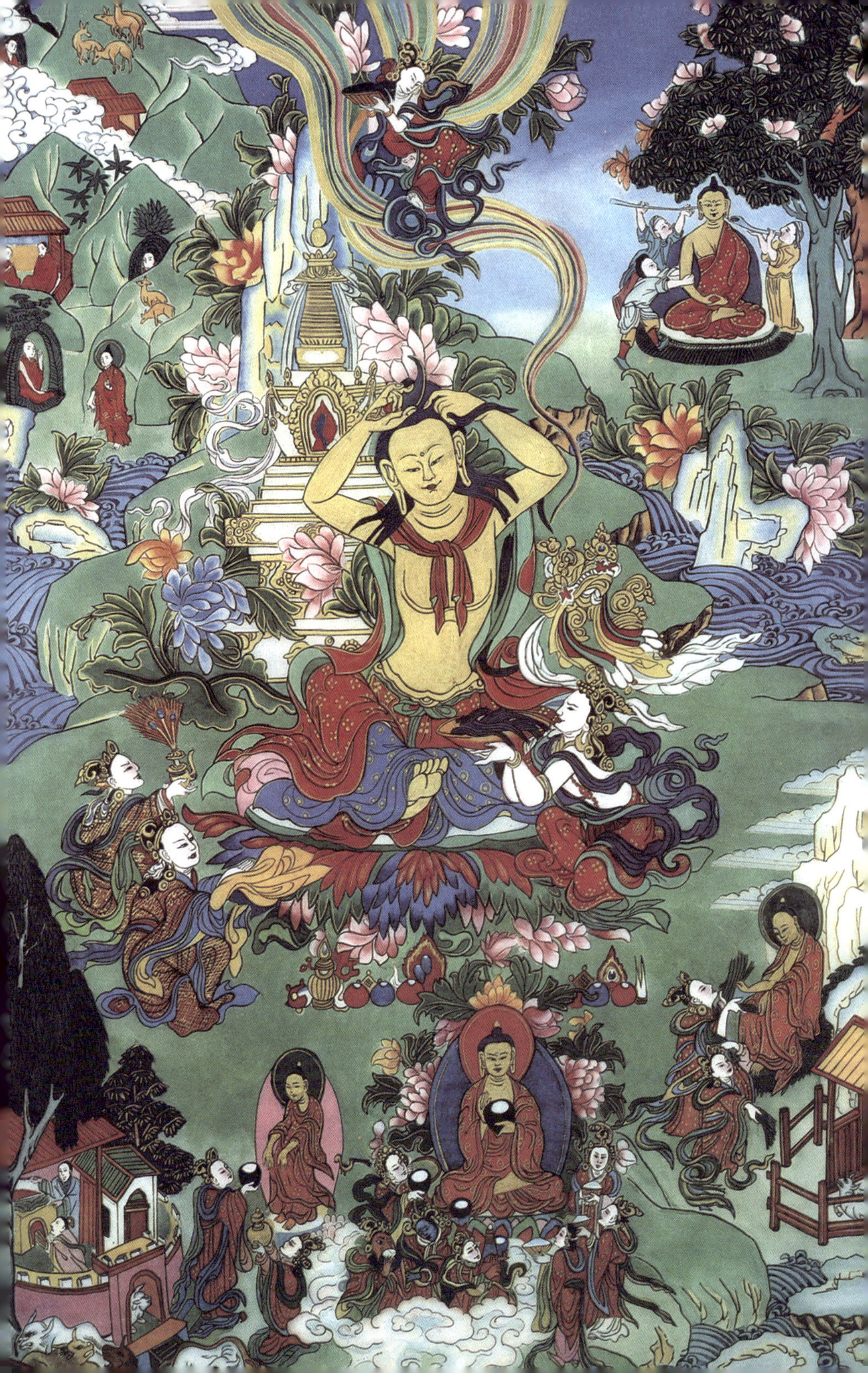

前科学没有发明的痛苦更深厚了！这因为科学的发明，仅作了少数人纵恶的利器。

丙、恶行的反响：从纵恶的结果，成了两种的反响：一种，是强霸的侵略与弱小民族的反抗；强霸侵略就是帝国主义在帝国主义侵略之下的弱小民族，不得不起而反抗。反抗的初步，就是不供给原料，不与作商场，于是帝国主义者便成了货物不流畅与经济恐慌的情形，促成国际阶级斗争的导线。又一种，是财产独占而劳动民众反抗；由各人竞争的结果，财产为少数人所据有，形成有产阶级与无产阶级之对抗，而成为资本国际与劳动国际的斗争。所有的这两种结果，可见是由于知识的偏蔽与恶行的恣肆，而成为世界上普遍的危机了！

佛法的救济

世界的病源已然诊察过了，所以，最后一步，就要说到佛法的救济，可以作三段来说明：

甲、思想的解放。在欧洲以前，欧美各国全认为除了自己的近代文明，则别无其他民族的文明，除了自己的近代科学知识，别无正确的知识。这种偏蔽的思想，直到了大战以后，才有了很大的变化。许多有远识者，知道科学文明并不是圆满的，究竟的，是应当进一步而求更圆满的究竟知识。他们有了这种虚心，实在是思想上解放之光明。

所以，以后对于亚洲的文化以及古希腊的文化，重作细心的研究，以致现在新兴的社会学的思想，已与从前有显然的差别。就是以唯物作根据的社会学及思想，还是大战以前思想的产物，与现代思想已有许多不合的地方了。要知道，科学的知识，不是人类唯一无二的知识，而是知识中不可缺少的一种。因为科学是向外发展的，即或说科学可以控制自然，但对于自身行为的改善和内心的修养，是毫不发生关系的。

所以，就东西洋的文化研究起来，还有两种知识：一种，就是中国古时儒家所有的道德知识，和西洋古代苏格拉底及柏拉图等的哲学知识；就是不但要发展自己，还要根本改善自己。如中国儒家所讲的由格物所致的知，是要用之于诚意、正心而来改善本身；西洋的古代哲学，也是要使人做成合理性的人。所以，就道德知识言，实在是"只有科学知识者"梦想所不能及的。

还有另一种知识，是比它更根本的，就是在我之外的非我，和非我以外的我，在这我与非我之间，是如何的成就？如何的生起？如何的联络？彻底推究，知道我与非我的对敌形势，要是终不得到解脱，不能得到彻底的认清，是终究不得了的。所以，对于我与非我，要求彻底的明了真相，要求彻底的解脱，这便是第二种的'解脱的知识'。

所以，在新近研究世界文化者的结论，便是这第二种的解脱的知识，才是最圆满最彻底的。但是能完成解脱的知识的，要算佛教的知识为最究竟了。所以，根据佛教的知识来救济全世界的危机，是极其彻底而不像其他的知识的偏蔽与缺陷。

乙、美德的确立。美德是对于恶行说的。在恶行的恣肆上，善恶的标准已然失掉，所以现在要将善恶的准标重新确立。

可以分作两方面说：

一、就是"无自体的缘成义"：无自体是空义，缘成是因缘生义；连合起来，就是一切的事物，不过是由种种的关系条件组合成功的，而完全是空无自体。这道理是极其普遍易知的，如一个国家或一个家族，乃至于一个人身，哪一种不是由种种的关系条件所组合成的？而在组成的种种条件中，有哪一种条件是其中的决定的自体？又如物质分析到最微细的电子，说到它的光、热、数量、时间、空间等等的关系,还不是众多关系的集团吗。

所以,佛说一切法,全是"众缘所生,空无自性"。而且,在那众缘和合中的众缘,都是刹那生灭,没有一个时间是停住的,不过在那众缘和合、生灭相续上的假相上,幻有人或物的形象。何况凡物虽是众缘和合所生,和合中的众缘也是众缘的和合,如是重重相关,与其他的团体是互遍互通的。所以,在缘生的假相上,似乎有自他的分立,而在诸缘互相普遍、互相贯通上,实在是自他互融。因此,要利自而害他,他既受害而自也不得利;必定要利他,才可以自他俱利。从这"无自体的缘成义"上的"自他不二",是很坚确的道德根据。

二、就是"唯识现的恒转义":若内若外,所有的事事物物的表现,完全不离心力的转变与自识的觉了,所以说:"一切法唯是识现"。然而自能现的识上说,是刹那生灭的,是无常的;但是在生灭相续不断的意义上说,是永恒的。知道这种"唯识现上的恒转义",就可以知道人类社会所有的治乱兴衰,完全是自识上的生灭相续不断的现象。

不过,在这前后相续上,是有因果的关系的;前一际行为的善不善为因,能得后一际的善不善的效果。这是显然易见的定律。依着这种唯识现的恒转因果义,可以打破恶行的恣肆。因为,恶行者以为要达到善的目的,无妨用不善的手段;然而,这样目的和手段,既是两种不同性质的东西,当然没有丝毫的连络的可能,何况在因果必然律上,决没有由不善的因得到善的果的道理!

所以,佛法说善的定义有两种:一、是自他皆利;凡是利自不利他,或利他而不利自的行为,是不合乎善的定义的。二、是顺益二世；凡是益于现在而不益于将来，或益于将来而不益于现在的，也是不合善的标准的。若具足自他兼利与顺益二世的条件，方是佛法之善的行为。由此对于真理认清后而发生信心，才能决定依着所认清的真理去实行。

丙、至善的实践。自消极方面说，以不害他为过渡，这是佛法中的小乘行为。以这种绝对的不害他的精神，用在政治方面，就以自治自卫做政治的方针：对于自己的国家里所有的军备和外交等，在不害他的范围以内，以谋自卫自立。因为，现代的列强，皆是以损他益己为政治的方针，所以，常常因为利益上的冲突，便以刀兵相向。在这种情形之下，不有自卫自治的力量，不足以生存。不有不害他的标准，也就卷入相争相夺的漩涡里；持定这种态度以自立，等到列强相争相害乃至于疲乏厌弃的时候，恐怕还要尊重这以不害他而自卫的国家为先进者呢。

在经济上，是以自产自给为原则。因为，现在各国的工商经济等，其重心完全倾向在外，所以，任何一国有了变动，其余的便都受了影响。如果以自产自给为原则，于自给之外，所余的可以自备灾难时的救济，更可以帮助其他的国家。如此，则虽有一国发生困难，也毫不足以影响他国，而一国的富裕更可随力的帮助他国。

然而，这两种原则，不过是过渡时代的救济方法，究竟的方法，仍然是以积极的利他的大乘行为为正确为彻底。不过，在这完全以害他为手段而图自利的情形之下，不得不以不害他的方法为过渡。所谓利他的究竟行者，如大禹的治水，是为救助所有的被灾害的人民，但是所有的人民不再受洪水的侵害，而大禹的个人，也就得到了安宁幸福的生活。

所以，现代以灭他人的国家来充实自己的实力者，实在不明宇宙人生的大法，也就是违反了因果的定律和自他的关系，以致愈求和平而和平愈不可期，愈求幸福而幸福愈不能得。所以，必定要依真理去作，必定要将所有的政治经济，皆以全人类的利益为前提，而自身自国乃至于自种族的利益，也就建立在人类的全体的幸福中。

根本救灾在于全国人心的悔悟

东南仅存无灾区域的沪、浙，最近又以上海狂风骤雨成灾，闽闽、浙沿岸一带以及内地的被殃如何，尚不可知。据中宣部所发表之告全国同胞书，此次水灾之广，已有湘、鄂、粤、皖等十六省区，遇难人数至少在五千万以上。冀、鲁两省亦呈险象，灾情所及，将不知伊于何底！又据报载：四川盆地水不易出，成都、重庆等繁盛街市可以行船，全省殆已成一大湖。武汉区灾情之重，更不待言，且闻汉口食粮已断，人口已减少三分之一。全国由水灾濒于饥饿之人民在七千万以上。河南连年兵匪为患，今水灾蔓延五十三县，不下皖、鄂。陕、甘等旱灾、蝗灾、匪灾未已，且加鼠疫。

关系各省的和关于全国的军阀叛变，政客啸聚，兔起鹘落，一直到现在没有间断。国家军政的统一，社会秩序的安定，民族生计的开展，人类文化的发扬，更无一线的光明希望！国际的赤色帝国主义，在白色的帝国主义益现穷状的时候，加紧进迫，白色帝国主义亦以穷迫而愈加暴露其狰狞的恶态，亦向我国民相逼而来。并且，不断的自外国传出某处将有大地震、某处将有大水涨等预言，恐慌着威胁着全国的人心。

像如此的天灾人祸，内忧外患，从四方八面一齐来袭击，真要算得天翻地覆非常悲惨的了！所以，不唯感动了全国朝野的人士呼号奔救，而且感动了远邻的英、德、法、美纷致慰问，意国的教皇先有巨款捐赈，美国继之有借麦的实质援助，尤其日以侵略中国为事的东方近邻亦深深的发出其同情心，其天皇既赠金十万，若槟首相以下臣民亦各乐捐以施赈。

我国的中央政府既赈粤灾，今又因全国大灾且有发行一千万至八千万赈灾公债的进行，官吏皆捐俸三月赈灾，并将中央党部建筑费移充赈款，停止各种不需要建筑，集中力量以救济灾难；虽犹在固执成见以立异的广东政府，亦有以十万元捐赈武汉灾民的决议。可见悲悯的心是人人有的，遇着了这种极深悲惨的事情，便不期然的忘却了旧日恩怨憎爱的分别，一致予以同情的互助。

但全国的灾难，一大半是人祸，而属于天灾的亦大半，从人谋不臧以及人为积集的恶业而招致。所以，全国人力对于已成的灾，虽已尽了十之五六的救济，但以言根本的救灾，这是大大不够的。不唯对于已成的灾，尚须更拿出十足充分的力量来救济，尤其重要的是能全国人人都能齐心悔祸而不再制造人祸，不再由制造人祸积集恶业以酝酿天灾。

唯有全国人人从同情的悲哀中发现了良心，觉悟三四十年来思想与行为的错误，痛切忏悔，人人厚自责而宽恕人，人人忘了人我的分别，人人须从揽功名福利归自己而推过恶祸害归他人的相憎相嫉囚笼中解放出来，人人反省地将过失担负起来，力改前非，不将过失轻轻的诿之环境或他人和社会，这才能冤亲平等地、恩怨胥泯地实现了整个民族精神的和乐健康！医好了三四十年来相毒相戕的民族精神创伤，有了这种大忏悔大觉悟的民族精神，自然开辟了勇于为善的源泉而发出一切的福庆，亦自然关闭

听太虚大师讲佛法 | 227

了敢于作恶的堤防而止息一切灾祸。

说到商、工、农业的领袖，今亦居国民重要的地位，而与一般商工农的群众，平日只图肥身富家而不恤损人害众，更缺少爱国利群之举，以致不能相率为善，多流入盗贼兵匪。此间接造成人祸，招致天灾，故亦应深深觉悟此皆共同恶业之所感召，忏悔自责，大发救群济众的慈悲，消恶戾以臻祥和。妇女而青年为稚弱者，似乎可无责任，然细按之，实不然。近来诲淫、诲盗、教奢、教争的各种邪说邪术的熏染既广，妇女的纵奢、纵淫而引起血气未定的青年的为盗为争，亦已成为妇女和青年普遍的恶化，而隐隐为祸乱的策源。

故今日各种蛮舞、跑狗的男女，尤深有悔改为贞洁贤淑和俭朴勤的需要！由各宗教堂的神甫、牧师、阿訇以至在今中国的国民中已无足轻重的僧尼、道士言，平日都以不能精学笃行其教旨，发挥教化而导民善福，欺骗教徒民众而虚受信施，以致今日全世界全国皆陷入困难灾患漩涡，使宗教对于国家或世人亦有其应尽的义务，则于此亦岂能逃其责任而不引咎悔改吗？应生大觉悟，本其教主大雄无畏舍身救世的精神，尽其身内身外的所有以施救一切被灾难的同胞！中央党部且能停止建筑，而以其建筑费移充赈款，各教堂寺院的宗教师徒，岂独不能停止不急的建筑等而赴拯国灾民难吗？全国的宗教界速速成一大联合，而起来实现各教教主的救世精神罢！时哉不可失！

全国的人民，不论南北、新旧，不问老少、男女，不管恩怨、敌友，在悲悯的同情中，宜乎都有悔悟可能。在悔悟心的出发中，宜乎有总动员以共救国灾民难的可能。然必人人皆以悔悟当先，而后可以联合到一条线上，去和衷共济的救灾拯难。若各方仍各自以为是的毫不悔悟，撑持假门面，搭着空架子，不肯放下来实事求是、开诚布公的去做，则总动员亦适成其总扰乱。所以，今日大灾难，其将为中华民国复兴的转机，抑更为演成大乱无已国亡种灭的起点，实系于中央党政当局以至全国军政人士，及各界民众能否深切的悔悟以为断！

更有应当知道的，现今迷信近代西洋文明——既科学的、工业的文明的人，动不动以为只要将科学的工业发达起来，即可完全抵消一切天然的灾害与人为的祸患。殊不知此种科学工业的人力，虽应尽所当尽，而以为完全可救，实为一种迷信！证之十二年东京的地震，与此次汉口日租界的终不免沦胥，亦深可明证。

况且现今纽约、芝加哥等大都市，亦一样似我国的上海成为盗贼横行的罪薮；英国以至德、美、日、意等，皆在经济崩溃、劳工失业的恐慌中。近代科学工业的文明，已到山穷水尽、捉襟见肘的情况，亦既彰然暴露，而赖以维持营救之道，已不能不改变近代趋向，而乞灵国内各党的合作与国外各国的互助。美国的助德国以自救，和英国的工党的联合三党以自救，均为好例。奈何我国人到此灾极难深之际，犹欲各恃枪炮万能，不速悔悟，不速忠己恕人以求共济艰巨呢！

从人心中把佛教复活起来

我觉得现在中国佛教的复兴，与中国民族有很大的关系。中国佛教的复兴，同时也就是中国民族的复兴。我为什么有这样的感想呢？我们的本师释迦牟尼佛，他是一个王子，他如在家，可以享受所谓"贵为天子，富有四海"的高贵生活。但是他能舍去他的一切，他的动机是看透了一切众生因着享乐的贪求，便兴起斗争残杀恶剧。同时，他又彻底地明了人身是一个苦的积聚者，有所谓生老病死种种痛苦，为了要想解除人生的这些痛苦，于是他舍家苦修，终获了解宇宙人生究竟安乐的真理，证到无上正等正觉。

这种觉悟，是正确而很普遍的。凡是宇宙间的一切事理，他都知道，所以又名正遍知。释迦牟尼佛既觉到这种真理，同时他希望一般众生皆能得到这正觉，所以他说了种种教法，要众生依他的指导而获正遍知，以解除种种痛苦，得到究竟的安乐。所以他说了四十九年的法；并有信受奉行其法的僧众，成立了传递二千余年到现在的佛教，辉煌不灭。这完全是以他的真理和大悲方便的精神，感动了许多人来认识信仰。于是布施供养，而有崇信三宝的寺院存在于世。凡佛教寺产，皆是教徒所公有的，所以佛教因此大昌。可是，后来的教徒忘了这点，往往有误认佛教寺产是少数人私有的遗传，而与佛舍家救世的宗旨违背，所以佛教便逐渐地衰落。

今天来海会寺（本文为太虚大师在丹阳海会寺的演讲）讲经，我感想到海会寺的佛法僧三宝，已经在丹阳各界人士的心里复活振兴起来了。即此一寺的复兴，推到全县乃至全国的发扬光大，将来一定有振兴的期望。譬如一株活的树苗，得着土地水分的营养，日光空气的温育，将来决定会欣欣地向荣。今天海会寺的佛事，能得地方党政绅商的踊跃参加，推广到大多数的人民中间，建立三宝为民众道德的指南，将来决定有良好的收获。这是我今天感想到的第一点。

第二点，现在世间生存竞争，日甚一日，尤其是人与人之争，国与国之争，此攘彼夺，达于不可收拾境地。类如我们中国现在立于强邻之畔，受着不平等的欺侮；加之国内天灾人祸，内忧外患，交迫而来，所受痛苦已达极点！而强邻为着满足自己欲望，不惜牺牲残害他国；其实他们欲望未满，自身的痛苦早油然而生。害人适足害己，欺他即是自杀。

于此，我们若要得一个真正的救济，非真正信仰佛法，依着实行，不能达到目的。就是中山先生用三民主义的政治力量，来解除吾民众于水深火热之中的痛苦，推本溯源，其根据平等互助的原理，也不外释迦牟尼佛所用宇宙人生皆是因缘所成的真谛。因缘所成，就是说众多因缘聚合而成。我们人类及万有的存在，各有种种不同的因缘。

而现在人与人之争，国与国之争，就是不能明了宇宙万有存在——因缘所成的真相。往往觉得除我以外，应该都给我支配。可是谁无执我之心，谁又肯放弃自私自利的企图呢？彼此都从自我中发出贪欲心，要由牺牲别人来满足自己的利益，这就不能不相争相杀了。其不明因缘所成的原理，在佛学上就叫做无明。因无明就生出贪嗔，强盗侵杀，造成这个战云密布的恶浊世间。若拿佛法以众缘所成眼光来观察，做事，那么世界人们决定可减少许多痛苦和麻烦。

盖此身此国皆众缘所成，则他国他身正是合成此身此国的众缘；若毁灭他身他国，乃至大地一切万物等来利自己，则自己也就不能生存。所以我们要求自身自国的利益，就要利及众生以及其他的国民。从共同利益中求自己的利益，乃符契宇宙万有真相的一切即一、一即一切，实现极乐世界、华藏世界，才是我们的究竟安乐！现在人争国争之惨剧，只有用释迦牟尼佛的真理可去救济。今天贵县已能从人心中把佛教复活起来，若能善巧运用，便可做成解救世人痛苦的佛教。今天没有别的贡献，所谈的就是这两种的临时的感想，尚希原谅！

从国难救济中来建设人间佛教

到国难，我们中国在近几年来，真是很可哀痛的！所谓天灾人祸，内忧外患，相继而来，自从日本的侵扰，内匪外寇，交迫尤甚。关于国民救难之中，我昨晚曾讲过，佛教教人报恩的第三项，就是报国家恩。国家能为人民拒外寇而平内匪，现在国家处

灾难之中，凡是国民各应尽一分责任能力，共想办法来救济个人所托命的国家，在佛法即所谓报国家恩。

国难中勿徒逞悲愤。在受强暴侵略的严重国难中，凡有人心者，当然有悲痛之情，愤激之气。但是专发挥悲痛而纵愤逞激，悲观之极而作中国必亡论，以个人之哀痛而影响他人同陷悲观，无益而反有损。何况人在这种愤激之中，往往不顾一切，欲作不量力的孤注之一掷，则个人牺牲而同时亦损失了国家的元气，不能发展。若能各尽各人的力量，从实际上坚忍耐劳去工作，那就不会没有办法的。

想免灾难要省过修德。在佛教的因果业报上讲：要晓得这种天灾人祸，并不是从天上掉下来的，也不是土中生出来的，或漠不相关的他人给予我们的，灾难的果报，皆各人自造，或我们共作业因所致，在佛法称为别业、共业。别业，是个人自心所造之业，共业，是多数人心理共同所造成之业。要清本正源的救济灾难，须要各人反省过愆，而勇于进修业德。"业"，就是平常所谓行为，就是各人的身、语、意所作出的行为。古人谓"吾日三省吾身"，所以我们要常常反省，而见到自己有过处。如一日一月一年前所作的罪过，乃至十年二十年前所作的罪过，能知而改悔，此即消极的不作恶；而在积极为善，则各人若要无灾难,安乐康宁,就要各人去作各种善良的行为,在中国称善行为德。由修德行善之结果,社会自然安宁,所谓"自求多福",便造成自己和国家之幸福了。

安分尽职为救国基础。现在要救国难,而国是什么呢?就是有领域,有组织,有秩序的团体,而需要其分子之各尽其能,各安其分。大凡灾难之起源,皆由内患而生。如人身体中之内四大有一不调,乃招外感而致病。现在救国声中,高呼安定人心,安定社会,倘若不各自安分,反扰乱于他,则必荒废其职责,且妨害他人之业务。例如国防军队,能安其国防,军队之克尽他的国防职,便不会有不抵抗而放弃东北,国难即无从发生了。在普遍全国的农、工、商、学、政、法等各尽其职,各安其分,然后国家的组织方能坚固,社会的秩序方能安定;必如此乃可有进行各种救国事业的基础,而尽国民应尽之职。

剿匪先得民心归顺。现在有匪,各省区的人民,都在颠沛恐慌中,而且时时牵动全局,故必先安内乃能攘外,剿匪成为现在最重要的事情了。但是站在剿匪方面的人,必令匪区外或匪区中的人民,不受匪的各种诱惑或胁迫、或蹂躏,然后才能认识剿匪的军政是确实与匪不同,而真能拯民于水火而登衽席的,方能使民心信仰归顺,断绝匪源,使匪渐灭。如剿匪方面反不如匪,反使民心增加怨怒,被匪引诱,则不但不能剿,反从人民中另制出新的匪来,那就危险极了!故剿匪的人,要发佛菩萨的大慈大悲、救世救民的愿心,都要能牺牲自己,而勤劳辛苦的去做救人工作,先取得民心的归顺,进使被匪诱胁的从众亦来归顺,则匪不剿而自灭了。

有攻人杀器不如有保民防具。剿匪是对内的,而对外当然也不能不重国防。然以外寇用海、陆、空杀器、毒气等等来侵虐我们，主张我们也须有攻人的杀器毒气等等去报复。譬如有一种毒气施放出来，能使汉口全市的人畜一点钟内都死干净，连空中飞鸟也不能存留一个，故有许多人也要去制造毒气施放。但制造毒气去杀人，不如制造防御的面具来保民；因为你杀来，我杀去，究竟不是做人的道理。

然我们也不能不抵抗的让人来攻杀，所以中国在战国时代，亦因各国互相争斗残杀，即有一位墨子主张非攻，制造防御器具，而讲求抵抗技术。如要塞炮台的防守，使外寇的兵舰不能来损害我们，以及抵抗飞机的来袭，而多置高射炮等。从前我听到德国回来的朋友讲，德国时常试演新发明的毒气，人民走路，常戴着三四种防毒的面具。这种防毒面具一戴上面时，所放的毒气，便不能为害了。

故我们不要跟着人去学制造攻人的杀器，使国民成为互相屠杀的一架杀人机器。无论如何，须改变方法，如墨子非攻而注重防守的方法。当时曾有人要攻城，墨子谓你如何攻，我即如何守，结果使攻者失败而去。所以，这不是空谈的事。我们中国既然并不想做帝国主义去侵略人，所以我们最需要的，即是自救自立。若能从防攻止攻方面占胜，则不但我们的国难可以自救自免，且可为全世界开辟出一条光明的坦道啊！

生产教育先要有生产计划。中国三十年来所办的教育感到不适用，学风之败堕，已至无可讳饰。而现在谋中国今后教育的改良者，大抵谓须趋向增加生产能力的教育。我亦觉到需要有生产教育，但此须先有生产的计划，使生产为国民实际所需要的东西，其结果乃不但人民富裕，而国家亦增强盛。否则，势必闹成现在各国的经济恐慌。

现在各国的经济恐慌，与我国不同，我国是民穷财尽，生产不够；而各国是生产过剩，市场停滞。此即生产无计划，不恰合世人、国民所需要的缘故。如现时美国将成船的牛乳倾入海中，成堆的谷麦付之一火，而一方面依然有几百万、上千万的失业广大群众；故此无计划的投发财机会的生产，是陷入困难的。若知办生产教育而不知生产的所需要，则将来结果亦必演成国内国外的经济恐慌。故有生产的教育，先须有生产的计划。

复兴农村要注重俭朴勤劳。中国几千年来都是以农立国的，故十之七八尽是农民，若农村破产，则都市中一切繁荣亦皆不能保，故救济农村，在目前是非常的要务。但救济农村的人，须要先能注重俭朴勤劳。以农村败坏的原因，皆由都市生活一天比一天的繁华，而农村中稍有知识财产人民皆被指为土豪劣绅，赶出农村，齐集到都市中。这样一来，农村成为无主脑的僵尸，无有统治的活力，唯剩空壳的躯干而已！

因此复兴农村，需要有知识、有财力的人回到农村里去。但都市生活过惯的人，在乡村便不能与农民同甘苦，故须把奢华堕逸等习气除去，而能俭朴勤劳，这样的回乡村去方能有益。假使不是这样，那么回到乡村去，不但不能复兴农村，且把农村最后的基础也摧毁了。因过惯都市生活的一个人消费，超过农村的数十人，这样的人去一个人，必定反增加农民的负担，而为复兴的障碍。故复兴农村须政府的不扰民，而负其保安的责任，更要有能俭朴勤劳的人去领导。

施政要立诚为公。施政，非单在文章上做得好，唯一的条件即要立诚，而诚即言行一致。发号施令等等，必立诚乃能生效力，使社会人民皆能切实的奉行。否则，虽放言高论，仅在文章做得好看，尽管张布告、贴标语，而效果终是没有。故中国古书上说："修辞立其诚。"为政之要，固不单在立诚，然立诚在今日政治信用破坏后,是起死回生的救命针。

讲到为公,我记得孙中山先生讲过"政治就是管理众人的事",所以政事是众人公共的事。虽也是可附带着解决个人的生活问题,或达到名利的欲望,但从政的第一要义,必须要有为公共的心,为国家或社会公共的利害是非而去做事。所以,中国古来往往借口亲老家贫而做官——为政,此即不对。因政是公共的事业,虽然可附带解决个人的生活,而不能以此为目的。中国人不能有为公的心,而为私的心发展过甚,此即为政治腐败、人民困厄的总病根。所以要救国自强,须从施政皆为公起。

单在政体上争亦庸人的事。"单在政体上争,亦庸人的事。"这是英国某诗人的一句话。英国人与法国人性情不同,法国每有建树事业,先须详细的计划,然后施诸行事;英人则反此,而他们皆从实际方面做起,等到事体实现之后,理由即从事实产生。如英国是立宪最先的国家,但其宪法却是著名无条文的,这种性质颇与中国国民性相同。现在中国因国难的救济,而又争论到政体上去,反而生出许多纠纷。

今各国如英、美、法为民治政体的国家,意大利、德国是一党专政的政体,俄国是无产专政。或有谓中国必须即行英、美、法的政体方能救国,或要学苏俄先经过大破坏;或谓中国今在国难的时候,须学意大利等的办法;而国民党所施的,则先党治而后民治。其实所要的,乃在能如何切实的去实行各种救国的事,不是在政体上作种种空论。

从世运转变中来建设人间佛教

世运转变,即全世界的趋势已有了一种转变。在这种转变之中,不要再跟在人家的后面走,故须趋向最前面,作世界的领导者,因此而建设人间佛教。但人间佛教的意思,已在第一日讲

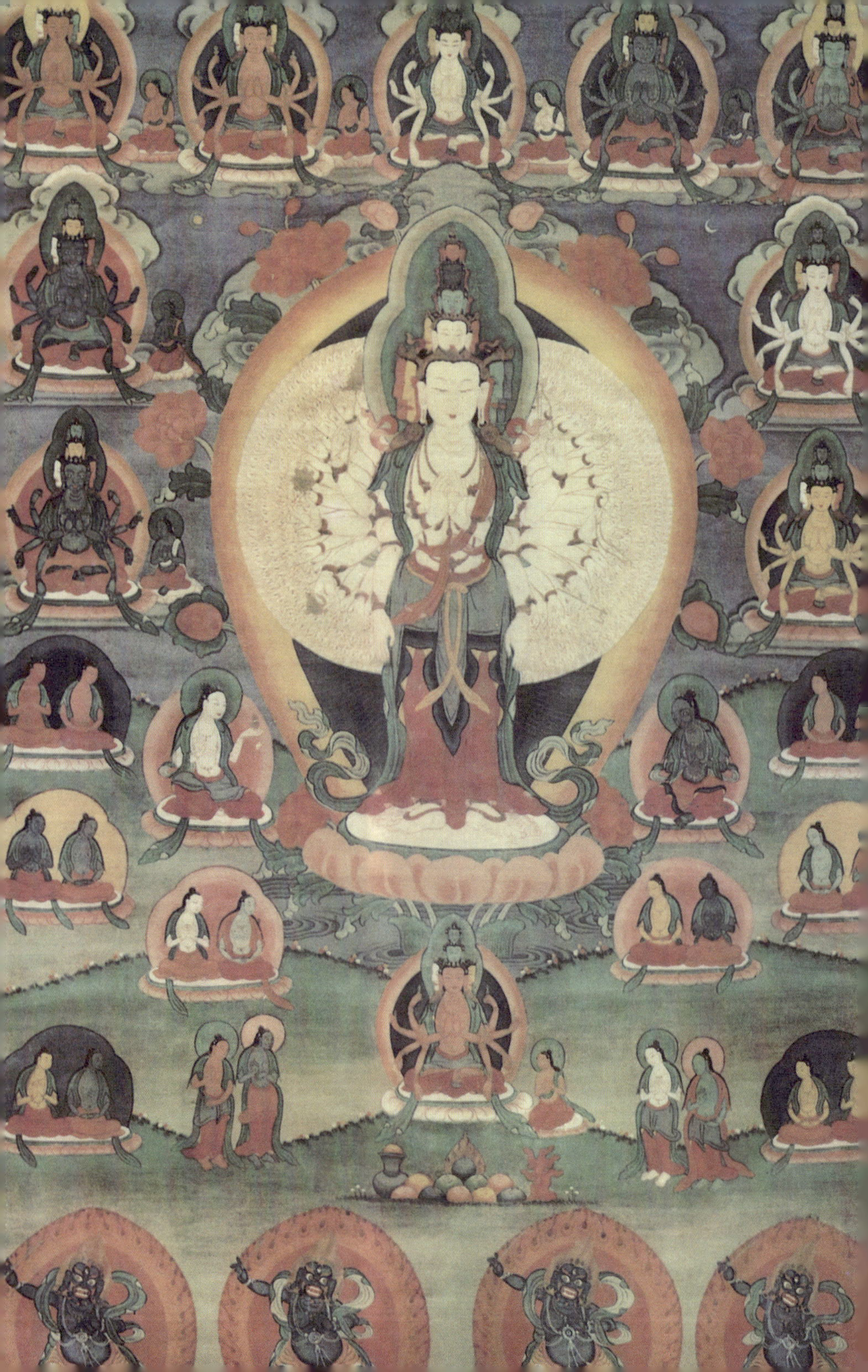

过:人间佛教,并非人离去世界,或做神奇鬼怪非人的事。即因世人的需要而建立人间佛教,为人人可走的坦路,以成为现世界转变中的光明大道,领导世间的人类改善向上进步。

纵我制物的思想是近代文明的源泉。近代的文明,可以说是发源于欧洲,乃至美洲全世界皆受影响,而日本等皆是效仿欧洲以成为现代国家的。但欧洲近代文明如何成功的呢?欧洲古有希腊文明,亦以人为本位,而利用万物以享乐为主义,研究宇宙万有的哲学颇发达。然不久,即为罗马并吞,变成罗马的大帝国。但没有好久,罗马即成为骄奢淫逸,腐败崩溃。在这时候、接受了耶稣教以为救济,而成立所谓罗马教;于是欧洲各国都成为信神的国民,信宇宙万事万物,由神创造并为主宰,故求神赦罪即可到天堂去,而将以前人本位的意义亡失殆尽。

至十四五世纪,起十字军,与回教战争,旋起宗教革命,而信神亦因兹摇动。希腊人本位的观念,亦觉悟转来,即所谓欧洲文艺复兴,而从神的怀抱中跳出,发现了自我,向来的神权不承认了。主张人权,而发展成自我为中心的新天地,以扩充自我的自由快乐,为人生的意义和价值。但与自我相对的皆为外物,谋所以利用而制服之,据此为一切发动力的根本精神,纵任自我去想种种方法,以制御用一切的外物,以满足自我的欲望,故发生科学的知识。科学发展之后,即造出机器,演成工业革命,故结果产生资本主义。

帝国主义者,即一个国家或一种民族的纵我制物,求自我国民的向外发展,而制服利用其他的国民。复因资本主义工商业的发展,欲占领一切制造原料及销售市场,于是造成强大的海、陆、空军备与交通,以为侵虐征服他国民的工具,乃成为现在世界的偏畸情形。由此,即成帝国主义与帝国主义的斗争,及被压迫民族革命的斗争；资本主义与资本主义的斗争，及被剥夺阶级革命的斗争。如资本主义与资本主义，及无产阶级相斗相杀的情形；帝国主义与帝国主义，及弱小民族的相斗相杀，无不拼死拼活的战争着。由上观之，可知纵我制物的思想，即为造成近代帝国主义、资本主义文明的源泉。

世界各国都已陷入走不通的死路。现在世界各帝国主义、资本主义，与反帝国主义、反资本主义，皆在相斗相杀中；故各国不能不发展海、陆、空军备，结果达到了全国国民已负担不起，而对外亦伸展到各国一触即发战争的危迫情形。在此状况之下，故有非战公约，和平公约，及军缩会议等发生，以要求裁减军备。但其立国之道的根本精神既无改变，以致迄今仍无结果。而另一方的资本主义，也是如此；生产过剩，金融停滞，工人失业，高筑关税壁垒，演成长期的经济恐慌；大开世界经济会议，亦毫无结果。由此皆陷入走不通的死路！而反抗方面，更有被压迫民族及社会主义，尽力的争斗。然若能辟出一条新的活路，则相持不下的僵局，乃可打开。

中国无出路中的出路。中国当然不能长此下去，故中国也不能不求出路。但若走仿效列强的路，非三四十年不能做到；即做到而各国已不知变成怎样了。故单是跟随他国走，究不是办法！而另有一些人，以为中国须走入俄国走的路上去，然俄国也尚在各国你死我活中拼命；且中国并不能有此办法，以近代欧洲之有社会主义，即因反对欧美的资本主义而起。列强的路与苏俄的路，既然都不是中国的出路，然则中国长随天灾人祸等下去么？不是！因各国走到走不通时，必须改变方向。以人为万物之灵，穷则变，变则通。乘此各国由穷到通的转变趋势，中国可为他们走不通之中而开辟一条出路来。

然这一条出路是什么呢？即将纵我制物的思想，改变成中国文化根本精神的克己崇仁。今世界各国，若驶船驶到断港没有路一样，而我们以克己崇仁，为他开辟出一条河路，就可以通行于江海中了。如此，不但我们不必随人家走，且即是救各国救全世界，而中国亦在无出路中得其出路。由此、中国可济世界末路之穷而作世界之领导，显出中国文化的真价值与真精神。

罗斯福的善邻主义。现在纵我制物的世运，已有转变；因为此路既走到尽头，所以别想出路。前两月，美国新任总统罗斯福氏发表了一段论文，中国各报纸亦曾译登，或称他为善邻主义。其中所讲的有二点：其一，只顾自业不顾他业之利益，即为自职业谋自利益而不顾妨害他业之利益，这是不可的。其二，只顾此地方之利益，不顾妨害他地方之利益——如汉口只顾汉口利益，不顾妨害其他处之利益——也是不对的。要人兼顾旁的职业和旁的地方，所以称他为善邻主义。

其实，罗氏这话，但限于美国范围，若把他扩充，从前各国纵我制物之蔽，便可以除去了。而从克己崇仁的方法，则求自己国家与阶级之利益，就要兼顾其他国家与阶级之利益，因为其他国家皆与自国有邻接关系；假使日本人能知此义，便不会来侵略中国。罗斯福见到美国国内，各业各地相争的情况，美国资本家与资本家争斗，如纽约到旧金山的铁路，数个公司并造了数条相竞争，所以才说出这种话来。而现代各阶级，各国斗争的尖锐化，亦正须扩充他的善邻主义，应用于各国各阶级间了。

日内瓦的世界佛教大会。亚洲的佛教，传播欧洲后，各国都有研修佛教的人了。新近由意、法、英诸国人在日内瓦发起世界佛教大会，遍载各外国报，而中国报也有几处登载过。此会由欧、美、亚各国佛教徒组织之，曾发表宣言以明其宗旨，不为个人精神的修养和安慰，乃为救全世界人类道德之沦亡；希望亚洲的佛教先进国为指导。以欧洲本是信神的国民，所有伦理道德，皆依据于神，而演成科学的现代文明后，已使神本的伦理道德摧毁无遗。

现在欧洲以及受欧洲文明的全世界，人与人、国与国相杀相夺，要想解除这种痛苦，遍求之古今东西，有没有符合科学思想可建立的新道德？那就是他们来接受佛学的原因了。由此种动机上，发起世界佛教大会，在于建设世界人类的新道德，全人类走向光明大路。前讲罗斯福的善邻主义是美洲的，而日内瓦的世界佛教大会是欧洲的；可由此知欧、美纵我制物的思想，已有转机。那么、我们将中国固有的孔、老文化，及二千年来流传中国的佛教，拿去贡献欧、美各国，岂不甚为适合时宜吗？

佛教的原则与人类新道德。佛教的原理，简单说：宇宙万有都是众缘所成、唯识所变的。但在众缘所成中，若没有统摄的发动力，便成为死板机械的东西。由此虽明众缘所成，还要心识的心理作用，在众缘所成之中，常为转变的活力；此活泼泼的活动力，就是各人当下的一种发动力。佛法不许另有造物主的，而各人都有创造的心力，虽有创造的心力，而亦是众缘所成，转变为人生万物。利他则自他俱利，害他则自他俱害；造因善则结果良，造因恶则结果坏。而众缘所成，既不违科学，唯识所变，又皆是各人自心之力，不须外求矣。

菩萨是改良社会的道德家。菩萨是觉悟了佛法原理，成为思想信仰的中心，以此为发出一切行动的根本精神，实行去救世救人，建设人类的新道德；故菩萨是根据佛理实际上去改良社会的道德运动家。必如此，菩萨乃能将佛教实现到人间去。

三十年后的太平世界。由上面几种关系看来，世界人心已有转机。因为近代文明的路走穷了，穷则变，变则通。我们在此时，真能修菩萨的愿行，将亚洲文化贡献到欧、美各国，我敢做一个大胆的预言：三十年中，便可把相争相杀的人间地狱一扫而空，变成太平世界。此并非凭空的揣想，如有修菩萨行的人，必可实证到的。

中国人做错了将延长祸乱或再落人后。中国本为世界的先进国，而自有其伟大的文化；而于近代的西洋文明，却落后了百年或数十年。假使现在再做错了，或跟随列强资本帝国主义去走，或跟随苏俄去走，那就或者延长了世界祸乱的时代！或者等欧美人从转变中都做好了，再落在人后面跑，未免太可惜了！现在我们要想自救救世，非将中国的文化发扬成领导各国的文化，恢复

为世界的先进国，不足为中国人无出路中找到的一条出路！

人心一改善，世界即大同

古时，似乎曾实施道德之教育，然大抵为一宗教一学派之教育，别户分门，党同伐异。学术之师弟授受，比财产之父子传承，好称家法，动夸秘珍，自私自利，相蔽相欺。故虽貌为道德，其实每图利禄，可谓之宗派的经济教育，不能以道德教育名也。近今国家主义与民族主义崛兴，教育亦随之转为国家民族之教育，其旨在陶铸一国之民为一团，以供其国家民族竞存争胜之用。学派之教育虽渐融化，而宗教之教育则仍继其旧，因之有宗教以外之教育，亦有教育以外之宗教。

宗教与教育之分，实分于近今之国民的政治教育也。此国民的政治教育，唯富以其国强其民为事者也。今谓宗派与国民之教育，虽其范围广狭不同，要皆各蔽以私，未能大公而无我也。始以教育生于其心，卒以行事害于其政，故战争时作，而难致世界于永久和平之境也。欲革其弊，当正之以德，超脱各教宗学派、国家民族之拘碍而融解之，取其精华，弃其糟粕，以成为普益全世界人类之大同的道德教育，庶其天下为公和平可期耳！

以宗派的经济教育造成以经济为中心之社会，一切皆自私自利的家产化，其极致即为今此资本主义为中心之社会，于是社会常现阶级战争之病象而成战争之世界。以国民的政治教育造成以政治为中心之社会，一切皆争强争霸的国权化，其极致即为今此帝国主义为中心之社会，于是社会常现国族战争之病象而成战争之世界。反动方面，遂有无政府党乘之而起。然无政府党纵能颠覆帝国主义为中心之社会，亦未能建设和平之世界也。然则孰能建设和平世界乎？曰：唯大同的道德教育。

言大同者，示超脱宗教学派、国家民族之各异，然非毁灭之也，特解其私蔽，集其众长，以全世界人类之公益为依归耳。言道德者，道者公理，德者正义，示超脱经济上争产与政治上争权之罪恶，然非破弃经济与政治也，特令经济政治皆成全世界人类的公理正义之道德化耳。中国有古书曰："大道之行也，天下为公。选贤与能，讲信修睦，故人不独亲其亲，不独子其子，使老有所归，壮有所用，幼有所长，矜寡孤独废疾者皆有所养。男有分，女有归。货恶其弃于地也，不必藏于己——经济道德化的真共产；力恶其不出于身也，不必为己——政治道德化的真无政府。是故谋闭而不兴，盗窃乱贼而不作，故外户而不闭，是谓大同。"最足表明大同的道德教育之义。至谋闭不兴，盗乱不作，外户不闭，则战争世界成和平世界矣。但其本乃大道之行，所谓大道之行者，即大同的道德教育之施行耳。故和平世界必由大同的道德教育造成焉。

以大同的道德教育造成以道德为中心之社会，一切皆公理正义之道德化，曰"亦有仁义而已矣"；曰"道之以德，齐之以礼"；曰"十善为人道之正行"，皆斯义也。极致即为全人类自由平等之和平世界。经济政治既大同的道德化，则大同道德化的经济政治，亦大同道德之一端，无大同道德外之经济政治也。宗教学派既大同的教育化，则大同教育化之宗教学派，亦大同教育之一端，无大同教育外之宗教学派也。何则？以离去个人修养、社会修养之教育，无别宗教之可得。故修养之究竟莫过于圆成正觉，普济群生，而求真利众，为人类终身可行。此即宗教修养，亦即大同的道德教育之纲骨。至迷执之谬习，当自镕解而无迹也。

然此大同的道德教育，由如何推行之以实现和平世界乎？曰：由世界教育会议，组织一"大同的道德教育运动"。一方解放宗派的经济教育与国民的政治教育之拘蔽，一方唤起全人类世界小中大学之教员与学生皆同情于此之运动。全世界之教育界，若能以坚决一致之主张，下百年树人之功夫，则百年之后，大同的道德教育行，而和平世界亦造成矣！